MÉMOIRES
SECRETS
POUR SERVIR À L'HISTOIRE
DE LA
RÉPUBLIQUE DES LETTRES
EN FRANCE,
DEPUIS MDCCLXII JUSQU'À NOS JOURS;

O U

JOURNAL
D'UN OBSERVATEUR,

CONTENANT les *Analyses des Pieces de Théâtre qui ont paru durant cet intervalle ; les Relations des Assemblées Littéraires ; les notices des Livres nouveaux, clandestins, prohibés ; les Pieces fugitives, rares ou manuscrites, en prose ou en vers ; les Vaudevilles sur la Cour ; les Anecdotes & Bons Mots ; les Eloges des Savans, des Artistes, des Hommes de Lettres morts, &c. &c. &c.*

TOME SIXIEME.

. . . . *huc propius me,*
. . . . *vos ordine adite,*
Hor. L. II. Sat. 3. vs. 81 & 82.

A LONDRES,
CHEZ JOHN ADAMSON.

M. DCC. LXXX.

MÉMOIRES
SECRETS

POUR SERVIR A L'HISTOIRE DE
LA RÉPUBLIQUE DES LETTRES
EN FRANCE, DEPUIS MDCCLXII,
JUSQU'A NOS JOURS.

ANNÉE M. DCC. LXXI.

1. *Octobre.* L'Eloge de François de Salignac
de la Mothe-Fenelon, Archevêque Duc de Cam-
bray, par M. de la Harpe, qui a remporté le Prix
de l'Académie Françoise, le jour de St. Louis
dernier, a été représenté à M. l'Archevêque de
Paris comme contenant des propositions très repréhensibles. Ce Prélat a fait examiner cet ouvrage attentivement, & convaincu d'une foule
de traits irréligieux dont il est rempli, il en a
porté ses plaintes au Conseil, dont est émané

le 21 Septembre un Arrêt, où il est dit à l'occasion de ce discours, & d'un autre qui avoit aussi
concouru & reçu les Eloges de l'Académie, que
S. M. n'a pu voir sans mécontentement que des
discours destinés à célébrer les vertus d'un Archevêque distingué par son amour & par son zele
pour la Religion, soient remplis de traits capa-
bles d'altérer le respect dû à la religion même ;
que dans le premier, l'auteur ne voit dans les
vertus héroïques des Saints qu'un pur enthousiasme, ouvrage de l'imagination ; qu'il tente de
les assimiler à l'aveuglement de l'erreur & aux
emportemens de l'hérésie ; qu'il cherche à flétrir
la réputation d'un Evêque (*Bossuet*) admiré par
ses talens ; qu'il travestit son zele pour la pureté
du dogme en haine & en jalousie, & qu'il blâme
en lui une conduite justifiée par le jugement du
Souverain Pontife, & par l'approbation de l'E-
glise Universelle : que dans le second discours,
on déclame contre les engagemens sacrés de la
religion ; on donne à ses dogmes le nom d'opinions, & l'on se déchaîne contre des opérations que les circonstances avoient, sous le
regne précédent, fait juger nécessaires à l'intérêt de la religion & à la tranquillité de l'E-
tat, &c.

Cet Arrêt, en conséquence, supprime les
deux Discours &c. Et afin de prévenir par la
suite de pareils écarts, S. M. ordonne que l'article 6 du Réglement fait en 1671 par l'Académie
Françoise, à l'occasion des discours qui doivent
concourir pour le prix d'éloquence, & qui porte
qu'on n'en recevra aucun qui n'ait une approbation signée de deux Docteurs de la Faculté de
Paris, &c. sera pareillement exécuté : Fait dé-

fenfes à l'Académie de s'écarter de cette regle , dans quelque cas & fous quelque prétexte que ce puiffe être, &c.

En outre, M. l'Archevêque de Paris a nommé un Comité de trois Docteurs , favoir , Mrs. *Le Fevre*, *Culture* & *Agnette*, devant lefquels M. de la Harpe eft obligé de comparoître. Là , il reçoit les diverfes inftructions qui peuvent tendre à rectifier fon difcours, qu'on épluche phrafe par phrafe. L'auteur donne les explications qu'on defire, & les figne. Au moyen de cette docilité, il y a apparence que cet événement n'aura d'autre fuite que celle d'éloigner ce candidat de l'Académie pour quelque tems.

5 *Octobre* 1771. Le Public , qui s'étoit retiré de l'Opéra depuis deux mois, c'eft-à-dire, pendant tout le tems que la *Cinquantaine* s'y eft jouée, eft revenu en foule hier pour affifter aux *Fragmens*.

Le premier acte , qui étoit celui d'*Ixion*, ou de l'*Air*, quoique d'une ancienne mufique, a paru le plus digne de la Scene. Il eft bien filé , fans être long. Il y a de l'intérêt, de la nobleffe : il fe termine rapidement. Les Ballets ne furchargent pas l'action, mais l'accompagnent & lui donnent plus de jeu & de dignité.

L'Acte de *la Sibylle* contrafte à merveille avec celui-ci : c'eft-à-dire qu'il eft plein de longueurs, de fadeurs, en un mot très-analogue au genre. L'auteur y eft devenu infipide à force d'avoir voulu être naïf.

Les Ballets font extrêmement bien deffinés, & furtout le dernier, où trois petits Amours préfident à la danfe & conduifent les groupes des amants & amantes.

Quant au 3eme. Acte, intitulé : *Le prix de la valeur*, c'est un galimathias, où l'on ne comprend rien & qui ne se débrouille pas. Rien de si plat que les paroles ; aucun plan, aucune exécution ; une ressemblance entiere dans la fadeur des sentimens & du dialogue avec l'Acte précédent, rendent celui-ci d'une monotonie très-ennuyeuse. Les Ballets n'ont pas plus de variété, & la musique est sans aucun caractere.

Les décorations sont assez agréables & sont sans contredit ce qu'il y a de mieux dans cet Acte.

7 Octobre 1771, Le Sr. *Audinot,* ci-devant acteur de l'Opéra comique, & qui, depuis la transfusion de cette troupe dans celle des Comédiens Italiens, s'est trouvé dans le cas de s'évertuer par lui-même, après avoir tenté différentes manieres de faire valoir son talent, a formé d'abord un théâtre de Marionnettes, auquel ayant ajouté un petit nain, propre au rôle d'Arlequin, il a acquis une sorte de vogue & s'est porté à de plus hautes entreprises : il a fait bâtir un théâtre charmant, & enfin s'est constitué Directeur d'une troupe de petits enfans, auxquels il apprend à jouer la comédie, & qui par leurs graces naïves attirent une infinité de monde. Deux auteurs disgraciés, comme lui du théâtre italien, Mrs. de *Plainchesne* & *Moline,* se sont adonnés à lui faire des pieces. La liberté qu'ils ont cru propre à ce genre de spectacle, leur a donné lieu d'y glisser beaucoup de polissonneries. Les filles se sont portées en foule de ce côté-là, & beaucoup de libertins, d'oisifs, de freluquets avec elles. Ce monde en a attiré d'un autre genre. Les femmes de la cour, qui en cette qualité se croient au dessus de tous les préjugés, n'ont pas dédaigné d'y paroître, &

ce théâtre est la rage du jour. Il est encore plus fréquenté que Nicolet dans le tems de son singe.

Les amateurs du théâtre sont enchantés de cette fureur, en ce qu'ils esperent que la troupe des enfans d'Audinot sera une espece de Séminaire où se formeront des sujets d'autant meilleurs, qu'ils annoncent déjà des dispositions décidées & donnent les plus grandes espérances. Mais les partisans des mœurs gémissent sincerement sur cette invention, qui va les corrompre jusques dans leur source, & qui, par la licence introduite sur cette Scene, en forme autant une école de libertinage que de talens dramatiques.

10 *Octobre* 1771. Pour bien entendre la plaisanterie suivante, il faut savoir que M. l'Abbé Terrai avoit depuis longtems une maîtresse, nommée *La Baronne de la Garde.* Cette femme abusant de son crédit auprès du Contrôleur général, ou même, à ce qu'on croit, de concert avec lui, rançonnoit sans pitié & à un taux exorbitant tous ceux qui avoient recours à elle pour obtenir quelque grace, ou même quelque justice de son amant. Cette Dame ayant cependant commis des vexations trop criantes & qui comprometoient le Ministre, il a été obligé de s'en séparer & de la chasser. Comme le rôle qu'elle jouoit sous M. l'Abbé Terrai, est celui que fait depuis longtems Madame *de Langeac* sous le Duc de la Vrilliere, & que tôt ou tard elle est menacée du même sort, au moment de l'expulsion de sa camarade, des persifleurs lui ont fait une pasquinade, dont elle est furieuse : sachant qu'elle n'étoit point chez

A 5

elle , ils font venus fucceffivement faire écrire toute la Cour à fa porte, ainfi qu'il eft d'ufage quand il arrive un événement à quelqu'un, qui exige un compliment de condoléance ou de félicitation.

11 *Octobre* 1771. Depuis plufieurs années un citoyen renommé pour fes vues utiles à l'humanité, avoit répandu le *Profpectus* d'une maifon d'affociation , où les malades pourroient fe rendre & être traités à beaucoup moins de frais que chez eux. Tout le monde avoit applaudi à cette imagination, que perfonne n'avoit voulu contribuer à réalifer. Un chirurgien plus hardi, depuis quelques mois a tenté en petit une entreprife, qui demanderoit beaucoup de fonds pour être portée au point de perfection où M. de Chamouffet vouloit la monter. Il a loué une maifon dans le fauxbourg St. Germain, en bon air avec un jardin & tous les entours néceffaires dans laquelle il reçoit fes malades fous deux claffes , celle des maîtres , & celle des domeftiques. Les derniers font plufieurs dans la même chambre , & pour 4 livres par jour reçoivent tous les fecours , de quelque nature que ce foit, dont ils auroient befoin. Il en coûte 6 liv. par jour pour chaque maître, qui a fa chambre féparée, & du refte les mêmes reffources à proportion. M. de Sartines a vu avec fatisfaction la tentative du Sr. Silvie, qui lui a rendu compte de fon plan. Ce Magiftrat lui a promis fa protection & le favorife en tout ce qui dépend de lui. Il eft à fouhaiter, furtout pour les étrangers, que ce Chirurgien ait le courage de continuer fon projet & de l'étendre de plus en plus.

12 *Octobre* 1771. Le Sr. d'Arigrand eſt mort, il y a quelque tems. C'étoit un Avocat célebre par un livre qu'il fit en 1763, intitulé : *L'Anti-financier*, ou *Relevé de quelques-unes des malverſations dont ſe rendent journellement coupables les Fermiers généraux, & des vexations qu'ils commettent dans les Provinces.* Sa brochure, précédée d'une *Epitre au Parlement de France*, fut très recherchée dans le tems. On en fit des perquiſitions ſéveres, & l'Auteur fut mis à la Baſtille. Outre la perſécution que lui ſuſciterent les traitans à cette occaſion, ſon Syſtême de *l'Unité des Parlemens*, établi par ſon Epitre, parut encore plus attentatoire dans un ſimple particulier.

L'auteur ayant été dans les emplois ſubalternes des Aides, & ce qu'on appelle *Rat-de-cave*, avoit connu par lui-même tous les abus de l'adminiſtration dont il faiſoit partie. Les Fermiers généraux ne l'avancerent pas comme il l'auroit déſiré & comme ſon mérite l'exigeoit ; il prit le parti de profiter des connoiſſances qu'il avoit acquiſes dans l'art de la Maltôte, pour ſe venger & ſe rendre redoutable à ſes anciens maîtres, en ſe faiſant Avocat & en ſe livrant particuliérement au Barreau de la Cour des Aides, où il ſe chargeoit de toutes les affaires contre eux.

Son livre fit d'autant plus de peine aux Fermiers généraux, qu'il appuyoit ſes raiſonnemens de faits, qui, quoique ſuccints, juſtifioient pleinement ſes déclamations contre eux. Du reſte, il étoit écrit durement ; mais il y avoit des endroits ſublimes, & le réſulat tendoit à *l'impôt*

A 4

unique , le grand problême à réfoudre par les politiques en burfalité.

Depuis fa fortie de la Baftille , l'orateur en déploya une éloquence plus fougueufe contre fes irréconciliables ennemis. Ceux-ci tenterent en vain de le féduire par les offres les plus éblouif-fantes ; mais il refta inflexible, & il n'a fufpendu fes combats que par la deftruction de la Cour des Aides.

13 *Octobre* 1771. *Le Sr.* Marin ne pouvant , malgré fa bonne volonté , conferver la place de Secrétaire général de la Librairie avec celle de Rédacteur & Directeur de la Gazette de France , a été obligé de renoncer à la pre-miere. Elle a été donnée au Sr. le Tourneur, le noir traducteur des triftes *Nuits du Docteur Young*. C'eft M. le Chancelier qui a conféré cette place. M. de Sartines , Chef de la Li-brairie , dont cet homme de confiance doit être le bras droit, eft très-piqué qu'on lui ait ôté la liberté de mettre en ce pofte quelqu'un qui lui convînt.

16 *Octobre*. M. l'Archevêque de Paris a fait fes plaintes à M. le Lieutenant-général de police fur le nouveau Spectacle d'Audinot, dont on a parlé. *Le triomphe de l'Amour & de l'A-mitié*, qui attire tant de monde , n'eft autre chofe que l'Opéra d'*Alcefte* réduit & propor-tionné à ce théâtre. Comme il y a un Grand-Prêtre & un chœur de Prêtres , que l'habille-ment de ceux-ci reffemble aux aubes des nôtres, on a fait entendre au Prélat que c'étoit tourner en dérifion les Miniftres de notre Religion au-gufte ; ce qui a donné lieu à fa Lettre. Sur quoi le Sr. Audinot repréfente à la Police que fur

tous les Théâtres on a vu des Prêtres & des sacrifices ; qu'à l'Opéra cela se pratique tous les jours ; qu'on ne représente point *Athalie* à la Comédie Françoise que toute la pompe des anciennes cérémonies judaïques n'y soit développée. M. de Sartines n'a encore rien prononcé & la piece se continue.

17 *Octobre* 1771. Le Sr. Marin a pour adjoint à la rédaction de la Gazette de France, & à la direction de la manutention des fonds, M. Collet, ancien Secrétaire du Cabinet de feue Madame l'Infante, Duchesse de Parme, Chevalier de l'Ordre du Roi. C'est un homme de Lettres, connu par une piece en un acte, jouée à la Comédie Françoise en 1757, intitulé : *L'Ile déserte.*

18 *Octobre.* Il paroît deux nouveaux Mémoires de Me. Linguet, dont l'un est un Mémoire à consulter pour un mari dont la femme s'est remariée en pays protestant, & qui demande s'il peut se remarier de même en France ?

L'Avocat, dans sa Consultation, datée de Lucienne, le 16 Août 1771, est pour l'affirmative.

Ce Mémoire, fort singulier, & la Consultation du Sr. Linguet, encore plus singulière, méritent un détail particulier, ainsi qu'un développement des motifs secrets qui ont fait agiter une pareille question, qu'on regarde comme fictive, seulement relativement aux personages qu'on introduit sur la scene.

Le second Mémoire est une Consultation pour Dom Pedro d'Alvarada, Capitaine du Vaisseau Espagnol, *le St. Jean-Baptiste*, & pour les gens de son Equipage, détenus depuis un an dans les cachots de la Commiffion établie à Caën, contre les Employés, Directeurs & Fermiers généraux du Sel & du Tabac.

Dans cette Confultation, datée de Luciénnes le premier Octobre 1771, l'Orateur paroît annoncer que les Fermiers généraux n'ont point à fe réjouir de la mort du Sr. d'Arigrand, & qu'ils vont trouver dans le Sr. Linguet un adverfaire non moins implacable & plus éloquent. Cette affaire, très-importante à l'hiftoire de l'humanité, fera auffi plus amplement détaillée.

19 Octobre 1771. Le Difcours cenfuré par l'Arrêt du Confeil renouvelle les regrets des Académiciens, qui font très-humiliés de cet événement. Ceux qui ne font point de la cabale Encyclopédique, lui imputent cette difgrace. Ils lui reprochent d'avoir voulu, à quelque prix que ce fût, couronner M. de la Harpe, qui n'avoit pas fait le meilleur Eloge de Fénelon, mais qui avoit plu à ces Meffieurs par la liberté de fa façon de penfer & la hardieffe de fes affertions. M. Duclos eft celui qu'on trouve le plus repréhenfible dans tout ceci : la fureur qu'a cet homme remuant de fe mêler de tout & d'innover partout, lui fit annoncer en 1768, à l'occafion de l'Eloge de Moliere propofé, que l'on fe pafferoit de l'approbation des deux Docteurs de Sorbonne, toujours exigée jufques-là. Il eft vrai que le fujet fembloit peu digne de la gravité des Théologiens, mais c'étoit à eux à fe refufer à cette Cenfure, s'ils ne la jugeoient pas de leur reffort, & non à l'Académie à s'y fouftraire.

Cet événement ne contribue pas peu à accré-

diter le fentiment de ceux qui penfent que le fyftême du Gouvernement actuel eft d'étendre le Defpotifme jufques fur les efprits, en nous replon-
geant doucement dans les heureufes ténebres
dont nous fommes fortis pour notre malheur.
Voilà différentes mortifications données, à l'Académie, bien propres à matter l'amour-propre des
beaux-efprits, tandis qu'on prend d'autres moyens
plus efficaces pour les décourager & les faire
fe tourner vers d'autres objets que les Lettres.

20 *Octobre* 1771. Simon Sommer, Charpentier à Landeau, s'eft marié au mois de May
1761, à Elifabeth Ultine, fille du Village d'O-
bersbach. Ce malheureux, quoiqu'âgé de 22 ans
feulement & d'une figure agréable, fut fix mois
à éprouver des refus de la part de fa moitié,
jeune & jolie, avant de pouvoir jouir de fes
droits. A peine eut-elle confenti à devenir la
femme de fon mari, qu'elle parut vouloir être
celle de tout le monde. Au bout de trois ans
d'une vie fcandaleufe, elle s'attacha à un Sergent
du Régiment de Lochman, Suiffe, avec qui elle
a déferté. Tous deux fe font retirés en Pruffe ;
on eft en état de prouver qu'ils y ont contracté un mariage en forme. Sommer n'a confervé du fien qu'un enfant. Il n'a que 31 ans :
il eft bien conftitué ; il eft vigoureux ; que
doit-il faire ? Sera-t-il réduit à maudire le refte
de fa vie les préfens de la nature ? ou cher-
chera-t-il dans le libertinage des reffources que
permet la politique, mais que la religion défend ?
En un mot, placé entre e crime & le défefpoir, comment fe dérobera-t-il à cette cruelle
alternative ?

Le Confultant cite enfuite des Etats où le divorce est permis : il s'appuie de différens paffages de l'Ecriture qui font favorables à fa demande : il réfute, il commente, il interprète ceux qui lui font contraires : il a recours aux Peres de l'Eglife, d'où il tire auffi des autorités : il prétend que des Conciles mêmes on peut inférer des inductions lumineufes fur cette queftion, & il trouve les décifions de quelques - uns abfolument concluantes pour lui. Il continue par établir que le divorce n'eft contraire ni à la Loi des Juifs, ni à celle du Chriftianifme ; qu'il choque ni l'Ancien ni le Nouveau Teftament ; que la primitive Eglife n'a jamais balancé à permettre la diffolution des mauvais mariages, & que la politique a été d'accord avec elle fur cet objet ; que jufqu'au 10eme fiecle, la même façon de penfer s'eft perpétuée chez toutes les Légiflations Catholiques. Il finit par les raifons qui doivent autorifer le divorce, la meilleure maniere de le fupprimer étant de le permettre.

Tel eft le réfumé du Mémoire du prétendu charpentier, qui n'eft qu'un extrait du *Cri de l'honnête-homme*, ouvrage publié il y a environ deux ans & demi, & compofé par le premier Magiftrat d'une ville de province du fecond ordre, qui, obligé de fe féparer de fa femme, à caufe de fes débordemens, fit beaucoup de recherches fur cette matiere, & en fit part au public dans le tems.

22 *Octobre* 1771. On a parlé beaucoup dans le public du portrait en pied de *Charles* I, Roi d'Angleterre, par Vandyck, acheté, il y a quelques mois, 20,000 livres par Madame la Comteffe Dubarri. Cette Dame l'a placé dans fon

appartement auprès de celui du Roi, & il paroît que ce n'eſt pas ſans deſſein. On aſſure que toutes les fois que S. M. revenant à ſon caractere de bonté naturelle, ſemble fatigué de ſa colere & ſe tourner vers la clémence, elle lui repréſente l'exemple de l'infortuné Monarque, elle lui fait entendre que peut-être ſes Parlemens ſe ſeroient-ils portés à un attentat de cette eſpece, ſi M. le Chancelier ne lui avoit fait entrevoir leurs complots inſenſés & criminels, & ne les avoit arrêtés avant qu'ils fuſſent formés au dégré de noirceur & de ſcélérateſſe où ils auroient pu parvenir. Quelqu'abſurde, quelqu'atroce que ſoit l'imputation, elle renflamme le Prince pour le moment, & c'eſt du pied de ce tableau que partent les foudres deſtructeurs qui vont frapper la Magiſtrature & la pulvériſer dans les extrêmités les plus reculées du Royaume.

On ſent parfaitement qu'une calomnie auſſi atroce, auſſi réfléchie, auſſi combinée, ne peut partir du cœur tendre & ingénu de Madame la Comteſſe Dubarri, & que les allarmes qu'elle donne au Roi lui ſont inſpirées à elle même par des conſeillers d'une politique auſſi adroite qu'infernale.

Cette anecdote, juſtifiée par les événemens, eſt atteſtée par des courtiſans dont le témoignage eſt d'un grand poids.

23 Octobre 1771. Le 10 Août 1770, un navire paroît avec pavillon Eſpagnol à la hauteur de l'anſe de Colleville, ſur la côte de Normandie. Il venoit d'Oſtende, & ſa deſtination étoit pour l'Iſle de Guerneſey : contrarié par le vent, il mouille à trois lieues de terre, ſuivant le Journal du Capitaine.

Les Commis des Fermes font inftruits par leurs efpions qu'en Juillet précédent ils avoient cru appercevoir à la hauteur des Ifles de St. Marcou, un bâtiment qui y faifoit des verfemens de fel & de tabac; qu'un autre s'eft approché d'Ifigny, & que le Capitaine a parlé à un particulier de Bayeux, *à qui il a dû promettre de livrer 500 livres de faux tabac*. Ils veulent que ce foit celui-ci.

En conféquence les Commis mettant en œuvre *des rufes permifes*, difent-ils, abordent le vaiffeau, & fuppofant la conviction de la fraude ils s'en emparent & mettent aux fers le Sr. d'Alvarada, le Capitaine, & fon Equipage, compofant en tout le nombre de neuf.

Suivant les Réglemens arrêtés entre la France & l'Efpagne, dans le cas où un Vaiffeau de cette derniere Puiffance eft faifi en contravention, même dans nos Ports, les Commis font affujettis à appeller le Conful d'Efpagne, afin qu'il foit préfent à la vifite & à toutes les procédures qui en pourroient dériver. Le Directeur n'ignoroit pas cette loi. Il fe tranfporte chez le protecteur de la Nation Efpagnole en fon abfence, & laiffe par écrit une Requifition par laquelle il le fomme de fe tranfporter au vaiffeau.

Le Vice-Conful revendique les Loix, il protefte, il s'oppofe à tout ce qui a été fait & à tout ce qui doit fe faire. Malgré fes réclamations réitérées, le procès eft inftruit par la Commiffion fifcale établie à Caën. Le vaiffeau, avec fa charge, eft déclaré confifqué: Alvarada eft banni, lui & fes gens font condamnés folidairement à une amende de 1,300 livres chacun, &, fuivant les Loix fifcales, faute de payement dans le mois, cette peine doit être commuée en celle des galeres. Ce comble d'atrocités n'a pas encore eu lieu à l'égard d'Alvarada & de fon Equipage, non par la fenfibilité & l'indulgence des Fermiers, mais par la génerofité des propriétaires du St. Jean Baptifte (le Navire) qui confacrent depuis un an 200 livres par femaine pour retarder l'exécution de ces malheureux.

Le Sr. Linguet conftate d'abord ces faits & les difcute. Il établit les différens moyens de défenfe de ces Etrangers : après les avoir développés amplement, fon réfumé eft qu'Alvarada & fon Equipage font innocens ; qu'ils n'ont point fait la contrebande ; que le projet de verfer des marchandifes défendues n'eft point prouvé ; que le verbal des Commis attefte qu'eux-mêmes ne l'ont cru que *prêt* à être confommé ; qu'il ne l'a pas été ; qu'il n'a pu l'être ; puifque dans la faifie on a retrouvé en nature la même quantité de marchandifes indiquée par les Connoiffemens d'Oftende : que, quand il l'auroit été, il ne pourroit pas mériter le nom de fraude; que le lieu où il auroit été conçu le juftifieroit ; que le Journal, fouftrait par les Employés, prouve que la faifie a été faite à trois lieues des côtes, & que par conféquent elle n'eft point fondée ; qu'en fuppofant qu'elle ait eu lieu dans les limites qui l'autoriferoient, elle feroit encore une preuve de la prévarication des Gardes, & non pas de celle des Etrangers ; qu'il n'y a aucun tribunal au monde où la manœuvre abominable qui en a été le prétexte puiffe être tolérée ; qu'il n'y a aucune Puiffance qui ne foit intéreffée à réprimer, à punir exemplairement une fraude auffi nuifible pour le commerce ;

qu'il n'y en a aucune qui ne doive trembler de laisser ses côtes hérissées de pieges plus redoutables mille fois pour les Négocians, que les bas fonds & les écueils les plus dangereux.

Dans ces circonstances le Jurisconsulte estime que le Capitaine Alvarada, son Equipage & les propriétaires du Navire, doivent présenter une Requête en cassation ; qu'elle sera sans doute appuyée de la recommandation de M. l'Ambassadeur d'Espagne ; qu'il a droit de demander vengeance de l'insulte faite au pavillon de son maître, & réparation des torts faits à ses compatriotes.

Quant au style du Mémoire, il est d'une énergie supérieure à tout ce qu'a fait l'orateur. Il est d'une amertume contre les Fermiers généraux, d'un fiel, tel que n'en a jamais distillé la plume du Sr. d'Arigrand. On pourra donner quelques morceaux par extrait de cette piece oratoire, digne de figurer à côté des Catilinaires & des Philippiques.

24 *Octobre* 1771. Mlle. de Bourbon, fille du Prince de Condé, & dans l'enfance encore, a un goût singulier pour la maçonnerie. Elle est à Vanvres, où le Prince son pere faisoit faire quelques bâtimens & réparer le château. Elle se fait affubler d'un sarreau de toile ; elle met de mauvais gants, & dans cet accoutrement elle porte le mortier, elle manie la gâche, & se plaît à faire l'office de manœuvre. C'est ce qui a donné lieu aux vers suivans :

D'un enfant l'instinct malfaisant ;
Trop souvent le porte à détruire ;

Princesse, ton goût, en naissant
Est d'élever & de produire.

Un palais, dans tes nobles jeux,
Réparé de tes mains fragiles,
Nous rappelle ces tems heureux,
Où les Dieux bâtissoient des villes.

A leur exemple, tes loisirs
Nous annoncent ta bienfaisance ;
Mais le tems vient où ton enfance
S'occupera d'autres plaisirs.

Quand Jupiter eut fait le monde,
Ce ne fut pour ainsi rester :
Du sein de sa bonté féconde
L'homme sortit pour l'habiter.

Ce n'est le tout, de tes ancêtres
De réparer les vieux châteaux.
Pour les remplir il faut des maîtres :
Bourbon, voilà tes vrais travaux !

25 Octobre 1771. Le Sr. L'Oiseau de Mauléon,
Avocat, qui s'étoit fait une sorte de réputation
par des Mémoires écrits avec beaucoup d'appareil,
& toujours dans des causes extrêmement intéressantes, telles que celles des Calas & de Mlle.
Le Monnier, vient de mourir très-jeune encore
& d'une maladie de langueur, dans laquelle l'avoit
plongé une passion très-vive pour une femme qui

n'y avoit pas répondu. Il avoit quitté le Barreau
depuis quelque tems. Il avoit obtenu une Commiffion de Maître des Comptes à la Chambre de
Nanci, & acheté la charge de Procureur général de M. le Comte de Provence. C'étoit le fils
d'un Laquais parvenu, & qui avoit acquis de la
fortune. Cet Avocat, & fon frere, aujourd'hui
Fermier général, s'étant mis dans la tête de s'il-
luftrer, avoient obtenu des Lettres de réhabili-
tation, par lefquelles ils defcendoient de l'ancienne
famille de *L'Oifeau*. Au furplus celui-ci avoit fait
fa profeffion très − noblement : uniquement curieux de gloire, il ne fe chargeoit que de caufes
célebres, & prefque toujours gratuitemenr : en
outre, comme il étoit peu foncé fur la Jurifprudence, il s'attachoit furtout à celles qui par leur
tournure romanefque prêtoient à l'imagination,
& fe décidoient plus au tribunal du cœur qu'à celui
de l'efprit, plus par le jeu des paffions que par
la force des raifonnemens & des autorités.

26 *Octobre* 1771. Voici le tems qui approche où
l'Académie Françoife doit procéder à l'élection du
Succeffeur de M. le Comte de Clermont. Beaucoup de candidats, fuivant l'ufage, font fur les
rangs ; mais depuis l'avanture du Sr. de la Harpe,
le Sr. le Mierre augmente fa prétention. Il difoit l'autre jour dans une fociété avec une emphafe
poëtique, que fa tragédie d'*Hypermneftre*, (la
feule qui ait réuffi) lui donneroit l'entrée ; que
fon Sceptre de Neptune) allufion à un affez beau
vers d'une de fes pieces couronnées)

Le Trident de Neptune eft le fceptre du monde.

lui ouvriroit le paffage, & qu'enfin les vers de

ſon Poëme *de la Pteinture* le poufferoient par le cul. — *On a donc toujours eu raiſon de dire* (reprit en ce moment avec vivacité l'Abbé de Lille, traducteur des *Géorgiques*, & auſſi aſpirant) *que tes vers étoient des bou* .... *de vers.* Cette ſaillie, peu décente dans la bouche d'un Abbé, & exprimée en termes groſſiers, parut extrêmement heureuſe pour la critique fine & judicieuſe & fit beaucoup rire par ſa tournure grivoiſe.

28 *Octobre* 1771. Les Fermiers généraux ſont furieux du Mémoire du Sr. Linguet contre eux. En effet cet Avocat les traite avec un mépris ſingulier; il manifeſte en outre une animoſité, une chaleur, qui donnent à ſon éloquence la plus grande force, & ſe tranſmettent aiſément dans l'ame des Lecteurs, naturellement prévenus contre les Traitans. On va citer quelques morceaux de cet écrit. L'orateur débute ainſi :

» Dans la liſte nombreuſe des attentats de toute eſpèce, commis par les Suppôts de la Ferme générale, ſous le prétexte reſpectable des *Droits du Prince*, il ſeroit difficile d'en trouver un plus révoltant, plus audacieux, plus criminel en tout ſens que la ſaiſie du vaiſſeau le *Saint Jean Baptiſte.*"

Voici comme il décrit les différens Ordres de la Ferme.

» Dans la Hiérarchie fiſcale de la Ferme, les fonctions ſont différentes & les rôles artiſtement diſtribués. On ne parle pas ici des Chefs, qui donnent de loin le mouvement à toute la machine, & dont l'unique occupation eſt de faire couler vers leur voluptueuſe réſidence les contributions que des armées innombrables levent ſans ceſſe à leur profit dans toutes les parties du Royaume.

Il n'est question que des subalternes, qui suppor-
tent seuls la fatigue & le danger des expéditions,
& dont on a soin d'entretenir l'ardeur en leur
abandonnant une petite portion du butin, quand
les prises sont avantageuses. Il y a des Directeurs,
qui imitent tant qu'ils peuvent la dignité immo-
bile & lucrative de leurs maîtres. Il y a des Chefs
de bande, qui s'approprient les dénominations
honorables de *Capitaines généraux*, &c. Il y a
enfin les simples milices, connues sous le nom de
Gardes, de *Commis*, d'*Employés*, qui se per-
mettent trop souvent les plus frauduleuses manœuvres, sous prétexte d'empêcher la fraude, & des
violences continuelles, pour prévenir, disent-ils,
la rebellion. "

» Mais ce n'est pas assez d'avoir des meutes
pour forcer la proie & des piqueurs pour les gou-
verner; les instituteurs de la Régie ont poussé plus
loin leur prévoyance & leur sagacité. On n'a pas
toujours du gibier à suivre. Ils ont établi dans
chaque Département une espèce d'emploi, à la
faveur duquel ils sont sûrs de n'en jamais manquer. Il consiste à faire naître la contrebande à
propos, à créer la fraude quand elle n'existe pas,
& à préparer ainsi une prise factice, mais réelle,
aux Employés, quand la sagesse ou la timidité des
Négocians les réduit à une trop longue inaction.
C'est ce qu'on appelle dans l'argot de la Ferme,
des *Affidés*. Ce sont des hommes qui se chargent
de battre les frontieres ou les côtes du Royaume:
ils vont s'aboucher avec les propriétaires des marchandises; ils feignent d'en vouloir acheter; ils
en achettent; ils jouent précisément le rôle de
ces animaux dégradés par l'éducation, qui tra-
hissent leur propre espèce en faveur de ses

tyrans. Les Négocians trop ardens, qui se laissent séduire à leurs invitations, sont amenés peu-à-peu dans le filet du chasseur; on le baisse à propos: l'oiseau privé recouvre bientôt sa liberté pour recommencer ses trahisons, & les Etrangers captifs déplorent en vain l'imprudence qui les a perdus. "

On a rapporté ce morceau, un peu long, tout entier, pour faire juger par cette peinture énergique & vraie des fonctions des suppôts de la Ferme, à quel point doivent être odieux à leurs concitoyens des hommes qui se vouent ainsi par état à espionner, à vexer, à tourmenter, à ruiner leurs semblables, à s'engraisser de leur substance.

29 *Octobre* 1771. Extrait d'une Lettre de Fontainebleau du 27 Octobre 1771. La Comédie de l'*Ami de la maison*, exécutée pour la premiere fois hier samedi 26, sur le théâtre de la cour, n'a pas eu le succès qu'on s'en promettoit. C'est un Opéra comique en trois actes & en vers libres, mêlés d'ariettes. Le principal personnage est une espece de Tartuffe, qui, sous le masque de la philosophie, s'étant impatronisé dans une maison, subjugue la maîtresse & profite de cet enthousiasme pour séduire la fille, dont il est l'instituteur aux sciences, & supplanter un amant convenable & bien assorti, & l'épouser. Heureusement, celle-ci, quoique novice, plus fine que lui, lui suggere une démarche qui le décele & manifeste ses vrais sentimens. Il se voit berné; & pour se tirer adroitement & avec honnêteté du mauvais pas où il s'est engagé, il travaille lui-même à réunir les deux amans, qu'il vouloit séparer d'abord, & fait

tourner à leur profit la confiance que la mere conserve en lui jusqu'au bout.

Ce caractère principal, peu neuf & assez froid, glace le reste de la pièce, où l'on distingue pourtant deux ou trois morceaux charmans, une scene assez gaie & bien filée, enfin un dénouement adroit & ingénieux, quoique peu naturel.

Quant à la musique, tout en a paru de la meilleure composition. L'ouverture a produit un grand effet. On a été vivement ému de plusieurs *Adagio* très-tendres, mais qui, trop repétés, ont dégénéré en monotonie. Tel est le jugement de la Cour, communément en contradiction avec celui de la Ville.

Le Sr. Marmontel, de l'Académie Françoise, auteur des paroles, étoit présent, l'épaule haute, le sourcil élevé, la bouche béante. Il sembloit prêt à dévorer l'acteur qui eût bronché dans son rôle. On a été surpris de la prétention qu'annonçoit sur une pareille misère ce poëte devenu philosophe, & se livrant actuellement à l'instruction la plus sublime du genre humain.

L'activité du Sr. Gretry, auteur de la musique, se distinguoit par des attitudes plus vives & plus variées. Il battoit la mesure, & tout le désordre de sa personne caractérisoit l'intérêt qu'il prenoit à la chose. Son amour-propre a paru mieux fondé, d'autant que le succès de ces jolis riens est dû, presque toujours, uniquement au Musicien.

30 *Octobre* 1771. Le Sr. de Monville, financier très-renommé par son luxe & par ses prodigalités, ne l'est pas moins par son adresse à tous les exercices du corps. Il s'est exercé depuis quelque tems à tirer de l'arc, à la maniere des Sauvages, & à chasser avec des fleches. Il

s'y eft perfectionné au point de faire les gageu-
res les plus fortes. M. le Duc de Chartres lui
ayant fait l'honneur de parier contre lui, qu'il ne
tueroit pas en dix coups un Faifan au vol, le jour
de l'expérience a été indiqué la femaine derniere
au bois de Boulogne, à la Meute. Un grand concours de Spectateurs s'y eft rendu, & du premier
coup le Chaffeur a percé l'oifeau : il a manqué les
neuf autres coups.

I *Novembre* 1771. M. le Vicomte d'Aubuffon,
enflammé d'un enthoufiafme patriotique, pareil à
celui de M. le Comte de Lauraguais, a fait un
Mémoire fur la Révolution du Gouvernement
actuel, dans lequel il s'explique avec autant de
force que de liberté. L'atteinte portée aux propriétés eft le principal objet de fes réclamations.
Il a fait imprimer fon ouvrage & il l'a envoyé
aux Miniftres, aux Princes, aux Grands du
Royaume & à fes amis. Il ne fe vend point.
M. le Lieutenant général de Police a écrit à ce
Seigneur, & au lieu de le mander très-poliment,
comme il s'en eft arrogé le droit vis-à-vis des
particuliers & même des Magiftrats démis, il lui
a demandé l'heure où il pourroit le voir. M. le
Vicomte d'Aubuffon lui a répondu que fachant les
occupations importantes dont un Magiftrat comme lui étoit chargé, il ne vouloit point lui faire
perdre des momens auffi précieux, qu'il auroit
l'honneur de l'aller voir à une heure indiquée.
Le fujet de cette converfation étoit le Mémoire
en queftion, dont M. de Sartines avoit difcuté
le fonds & la forme. Quant au fonds, l'auteur
a répondu que c'étoit fa façon de penfer, &
qu'il ne croyoit pas devoir la diffimuler : par
rapport à la forme, c'eft-à-dire à l'impreffion,

il a repliqué qu'il n'ignoroit pas les défenſes de faire imprimer ſans permiſſion, mais qu'elles ne concernoient que les Libraires ou autres gens qui vendoient leurs ouvrages ; que la maniere, le lieu & les co-opérateurs de cette impreſſion étoient ſon ſecret, & qu'il trouvât bon qu'il ne lui en donnât aucune connoiſſance. Ainſi a fini cette entrevue, dont M. le Lieutenant général de Police a ſans doute rendu compte au Miniſtre, & qui n'a produit encore aucun effet.

2 *Novembre* 1771. M. le Duc d'Aiguillon écarte inſenſiblement de ſon Département tous ceux qui paſſoient pour créatures de M. le Duc de Choiſeul, ou que leur attachement connu à ſon prédéceſſeur lui rend ſuſpects. C'eſt par ce motif qu'on aſſure que M. de Rulhieres vient de perdre ſa place & la penſion qu'il avoit ſur les Affaires Étrangeres. Cet homme de Lettres, connu par des pieces de poëſie, l'eſt ſurtout par une hiſtoire qu'il a écrite de la derniere révolution de Ruſſie, dont il a été témoin oculaire, comme Secrétaire d'Ambaſſade alors réſidant en cette Cour. Cet ouvrage encore manuſcrit, eſt au gré de tous les connoiſſeurs qui en ont entendu la lecture, digne d'être comparé aux plus beaux morceaux de Salluſte & de Tacite. M. le Duc de Choiſeul, qui connoiſſoit tout le prix de l'Ecrivain, avoit jugé à propos de l'attacher à ſon Miniſtere, comme un homme de talens très diſtingué dans cette partie.

On prétend que l'Impératrice des Ruſſies a fait faire à M. de Rulhieres les offres les plus ſéduiſantes pour l'engager à ſe deſſaiſir de ſon manuſcrit, mais qu'il a répondu à cette Souveraine qu'il lui étoit impoſſible de la ſatisfaire, le

double

double de fon hiftoire fe trouvant entre les mains d'un ami dont il ne pouvoit le retirer. Il a, du refte, affuré S. M. Impériale, que fon ouvrage ne verroit jamais le jour de l'impreffion du vivant de l'auteur.

3 *Novembre* 1771. Des curieux ont ici des morceaux de ce rocher épouvantable que l'Impératrice de Ruffie a fait tranfporter à Petersbourg, pour fervir de bafe à la fameufe Statue de Pierre le Grand, dont eft chargé le Sr. Falconnet, Sculpteur. C'eft une efpece de granite, dont la pefanteur calculée, felon les proportions de la maffe entiere, donne un réfultat de trois milliards deux cent milliers. Le tranfport de ce rocher énorme, traîné plus de quarante lieues de loin, furpaffe de plus des deux tiers les travaux des Romains en pareil genre, puifque l'Obélifque le plus énorme qu'ils ayent voituré, n'avoit que neuf cens milliers de poids.

4 *Novembre.* L'ouvrage de M. le Vicomte d'Aubuffon a pour titre : *Profeffion de foi politique d'un bon François*, avec cette Epigraphe : *Vox clamantis in deferto.* Elle a 36 pages & eft foufcrite ainfi : *Ita fentiebat rufticanus vir Petrus Arnoldus Vice-Comes Albucenfis, Anno Domini* 1771.

Cette Brochure eft fuivie de : *Effais du fimple bon fens fur la théorie des Etats policés, par un Membre externe de la Société d'Agriculture de Brive la Gaillarde.* Ceux-ci contiennent 40 pages. Les *Effais* & la *Profeffion de foi* méritent un Extrait particulier.

5 *Novembre.* On a donné hier la premiere repréfentation du *Bourru bienfaifant*, comédie en trois actes & en profe du Sr. Goldoni. Le nom-

de cet auteur, très-connu en Italie, son âge de plus de 60 ans & la douceur de ses mœurs, lui ont mérité la bienveillance du Public, très bien disposé pour un étranger qui composoit pour la premiere fois dans notre langue, & sa piece a été beaucoup mieux reçue & plus applaudie que de la part de tout autre.

C'est une piece dans le goût de celles qui composent son théâtre, plutôt un cannevas qu'un ouvrage fini, dont les situations ne sont qu'indiquées : pathétique par le fonds ; comique seulement par l'accessoire ; joliment conduite, mais dont l'intrigue commune n'excite que la curiosité de voir le dénouement de l'imbroglio, extrêmement compliqué par la diversité des intérêts qui se croisent & s'excluent réciproquement. Le principal caractere ressort moins, parce qu'il n'est pas contrasté ; tous les autres se développent foiblement, & lui sont par trop subordonnés. En général, ils ont tous une teinte uniforme de probité & de vertu, qui ôte à l'auteur la ressource féconde des oppositions si nécessaires au théâtre, & qui en produisent les grands effets. En un mot, il n'y a point ce *vis comica*, ce piquant de la critique, qui anime & satisfait la malignité du cœur humain.

Le dialogue est extrêmement naturel, & c'est une des premieres qualités de l'auteur ; mais le ton trop élevé sur lequel se sont montés nos comiques modernes, a fait paroître celui-ci trivial & plat à quantité d'amateurs.

6 Novembre 1771. Le feu Pere Griffet, Jésuite très-connu par la célébrité qu'il a eue ; ayant entrepris dans un de ses ouvrages de prouver que MM. de Rohan ont eu le titre de Princes, aussi-

tôt que les Princes étrangers ont commencé à
ufer de cette dénomination pour caractérifer leur
naiffance, & qu'ils en ont eu de tout tems le
rang & les honneurs; un auteur anonyme a publié l'année derniere un Mémoire, dans lequel il
prétend faire connoître par des principes conftans
& des faits inconteft bles, que ces prétentions
n'ont aucun fondement; qu'il n'y a point en
France de rang intermédiaire entre la famille Royale & la Nobleffe; que MM. de Rohan n'ont jamais
eu d'autre titre & d'autre rang en Bretagne, du
tems de fes Ducs, ni en France, depuis fa réunion à la Couronne, que ceux qui font communs à toute la Nobleffe. Comme ce Mémoire
a jetté beaucoup d'incertitude fur l'affertion du
Pere Griffet pour la plupart des Lecteurs, la maifon de Rohan fe propofe de faire paroître inceffamment une réponfe, appuyée de titres & de
pièces probantes qui juftifieront fes droits.

7 Novembre 1771. Suivant le rapport de ceux
qui fe font trouvés à la cour le famedi 2 Novembre, à la repréfentation du _Faucon_, cette
piece a été huée, malgré le refpect dû au lieu.
Elle a paru fi indécente & fi ignoble, que tout
le monde en a été révolté. Le Sr. Sedaine eft
fort humilié.

8 Novembre. M. le Vicomte d'Aubuffon
eft un homme d'environ 50 ans. La délicateffe
de fa fanté & la fierté de fon ame l'ont toujours
empêché de fe livrer aux intrigues de la cour &
de fuivre la route que fa naiffance lui ouvroit à
la fortune & aux honneurs. Grand propriétaire
de terres, fes vues fe font tournées du côté de
l'agriculture, & après avoir combiné dans le filence tous les avantages de cet art pour la prof-

périté d'un Etat, il a senti de quelle importance il étoit de lui conserver l'intégrité de sa liberté. C'est à l'occasion de l'atteinte qu'il lui voit portée par contre-coup dans la révolution actuelle, qu'il a cru devoir ouvrir les yeux à ses concitoyens & au Ministère, en communiquant ses idées à cet égard. Elles sont fortes, lumineuses, hardies : mais, ainsi que la plupart des politiques, il détruit plus aisément qu'il n'édifie. Dans la seconde partie de son ouvrage surtout, il annonce un projet pour liquider promptement les dettes de l'Etat, sans mettre d'impôt, & avec tous les avantages possibles, sans y trouver aucunes difficultés que sa simplicité. Comme il ne donne pas le mot de l'Enigme, & que la raison de son silence est fondée uniquement sur ce que dans ce siecle incrédule on lui riroit au nez, on seroit tenté de regarder ce systême comme une rêverie, si le surplus de cet écrit ne partoit d'une tête trop bien organisée pour en juger aussi légerement, sans connoître toutes ses ressources.

9 *Novembre* 1771. Tout le monde a lu les éloges outrés dont M. de Voltaire accabloit M. le Duc de Choiseul, & l'on sait avec quelle adulation basse il exalte aujourd'hui M. le Chancelier & ses opérations. Le premier n'a pas cru pouvoir mieux se venger de ce perfide vieillard que par une plaisanterie, qu'il s'est permise sur son compte ; il a égayé par le ridicule la noirceur du vice de l'ingratitude, dont l'apôtre de l'humanité s'est rendu coupable envers son bienfaiteur. Dans son château de Chanteloup le Ministre disgracié a fait élever une girouette à la mode, qui marque les quatre vents cardinaux. Elle est surmontée d'une tête modelée sur celle de M. de Voltaire, &, joüet

mobile des airs, elle tourne sans cesse au gré des aquilons. On sent aisément l'illusion de cet emblême.

9 Novembre 1771. On écrit de Fontainebleau que *le Bourru bienfaisant* y a été joué devant le Roi le mardi 2 de ce mois, & que cette comédie a été très bien accueillie; qu'elle a fait rire & pleurer alternativement par des transitions douces, qui ne donnent point à l'ame ces secousses convulsives qu'occasionnent les Drames modernes. Ainsi la cour & la ville se sont trouvées d'accord en matiere de goût, ce qui arrive rarement.

Au surplus, c'est peut-être par cet esprit de contradiction, que la comédie en question, le lendemain mercredi, n'a pas reçu à Paris les mêmes applaudissemens que le premier jour. Le nombre des Spectateurs avoit déjà diminué beaucoup, & certains connoisseurs prétendent qu'on revient des éloges trop forts prodigués à l'auteur.

10 Novembre. De nouvelles Lettres de Fontainebleau apprennent que S. M. a fait appeller à son lever l'auteur du *Bourru bienfaisant*, qu'elle l'a accueilli avec beaucoup de bonté, qu'elle lui a dit être très-contente de sa comédie; qu'il continue à travailler dans ce genre, qui est bon.

11 Novembre. Il nous est arrivé depuis quelque tems de l'étranger un nouveau livre, ayant pour titre : *De la Constitution de l'Angleterre*, avec cette Epigraphe : *Ponderibus librata suis*. Il est précédé d'une Epître dédicatoire à Mylord Comte d'Abington, Pair d'Angleterre, datée de Londres le 24 Décembre 1770, & signée *De l'Olme*, nom qui paroit être celui de l'auteur. Dans cet ouvrage, un des meilleurs en politique qui ait paru depuis longtems, l'Ecrivain remonte aux caufes qui ont produit la liberté Angloife, & établit celles qui la maintiennent.

Il diftingue trois grandes époques dans l'hiftoire de cette Conftitution : le regne de Jean fans terre, celui d'Edouard I, & l'expulfion de Jacques II, ou plutôt l'exaltation fur le trône de la Maifon de Brunswick. Dans la premiere, la Grande Charte indique les bornes où devoit fe renfermer le pouvoir du Roi. Dans la feconde, on trouve le premier exemple de l'admiffion des Députés des Villes dans le Parlement ; nouvelle barriere élevée contre le même pouvoir. Enfin la Révolution de 1688 acheva d'en fermer l'enceinte : c'eft alors que la Grande Bretagne donna le rare fpectacle d'un contrat primitif & formel entre le Peuple & le Souverain.

La Conftitution de cet Etat eft indélébile, fuivant l'auteur, parce qu'elle eft dictée par la nature elle-même ; qu'elle eft de plus décidée par une forme très-marquée de gouvernement, ayant par conféquent pour nouvel appui l'opinion, cette caufe puiffante, qui maintient les gouvernemens les plus abfurdes, qu'elle a l'attachement d'une Nation éclairée, & que par le balancement de toutes fes parties, elle regagne néceffairement d'un côté ce qu'elle perd de l'autre.

Ce traité court, précis & rapide, eft foutenu d'un ftyle animé & vigoureux. L'Ecrivain s'eft quelquefois permis des termes nouveaux, non par un néologifme ridicule, mais pour mieux rendre a penfée & lui donner plus d'énergie ; ce qui arrive prefque toujours.

Ceux qui n'auront pas lu l'ouvrage en queſtion, ſeront ſurpris de la ſévérité avec laquelle le Gouvernement en empêche l'introduction ; mais pour peu qu'on le parcoure, on en trouve aiſément les raiſons. Il ſuffira de citer le paragraphe ſuivant : à l'occaſion de la Révolution de 1688, ce défenſeur des droits de l'humanité dit :

» C'eſt à cette époque que ſe poſerent les » grands & vrais principes des Sociétés, par l'ex-» pulſion d'un Roi, violateur de ſes ſermens. La » doctrine de la réſiſtance, cette reſſource finale » des Peuples que l'on opprime, fut miſe à l'a-» bri du doute, par l'excluſion donnée à une fa-» mille héréditairement deſpotique. Il fut décidé » que les Nations n'appartiennent pas aux Rois. » Tous ces principes d'obéiſſance paſſive, de » droit divin, de pouvoir indeſtructible, en un » mot, cet échaffaudage de notions fauſſes, ſur » leſquelles l'autorité royale avoit porté juſques-» là, fut détruit; & l'on y ſubſtitua les appuis » ſolides & durables de l'amour de l'ordre, & du » ſentiment de la néceſſité d'un Gouvernement par-» mi les hommes ».

12 *Novembre* 1771. L'objet des Ecrivains pa-triotiques actuellement eſt de s'oppoſer au projet du Chancelier, qui commence à s'effectuer par la foibleſſe de certains Magiſtrats qui ſe font liqui-der. Dans une *Lettre d'un François aux victimes d'Ebroin*, en date du 20 Octobre 1771, on traite la matiere fort amplement. Elle porte pour Epi-graphe ce fameux axiôme : *Nobis cunctando reſ-tituit rem.*

Cet Ecrit, dont l'extrait ſeroit trop long, eſt plein de choſes, de raiſon & d'éloquence, & bien propre à faire impreſſion ſur tous les Magiſtrats, qu'un intérêt perſonnel, que la crainte ou l'eſpérance n'aveugleront pas.

13 *Novembre* 1771. Aſſemblée publique de l'Académie Royale des Sciences du mercredi 13 Novembre 1771.

Le Sr. Le Moyne, fameux Sculpteur, ayant fait préſent à l'Académie d'un Buſte en marbre de Fontenelle, le Sr. de Fouchy, Secrétaire de l'Académie, a prononcé à cette occaſion un compliment public à l'Artiſte. En effet, cet ouvrage, outre le mérite de reproduire aux yeux de l'Aſſemblée un de leurs plus dignes & plus célébres confreres, eſt précieux par le travail même. Il repréſente le Neſtor des Sciences & de la Littérature dans toute la majeſté d'un antique. Les rides de ſon front n'alterent pas la douceur de la phyſionomie du vieillard, & ſon ame imperturbable y ſemble ſurvivre aux outrages du tems. Le Public a vu ce Buſte avec le plus grand intérêt. Il s'eſt trouvé placé dans la Salle, ainſi que ceux de *Réaumur*, de *Winslow* & le Portrait de *La Hire*, fameux Aſtronome, qui s'étoit peint lui-même. C'eſt le Sr. Hériſſant qui avoit fait préſent à l'Académie de ces trois derniers morceaux. L'orateur en a rappellé l'époque à l'occaſion de celle-ci, a renouvellé les rémerciemens de ſon Corps, & a exhorté les parens & amis des Académiciens défunts à faire déſormais de ſemblables dons à l'Académie.

M. de Fouchy a commencé enſuite l'*Eloge du Lord Morton*, illuſtre Ecoſſois, Aſſocié étranger de l'Académie. Quoiqu'il fût mort en 1768, l'éloignement & les difficultés de raſſembler les matériaux de ſa vie, avoient mis juſqu'à préſent obftacle au zele du Secrétaire. Par ce qu'il a lu, il n'a pas même paru qu'il eût été bien fecondé à cet égard, & cet Eloge contenoit peu de particularités interreffantes. On y voit en général un Grand, qui réunit aux dignités l'amour des Sciences : alliance très - commune en Angleterre. Il étoit Préfident de la Société Royale de Londres, & la célébrité de fon mérite s'eft trouvée confirmée par cette place, qui n'eft point comme celles de cette efpèce en France, fouvent le fruit de l'intrigue, de l'adulation & d'une vanité fotte, puifqu'elles ne fervent qu'à mettre plus au jour l'ineptie des illuftres honoraires.

A cette lecture a fuccédé celle d'un Mémoire du Sr. Tillet fur le *Varech*. Cette plante marine eft très commune fur les Côtes de Normandie. On s'en fert à l'engrais des terres, & du furplus on en fait une foude employée dans diverfes opérations. Il y a quelques années que l'on conçut des craintes fur la fumée de cette plante, qu'on prétendit être contraire aux hommes, aux animaux, aux grains & aux fruits. Cette rumeur ayant fait fermenter le peuple, le Procureur général du Parlement de Rouen prit connoiffance des plaintes, & fur fon rapport, la Compagnie, en 1768, rendit un Arrêt, qui défendoit de brûler ainfi le Varech amoncelé. Une telle défenfe jetta la défolation parmi les malheureux qui vivoient de ce travail. Des habitans plus éclairés réclamèrent contre l'Arrêt & contre les plaintes qui y avoient donné lieu. L'affaire fut portée au Confeil, & ayant été arrêté qu'avant de ftatuer fur les Mémoires refpectifs, l'Académie des Sciences feroit confultée, la Compagnie a nommé au printems dernier trois de ſes Membres, dont deux ont dû aller vérifier les faits ſur les lieux & le troiſieme ſur les bords de la Méditerranée, pour prendre de nouvelles connoiſſances dans ces parages. Mrs. Tillet & Fougeroux ont eu en partage la Normandie, qu'ils ſe ſont ſous-diviſée entre eux. Ils ſont d'accord, que d'après las informations les plus exactes, les plus détaillées, les plus multipliées, d'après les expériences faites par eux-mêmes & ſur leurs propres perſonnes, la reſpiration de la fumée du Varech n'eſt nullement nuiſible ni aux hommes, ni aux animaux, ni aux grains, ni aux fruits; que c'eſt une erreur accréditée par l'ignorance, ou peut-être par des paſſions particulieres combinées.

A ce rapport M. le Marquis de Paulmy, Préſident de l'Académie à cette Séance, a ajouté que M. Guettard, envoyé dans la Méditerranée, n'étoit pas encore revenu, mais que ſon compte rendu à l'Académie étoit conforme dans tous les points à celui de ſes confreres.

Pendant cette lecture M. de Fouchy avoit repris haleine, & a fait part de l'*Eloge de M. de Mairan*. On ſait qu'il avoit ſuccédé au Secrétariat de l'Académie, occupé par M. de Fontenelle, avec qui M. de Mairan avoit beaucoup de reſſemblance. Il réuniſſoit, ainſi que lui, à la plus profonde théorie des hautes ſciences, l'agrément des Lettres & des Arts aimables. Il a été auſſi de l'Académie Françoiſe, & a pouſſé dans un âge très avancé ſa carriere douce & fortunée. Un caractere égal, une ame tranquille, n'ont pas peu contribué à prolonger le cours de

l'un & de l'autre, & sans un accident particulier, peut-être le dernier auroit-il égalé les
nombreuses années de son prédécesseur. Ses *Mémoires sur les causes du chaud & du froid, &
sur les Aurores boréales*, sont les ouvrages qui
lui ont fait le plus de réputation. En général,
quoiqu'il ait beaucoup travaillé, il digéroit len-
tement ses productions. Comme d'ailleurs elles
sont d'une nature moins variée & moins à la
portée du grand nombre, sa célébrité n'a jamais
approché de celle du vieillard aimable qu'il avoit
remplacé.

Le Météore lumineux du 7 Juillet a été l'objet d'une Dissertation de M. le Roy, qui, après
en avoir fait une description exacte & détaillée,
après avoir rendu compte de la maniere dont
il a été observé en divers endroits de la France,
a traité dans sa seconde partie des explications
données par plusieurs Savans de ces globes de
feu dont il y a plusieurs exemples, & a fini par
convenir qu'il n'en trouvoit aucune satisfaisante,
& que ce n'étoit qu'en accumulant une quantité
d'expériences qu'on surprendroit peut-être enfin
le secret de la nature.

M. Bailli devoit lire un Mémoire d'Astro-
nomie sur les inégalités de la lumiere des Sa-
tellites, sur la mesure de leurs diametres, & sur
un moyen aussi simple que commode de rendre
les observations comparables, en remédiant à
l'effet produit par la différence des vues & des
lunettes. mais l'heure étant plus que passée,
il a seulement annoncé le titre de cet ouvrage,
trop fort d'ailleurs pour la plupart des auditeurs, & qui les auroit sans doute ennuyé
beaucoup.

13 Novembre 1771. *Assemblée publique de l'Académie des Inscriptions & Belles-lettres, du mardi 12 Novembre 1771.*

L'assemblée d'hier a été peu nombreuse, & le banc des Honoraires ne s'est trouvé garni que du Duc de St. Aignan & du Sr. Bignon, Prévôt des Marchands.

M. le Beau a ouvert la Séance par annoncer que M. l'Abbé le Blond, Sous-Bibliothécaire du College Mazarin, avoit remporté le prix. C'est pour la troisieme fois qu'il est couronné.

Il a ensuite fait lecture du Programme contenant le sujet du prix que l'Académie doit donner dans son assemblée à Pâques 1773. Il s'agit d'examiner *pourquoi les Descendans de Charlemagne, Princes ambitieux & guerriers, ne purent se maintenir aussi long tems sur le Trône des François que les foibles successeurs de Clovis ?*

A ces deux annonces a succédé l'Eloge de M. l'Abbé Mignot. C'étoit un Savant, modeste & obscur, dont la vie n'a point d'époques intéressantes par leur célébrité, & dont les ouvrages même sont peu connus. Son principal travail consiste en des recherches curieuses & profondes sur l'histoire des Phéniciens, sujet neuf ou du moins très-légérement effleuré par ses confreres. Il l'a traité de maniere à n'y laisser rien desirer, quand les manuscrits trouvés après sa mort auront été joints à ses autres Mémoires déjà imprimés sur la même matiere.

M. l'Abbé Mignot a beaucoup écrit sur la Théologie, mais l'Usure est l'objet sur lequel il a travaillé avec plus de soin & de complaisance. Comme tout est de mode successivement dans ce pays-ci , il a été un tems où les recherches des Savans se font tournées de ce côté-là. L'érudition & l'amour de l'étude n'empêchent pas que l'amour de l'argent ne se trouve réuni dans le même individu. L'avarice est encore la passion favorite des Gens de Lettres, & sans en chercher des exemples bien loin, personne n'ignore avec quelle ardeur M. de Voltaire , en courant à la gloire, a poursuivi la fortune. L'usure c'est-à-dire l'intérêt qu'on retire d'un argent prêté , étant le premier & le seul véhicule sous différentes formes qui amene la richesse , cette question intéresse l'humanité en général , ou , pour mieux dire , elle n'en devroit pas faire une. Tout ce que les théologiens ont avancé là-dessus , est trop contraire au bon sens , à la saine philosophie , à la politique , à l'essence des propriétés , pour mériter une réfutation dans un siècle éclairé. L'Académicien dont on a parlé , a cependant discuté ce point de controverse avec toute la bonne foi possible : il a démontré que l'usure a été en usage chez tous les peuples de la terre , & cet usage subsistera tant qu'il y aura un esprit de cupidité , où plutôt une prévoyance du lendemain , qui exige nécessairement qu'on s'assure des revenus périodiques & toujours renaissans. C'est à un Législateur sage , en ménageant une circulation abondante & continuelle , à prévenir ces stagnations d'argent , qui occasionnent l'abus de la chose & l'oppression du pauvre.

Après l'Eloge de M. l'Abbé Mignot , M. l'Abbé Arnaud a lu la *Traduction d'un Dialogue de Platon* , précédée d'un discours préliminaire. Suivant l'auteur , son but a été de faire voir qu'il ne falloit pas juger de Platon par les traductions qu'on avoit données de quelques-uns de ses ouvrages ,

& à cette occasion il s'est déterminé à traduire un des Dialogues de ce grand Philosophe. Il a choisi celui intitulé : *Jon.* C'est un *Rapsode*, c'est-à-dire un de ces hommes qui récitoient, pour gagner leur vie, les vers d'Homere. Il le fait dialoguer avec Socrate. Ce dernier suivant sa maniere subtile de raisonner, après avoir promené son adversaire par mille détours, le circonscrit insensiblement, le resserre dans un cercle d'argumens pressans, & l'oblige de convenir que les Poëtes, ne faisant que céder à une impulsion divine, parlent de tout sans rien savoir, & conséquemment sont fort au-dessous des Philosophes, dont le propre est d'étudier l'essence des choses, de les développer, de les connoître parfaitement : en un mot, en derniere analyse, il en fait résulter la supériorité de la Philosophie sur la Poësie. On ne sera pas surpris du choix que l'Académicien a fait de ce Dialogue, quand on saura qu'il ne compose point de vers, mais qu'il se pique d'être un Sage moderne, & un des enthousiastes du systême de nos Philosophes, qui voudroient déprimer le bel art en question, & amener tout à leurs principes, en s'établissant pour législateurs des Sciences & des Arts, sous le titre imposant & illimité d'Encyclopédistes.

Au surplus, le Mémoire du Traducteur est écrit avec ce style animé, qui n'est pas celui de la Dissertation, mais que l'imagination exaltée de cet Abbé Provençal porte partout, & sous lequel il fait disparoître l'odieux de ses prétentions & le faux de ses sophismes.

Le Mémoire de M. l'Abbé Batteux, *sur la Tragédie & sur ses fins*, est beaucoup plus dans le ton de la chose. Il est clair, méthodique, raisonné. L'auteur veut juftifier Ariftote, tant critiqué à l'occafion de fa définition de la Tragédie. Il en donne une nouvelle analyfe, & l'accompagne de développemens fondés fur une méthaphyfique très-déliée & difficile à faifir. Le grand point de la queftion eft de favoir fi le Poëte doit fe propofer une maxime de morale pour but de fon ouvrage ; conféquemment, fi tout Drame Tragique doit néceffairement fe terminer par le triomphe des bons & la punition des méchans ? L'Académicien prétend que la tragédie n'ayant jamais eu pour objet que le plaifir des Spectateurs, il fuffit qu'ils en fortent émus de paffions purgées, c'eftà-dire qui ne foient pas éxaltées au degré qui déchireroit l'ame douloureufement.

Quoique le raifonnement du Traducteur foit fondé fur l'expérience, & qu'on voie d'excellentes tragédies, dont le réfultat n'eft rien moins qu'encourageant pour la vertu & effrayant pour le vice, on fent pourtant qu'un Légiflateur habile pourroit aifément faire tourner cet art du côté de la politique, & que fi le plaifir lui donna naiffance, il eft devenu chez les peuples de la Grece un reffort puiffant pour produire les grands mouvemens & l'enthoufiafme patriotique. C'eft ainfi que de nos jours le Gouvernement a profité de la manie de M. De Belloy de faire des tragédies, & d'y introduire des héros françois, pour enfanter un prétendu fanatifme de la Nation envers fes Rois, & le faire fervir de véhicule à l'introduction du Defpotifme. Malheureufement les maximes de cet auteur, alambiquées dans de méchans vers, ne produifent qu'une impreffion momentanée, font intolérables à la lecture par leur obfcurité énigmatique, & ne peuvent fe graver dans la

mémoire, par la barbarie du maître & de l'ex=
preſſion.

On avoit commencé la lecture d'un 5eme.
Mémoire de M. Sigraïs, ſur l'eſprit militaire des
Gaulois. Celui-ci doit embraſſer l'eſpace écoulé
depuis le regne d'Augufte jufques à Othon. En
général, la Nation parut engourdie dans cet intervalle : elle ne ſe réveilla de tems en tems
qu'à l'occaſion de l'énormité des impôts & des
vexations qui en ſont les ſuites ; mais les inſur-
rections de ces Peuples ſe terminerent malheu-
reuſement pour eux, & ils retomberent ſous le
joug.

Le Public eſt ſorti très-mécontent de n'avoir
pu entendre ce Mémoire ſi intéreſſant par ſon ſujet & par ſes circonſtances. Mais le Préſident a
fait finir impitoyablement cette lecture à cinq
heures ſonnantes, ſuivant l'uſage ſcholaſtique de
cette Académie, contre lequel on ne ſçauroit
trop s'élever.

14 Novembre 1771. On écrit de Fontainebleau
que *Zemire & Azor*, ou *la Belle & la Bête*,
Opéra-comique nouveau y a été exécuté ſur
le théâtre de la cour, le ſamedi 9, avec beaucoup de ſatisfaction de la part des Spectateurs.
On en a été ſi content qu'on la donné une ſeconde fois. La muſique, du Sr. Grétry, ainſi
que c'eſt l'uſage, a fait le ſuccès de ce petit
ouvrage, dont les paroles ſont du Sr. Marmontel. La fameuſe décoration de diamans a été employée à cette occaſion, & elle a paru encore
plus ſuperbe & plus réſplendiſſante par des additions & par un jeu plus brillant donné aux pier-
reries.

15 Novembre. Le Sr. Gibert, Membre del'Académie des Belles-Lettres, vient de mourir. Ce Savant, peu connu, laisse en outre deux places vacantes très-bonnes: celle d'inspecteur des Domaines, & celle de Secrétaire de la Pairie.

16 Novembre 1771. Plan d'une Conversation entre un Avocat & M. le Chancelier. Ce Dialogue roule sur les reproches que l'auteur de la brochure est censé recevoir du Chef de la Magistrature, à l'occasion de la suspension de ses fonctions & de celles de son Ordre. Il y prouve que le serment fait par lui & ses confreres, d'observer les Loix & Ordonnances du Royaume, les oblige de s'abstenir de concourir directement ou indirectement à tout ce qui paroît leur être contraire; que c'est par ce sentiment intime & irrésistible de leur conscience, que tous, sans assemblée, sans conventicule, ont tenu une conduite pareille, & sont unanimes sans concert: il en tire un puissant argument contre son adversaire. Il fait voir que lorsque six cens personnes, dont plusieurs n'ont pas toujours les mêmes idées, soit sur les questions politiques & les points de droit public, soit même sur les querelles qui divisent l'Eglise de France, se réunissent dans un parti, qui renverse leurs fortunes & leurs familles, il faut croire que cette unanimité si frappante entre tant de gens, d'âge, de caractere, de pays, de situation, de fortune & de sentimens, différens sur tant d'autres points, porte sur quelque grand & respectable motif.

L'Avocat part de-là, pour développer d'une façon lumineuse combien les opérations de M. de Maupeou sont contraires aux Loix & au véritable intérêt du Roi & de l'Etat. Celui-ci, dans

fes objections ou dans fes repliques, conferve ce
ton mielleux & patelin que tout le monde lui
connoît, & fi bien foutenu dans la Correfpondance fecrette, &c. Enfin, dans une efpece de
peroraifon de la plus grande vigueur, l'orateur
s'échauffe, s'éleve, s'enthoufiafme, & bourre Sa
Grandeur d'une prodigieufe force, au point que
le Chancelier, rendu à la méchanceté de fon caractere, développe toute la noirceur de fon ame
& exhale fa fureur en menaces.

17 *Novembre* 1771. *Montbailli*, veuve âgée
de 60 ans, d'un embonpoint & d'une groffeur
énormes, fujette à s'enivrer d'eau-de-vie, fut
trouvée, le 7 Juillet 1770, au matin, morte
près de fon lit, avec tous les fymptômes d'une
apoplexie fubite, & des contufions, meurtriffu-
res, bleffures même, qu'elle s'étoit faites probablement en fortant de fon lit & en fe débattant.
On étoit fur le point de l'enterrer, lorfqu'il
s'éleva quelques rumeurs dans le peuple, à l'occafion d'une conteftation, mûe la veille, entre
cette femme & fon fils, & fa bru. Ceux-ci font
accufés de parricide : on les emprifonne féparément : on vifite le cadavre. Les Médecins &
Chirurgiens de St. Omer difent unanimement
que la mort a pu être naturelle : les Juges cru-
rent les accufés innocens ; mais pour ne point
trop aller contre la clameur populaire, ils or-
donnerent un plus amplement informé d'une
année, pendant laquelle les accufés garderoient
prifon.

Le Procureur du Roi appella de cette Sentence au Confeil d'Artois, *à minimâ.* Ces nouveaux Juges, malgré les dénégations conftantes,
fimples & uniformes du mari & de la femme,

condamnerent le mari à fouffrir la queftion ordinaire & extraordinaire, à mourir fur la roue,
après avoir eu le poing coupé ; la femme à être
pendue, & tous deux jettés dans les flammes.

Montbailli fut renvoyé à St. Omer pour y fubir cet Arrêt, prononcé le 9 Novembre 1770 ,
& il fut exécuté le 19 du même mois, en atteftant
jufqu'au dernier foupir fon innocence & celle de
fa femme.

La femme, qui étoit enceinte, ne devoit être
exécutée qu'après fes couches. Son pere & fa
mere ont profité du délai pour demander un fur-
fis à M. le Chancelier, & l'ont obtenu. Ils demandent aujourd'hui la revifion du procés, fondés fur une Confultation de 13 Avocats , & fur
celle de M. Louis, célebre Profeffeur en Ana-
tomie.

M. de Voltaire vient de faire à cette occafion
une Brochure nouvelle, fous le titre de *la Mé-
prife d'Arras*. Il y plaide la caufe de l'humanité
avec fon éloquence & fon onction ordinaires ;
mais on découvre malheureufement que ce n'eft
qu'un cadre pour y enchâffer fes invectives , plus
ordinaires encore, contre la Magiftrature & contre fes ennemis , qu'il déchire avec un acharnement inhumain. Il profite auffi de l'occafion pour
encenfer M. le Chancelier , & louer fes opérations de la façon la plus outrée & la plus baffe.

18 *Novembre* 1771. *Le Manifefte aux Normands* eft un écrit très-violent, mais plus fort
encore de chofes , de raifonnemens & de citations. C'eft une efpece de tocfin pour annoncer
à cette Nation que les fondemens de toutes les
propriétés des Normands font attaqués. Mais
que n'appartenant à la France que par le fameux

pacte de 1204 , la violation réfléchie de ce Traité mutuel par une des parties contractantes le détruit, rend la province à son premier état : elle redevient partie de l'Angleterre, sa premiere patrie, ou bien libre d'en choisir une nouvelle.

Outre ce Contrat d'union, les Normands ont à réclamer le fameux Code, intitulé : *La Charte aux Normands.* Il renferme trois dispositions principales.

Par la premiere, la Coutume du Pays & ses usages ne peuvent, sous aucun prétexte & en aucun tems, être changés.

Per la seconde, la Province doit être maintenue dans la possession de son antique Tribunal ou Echiquier souverain, où ressortissent définitivement *toutes les causes de ce Duché* : ensorte qu'aucun ne puisse être ajourné devant les juges d'un autre pays.

Par la troisieme, les Rois Ducs de Normandie, ne peuvent ni ne doivent en aucun cas, & sous aucun prétexte, mettre des impositions de quelque espece que ce soit sur la province, sans un besoin pressant & évident, jugé tel par les trois Etats assemblés.

Tel est le Pacte, dit l'Ecrivain, de la Nation Normande, lorsqu'elle reconnut pour Ducs les Rois de France. Sa soumission tient donc à l'accomplissement du Contrat qui y met le prix. Toutes les Nations font par nature vengeresses du Droit des gens violé, & Protectrices du Peuple opprimé. . . . .

20 *Novembre* 1771. *Zemire & Azor* a fait une grande sensation à la cour, & mérite quelque détail. C'est une Comédie Ballet en vers

& en quatre Actes, mêlée de Chants & de Danfes.

Azor eft un jeune Prince Perfan, Roi de Ka-mir, à qui une Fée a fait préfent de la beauté. Pour s'être trop complu dans ce don, elle le lui a ravi. Il eft devenu une efpece de monftre, & le char-me ne doit ceffer qu'au moment où, malgré fa laideur, il pourra toucher un jeune cœur. Au furplus, il a la puiffance de commander aux élé-mens, & de faire tous les enchantemens qu'il lui plaît.

Sander, Perfan, Négociant d'Ormus, en re-venant d'un voyage, eft furpris d'un orage. Il s'égare avec Hali, fon efclave, & trouve un pa-lais magnifique dans lequel il entre ; il n'y voit perfonne, mais tout s'ouvre devant lui ; il ren-contre les divers fecours dont il a befoin, & l'orage ceffé il s'en va. Il cueille en partant une rofe pour Zémire, la plus chérie de fes trois filles. Le Génie arrive foudain : il fe plaint de l'indif-crétion du voyageur, il le menace de lui ôter la vie. Sander cherche à le toucher ; il lui raconte fon hiftoire..... Il n'obtient à grace qu'à con-dition d'amener fa fille au monftre. Il le lui pro-met pour fe ménager encore une entrevue avec fes enfans, & lui promet de revenir, fi l'une d'el-les ne prend pas fa place.

Au Palais enchanté, où s'eft paffé le premier Acte, fuccede l'intérieur de la maifon de Sander. Accueil tendre de fes filles, & furtout de Zémire. Il cache fa douleur fous une feinte joie. Pour ne plus fe contraindre il exige que fes enfans aillent fe coucher. Zémire s'apperçoit de fon trouble : elle en apprend la caufe de Hali, & fe réfout à fe facrifier, pour fauver la vie à fon pere.

Le 3ᵉᵐᵉ. Acte se passe de nouveau dans le Palais d'Azor. Zémire, conduite par l'Esclave, s'offre au Monstre. Celui-ci est enchanté de la beauté de la jeune personne, qui ne peut d'abord lui dissimuler l'effroi qu'il lui fait. Son langage la rassure : elle oublie, en l'écoutant, la peur qu'elle ressentoit à le voir ; & par une gradation successive, elle passe à un sentiment tendre pour le Génie, qu'elle croit n'être que de la pitié ; mais elle n'oublie pas son pere : elle demande la permission d'aller le revoir ; elle lui est accordée. Il la conjure seulement de revenir ; il lui déclare que si elle n'est de retour avant la fin du jour, il mourra. Il lui donne un anneau, qui la rend libre. En le portant, elle n'est plus au pouvoir du monstre. Si elle le quitte, elle lui sera rendue. Elle devient maîtresse de son sort.

La maison de Sander reparoît au 4ᵉᵐᵉ. Acte. Zémire retrouve son pere & ses sœurs. Elle les rassure sur son sort : elle leur apprend toutes les bontés du Génie, & fait son récit avec tant de vivacité, tant d'éloges, tant d'intérêt, que son cœur leur paroît affecté. On veut l'arrêter : elle dit qu'elle a promis de retourner ; qu'il l'attend, & qu'elle doit s'acquitter. Elle jette son anneau & disparoît. Cependant Azor voyant le jour finir, croit sa nouvelle amante infidele ; il succombe, il sent qu'il va mourir. Elle survient dans cet instant, & retrouve Azor dans sa premiere beauté. La Fée, satisfaite de cette épreuve, se montre, & tire de l'événement du jour de la morale constante, que la bonté a tous les droits de la beauté.

Cette piece, dans laquelle il y a beaucoup de jeu & de mouvement, doit produire un très-grand

effet au théâtre , & faire la plus grande fenfation , accompagnée de toute la magie du fpectacle , de la pompe de la Danfe & des Ballets ,
& furtout d'une mufique délicieufe. Elle a le défaut de n'être pas extrêmement gaie , d'être toujours fur le ton pleureur & langoureux : défaut
affez ordinaire aux productions de M. Marmontel , dont le cœur tendre s'affecte fortement ,
& revient avec peine aux impreffions de la
joie.

21 *Novembre* 1771. Le Sr. Keyfer vient de
mourir. C'étoit un Empirique fameux par fes dra-
gées anti-vénériennes. M. le Maréchal de Biron
l'avoit mis fort en vogue par l'expérience qu'il
avoit fait faire de fon remede en faveur des Soldats de fon Régiment , dont le grand nombre
eft fouvent affecté des fuites du libertinage & de
la débauche. Il étoit devenu l'Efculape de cette
troupe , & il y avoit des hôpitaux établis dont il
avoit l'adminiftration & où il exerçoit fes cures.
La Faculté de Médecine , toujours oppofée aux
curations qui ne s'exercent pas fuivant fes principes , avoit beaucoup de fes membres adverfaires
du Sr. Keyfer ; en forte que l'utilité de fon remede n'étoit pas fans beaucoup de contradictions ,
& devenoit un problême très-embarraffant pour
ceux qui en auroient eu befoin , malgré l'avantage
apparent qu'il préfentoit & les facilités à s'en
fervir , ainfi que le coût très - médiocre dont
il étoit.

22 *Novembre. Nous y penfons , ou Réponfe
de MM. les Avocats de Paris , à l'Auteur
de l'Avis : Penfez-y bien.* L'Auteur y développe les raifons qui ont empêché les Avocats
de rentrer : raifons dont l'Ordre ne fent plus fans

doute aujourd'hui la force victorieuse, puisqu'il a prêté le serment si desiré par M. le Chancelier.

25 *Novembre* 1771. M. le Vicomte de Bombelles, Officier au Régiment de Piémont, a épousé, il y a quelques années, à Montauban, la fille d'un Négociant Protestant, & pour se conformer à la religion de la Demoiselle, il a consenti que le mariage se fît dans le rit de sa religion, c'est-à-dire *au désert*, cérémonie proscrite par la loi en France, où les mariages des Protestans sont déclarés nuls. Depuis, profitant sans doute de cette nullité, il s'est marié une seconde fois à Paris, à une Demoiselle Carvoisin, & la célébration s'est faite cette année avec toutes les cérémonies d'usage entre les Catholiques. Un bruit sourd couroit dès-lors qu'il avoit déja une femme. Mais il a nié constamment le fait, & il a passé outre. La Demoiselle de Montauban revient aujourd'hui contre ce second mariage : c'est ce qui fait la matiere d'un procès important & curieux, qu'on doit incessamment plaider au nouveau tribunal. Le Sr. Linguet répand déja un Mémoire en faveur de la premiere Vicomtesse, y déploie toute l'éloquence qui lui est ordinaire, à laquelle prête infiniment le sujet en question.

26 *Novembre*. La fête donnée à Madame la Comtesse de Provence, par Madame la Comtesse de Valentinois, le 21 de ce mois, consistoit en la représentation de *Rose & Colas*, Opéra-comique ancien & que les Acteurs du Théâtre Italien ont exécuté. A ce spectacle a succédé un petit Divertissement en 3 Actes, relatif à la convalescence de la Princesse. L'Abbé de Voisenon & le Sr. Favart s'étoient évertués pour y faire de l'esprit. Le tout a été suivi de couplets, où

où par un mélange infâme, ces auteurs ont affocié fans pudeur, aux éloges de Madame la Comteffe de Provence, ceux du Chancelier & de fes opérations, & conféquemment des Epigrammes fatyriques contre les Parlemens & la Magiftrature. M. de Maupeou, qui déroge fans ceffe à la gravité de fon état, n'a pas manqué de fe trouver à la fête, ainfi que tous les Miniftres qui y avoient été invités.

27 Novembre 1771. Bien des gens ignoroient ce qu'étoit devenu le Sr. de Moiffi, auteur connu furtout par la *Nouvelle Ecole des femmes,* Comédie affez jolie, & qui a eu beaucoup de fuccès au Théâtre Italien. On a fu depuis qu'il s'eft rendu à la Trappe, il y a quelque tems, & qu'il y avoit paffé deux mois, au bout defquels il avoit été obligé d'en fortir, comme il arrive à prefque tous ceux qu'un zele indifcret & aveugle y conduit.

27 Novembre. Le Sr. De Belloy a été élu famedi dernier Membre de l'Académie Françoife, comme on l'avoit prévu & annoncé.

28 Novembre. L'Opéra d'*Amadis de Gaule,* exécuté mardi dernier, & qui n'avoit pas été remis depuis 1759, a attiré un monde prodigieux. C'eft un des plus beaux de Quinault pour la compofition & le fpectacle, & de ce côté-là l'admiration ne s'eft pas affoiblie; mais les changemens faits dans la mufique par le Sr. La Borde, ont paru fi difparates avec celle de Lully, qu'il en eft réfulté une diffonnance générale, propre à révolter également les partifans de l'ancien goût & ceux du nouveau.

29 Novembre. On vient de pofer à l'hôtel des Monnoies, fur la principale porte de la rue

Tome VI.   C

Guénégaud, deux figures en pied, de grandeur naturelle ; c'est-à-dire de six pieds environ, qui accompagnent les deux autres déja placées, & repré-
sentent ensemble les quatre Élémens. Ces deux
dernieres sont l'*Eau* & l'*Air*. La premiere est une
Nayade qui, la tête inclinée, tient un vase dont
s'écoule un jet d'eau. La draperie de cette Nymphe n'est pas ondoyante, comme il faut la suppo-
ser, & le fluide qui sort de l'Urne, n'a ni le transf-
parent ni le mobile d'un liquide : tout l'ensemble
en est matériel : on ne trouve rien de gracieux,
rien d'élégant dans cette figure. Celle de l'*Air* a
quelque chose de plus swelte. Elle est caractérisée
par un Pelican à ses pieds, oiseau fabuleux qu'on
prétendoit se nourrir de ce fluide, & que les poëtes & les artistes ont adopté pour son emblême
allégorique. La Nymphe a les yeux vers le ciel &
déja le pied gauche enlevé. Elle semble disposée à
s'élancer dans le vague de l'athmosphere ; mais sa
draperie ne flotte pas assez, & n'a pas plus que
celle de la premiere figure la légéreté, le jeu, la
souplesse qu'elle devroit avoir. Ces ouvrages sont
de M. Caffieri, Sculpteur estimable, qui s'est distingué au Sallon dernier.

30 *Novembre* 1771. Malgré la multitude de remedes usités contre les maladies vénériennes, les
gens de l'art s'occupent sans relâche à en trouver
d'autres, ou à combiner du moins d'une maniere
nouvelle & à perfectionner ceux déja connus. Le
lucre immense attaché à la pratique des cures en
question, est un motif toujours puissant pour exciter l'industrieuse cupidité de nos Esculapes. Le Sr.
Beaumé, célebre Apothicaire de cette capitale, a
imaginé des *Bains anti-vénériens*, dont il vient
de faire part au Public. Ils se prennent dans une

eau tiede, à l'ordinaire, & font imprégnés d'une diffolution de *fublimé corrofif.* On y refte le tems ufité, c'eft-à-dire deux heures, & on les continue, en interrompant à certaines diftances, jufqu'à parfaite guérifon. Ce Chymifte prétend avoir réuffi dans les diverfes expériences qu'il a faites. Il convient cependant qu'un remede de cette efpece peut être dangereux, mais il affure qu'adminiftré avec la réferve convenable il eft infaillible. Il n'a rien du dégoûtant des frictions mercurielles, & peut d'ailleurs fe pratiquer avec tout le myftere qu'exigent fouvent les maladies en queftion, puifqu'il ne préfente qu'un traitement prefcrit.

2 *Décembre.* On a parlé des fuccès prodigieux qu'avoit le fpectacle forain du Sr. Audinot. Il a attiré la jaloufie de tant de concurrens, que fans être interdit abfolument, il a reçu un Arrêt du Confeil qui le réduit à fa premiere inftitution de fpectacle populaire, lui interdit les danfes, la plus grande partie de fon orcheftre, &c.

3 *Décembre* 1771. On a frappé une eftampe fatyrique, repréfentant les quatre Avocats qui ont été à Fontainebleau, députés par les vingt-huit. Ils font figurés en Mendians, avec une infcription qui caractérife chacun d'eux. Sous le Sr. *La Goutte* eft le mot *Avaritia*, parce qu'il eft vilain & ladre. Sous le Sr. *Caillard* on a mis *Cupiditas*, pour exprimer fon ardeur infatiable de gagner. L'air de Butor du Sr. *Colombeau* eft accompagné du mot *Stupiditas*, qui annonce que la bêtife a eu plus de part à fa défection que tout autre motif. Enfin le mot *Paupertas* annonce le motif preffant qui a déterminé le Sr. *La Borde*, Avocat du Premier Préfident d'Aligre, qui ne lui a jamais donné aucun fecours.

4 *Décembre* 1771. Les écrits répandus par ordre de M. le Chancelier en faveur de son système, dont le nombre s'étoit accru si rapidement qu'en très-peu de tems on en comptoit déja 89, avoient cessé depuis quelque tems. On ne sait si le cours en va recommencer avec la même abondance, mais on en voit déja plusieurs sur toutes les boutiques de Libraires. Celui qui se distingue est un pamphlet intitulé : *Des Droits de la Bretagne*. Son objet est de motiver la réduction du Parlement de Rennes, en établissant que les Etats ont toujours réclamé contre l'augmentation du nombre des Offices. Le scientifique y est assaisonné d'injures contre le Parlement, qui rendent la brochure merveilleusement piquante.

5 *Décembre.* Les Libraires associés à l'impression du Dictionnaire Encyclopédique vont bientôt entrer en lice au nouveau Tribunal contre M. Luneau, & la rentrée du Sr. Gerbier leur permet de choisir en lui un défenseur, sur lequel ils comptent beaucoup. En attendant, ils répandent une petite brochure, intitulée : *Réflexions d'un Souscripteur de l'Encyclopédie, sur le procès intenté aux Libraires associés à cet ouvrage, par M. Luneau de Boisgermain.* Cette réponse est spécieuse & mérite une discussion particuliere.

6 *Décembre.* L'année derniere il parut un *Mémoire sur les rangs & honneurs de la Cour.* Cet écrit fut occasionné par les disputes élevées à cet égard aux fêtes données en l'honneur du mariage de Mad. la Dauphine. Quoiqu'il fût anonyme, on sait très-parfaitement qu'il étoit de M. Gibert, de l'Académie des Belles-Lettres, & Secrétaire de la Pairie, mort depuis peu. L'auteur attaquoit les droits & les privileges des Princes étrangers établis

en France, & sembloit surtout diriger ses traits contre les titres & prérogatives de la Maison de Rohan.

L'abbé Georget, un des féaux de cette maison, a cru devoir en prendre la défense, & il vient de publier, avec son agrément, une réponse à un Écrit anonyme, intitulé : *Mémoire sur les rangs & les honneurs de la Cour.* Il a 226 pages in-8°. Il est étayé de toutes les pieces justificatives. On en parlera plus au long.

7 Décembre 1771.

Malgré Discorde & ses noirs Emissaires
De la Justice ardera le flambeau ;
À la Chicane on rognera les serres,
Et Thémis sera sans bandeau.

Tel est le Couplet chanté à la fête de Madame de Valentinois, qui fait tant de bruit. Il est en Centurie, comme on voit. C'est une Sibylle qui le débite à la suite de beaucoup d'autres, où l'on annonce *l'âge d'or* aux François.

Le public n'est pas revenu de l'indignation qu'il a conçue contre l'Abbé de Voisenon. Celui-ci, qui en a d'abord reçu les complimens de la Cour & du Chancelier, voudroit aujourd'hui tout mettre sur le compte du Sr. Favart. Mais comme on sait que cet auteur fait tout en commun avec l'abbé, ainsi que sa femme, il n'est cru de personne. Il paroît constant qu'ayant été au Palais Royal, pour détruire les fâcheuses impressions d'un pareil bruit, M. le Duc d'Orléans, qui jusqu'à présent avoit eu des bontés pour lui, lui a tourné le dos.

C 3

(54)

L'Abbé de Voifenon n'a pas été mieux accueilli de fes confreres à l'Académie Françoife. Ils n'ont ofé s'expliquer avec la févérité qu'ils lui auroient montrée en toute autre occafion ; mais l'accueil glacial qu'il en a reçu lui a fait connoitre ce qu'on penfoit fur fon compte. On ajoute qu'il a voulu entrer en explication, & dans le cours de fa juftification, ayant dit, en fe plaignant de la méchanceté de fes envieux, *qu'on lui prêtoit beaucoup de fottifes..... Tant pis, M. l'Abbé*, a repris vivement l'un d'eux, (M. d'Alembert, ajoute-t-on) *on ne prête qu'aux riches.*

Madame la Comteffe de Valentinois n'eft pas plus épargnée dans le public. On veut que Madame la Comteffe de Provence ait affecté de ne lui faire aucun remerciement ; que cette Dame, piquée de ce filence, en lui rendant fes devoirs, lui ait demandé comment elle avoit trouvé la fête qu'elle avoit eu l'honneur de lui donner ? Sur quoi la Princeffe auroit repliqué avec étonnement : *Une fête à moi, Madame ! Je fais que vous en avez donné une dont j'ai pris ma part ; mais je ne vous en ai point remercié, parce que j'ai cru qu'elle étoit pour Madame Dubarri ou pour M. le Chancelier.*

En effet, on fait que Madame de Valentinois eft depuis le commencement de la faveur de Madame Dubarri une de fes complaifantes, & à cette fête elle lui fit des politeffes & lui témoigna des attentions fi marquées, que ce partage ne pouvoit que paroître très-malhonnête & très-indécent à Madame la Comteffe de Provence. Quoi qu'il en foit, les dépenfes que Madame de Valentinois a faites à cette occafion, font bien compenfées par 15,000 livres de penfion qu'on vient de lui faire.

8 Décembre 1771. Mademoiselle Dubois, Actrice de la Comédie Françoise, qui par l'ordre de l'ancienneté, plutôt que par ses talens, se trouve aujourd'hui la premiere, avoit resté longtems sans jouer : une maladie grave, plusieurs rechûtes, & les promesses ordinaires faites de sa part, *in articulo mortis*, entre les bras de son confesseur, de ne pas remonter sur le théâtre, faisoient craindre à ses partisans de ne l'y plus revoir. Mais ses sermens à Dieu n'ont pas eu plus de force que ceux à ses Amans, & elle doit jouer aujourd'hui dans *Zaïre*. Le vrai est que ce n'eût point été une grande perte. Elle a une figure très-intéressante, le son de voix le plus harmonieux ; mais de grands bras, des gestes monotones & nulle ame : ce qui a fait dire en jouant sur son nom, que c'étoit une Actrice *de Bois*, ou qu'elle n'étoit pas *du Bois* dont ont fait les bonnes actrices. Malgré cela la nouvelle de sa rentrée au Théâtre fait une grande sensation parmi les paillards, plus que parmi les connoisseurs, & comme les premiers sont en plus grand nombre, c'est une fureur, & toutes les loges sont déja louées.

9 *Décembre*. Suivant le prétendu Souscripteur, auteur de la brochure en faveur des Libraires associés à l'Encyclopédie, le succès de cet ouvrage est autant dû au zele & à la constance des deux commerçans qui l'ont entrepris, qu'au courage de l'homme de génie qui y a présidé, & l'on ne doit pas permettre que ce monument de leur bienfaisance envers la patrie soit le tombeau de leur honneur & de leur fortune. Mais comme ces belles phrases ne sont pas des raisons, il entre en matiere.

M. Luneau accuse les Libraires associés :

1°. De n'avoir rempli aucune des conditions de leur *Prospectus*, soit pour le nombre des volumes, soit pour le caractere employé à leur composition typographique, soit enfin pour la dimension des pages.

2°. D'avoir compté aux Souscripteurs plus de Planches qu'ils n'en ont fourni.

3°. D'avoir varié dans le prix des Volumes de discours, & des Volumes de Planches.

Leur défenseur répond : 1°. Que des événemens qu'il étoit impossible de prévoir, ont empêché les Libraires en question d'exécuter leurs promesses à la rigueur, les ont forcés de s'en écarter, & que s'ils n'ont pas tenu leurs engagemens, *à la lettre*, ils ont cependant été plus loin dans leurs effets.

2°. Il explique comment le nombre des Planches se trouve, suivant M. Luneau, de 1672 seulement, tandis que, suivant les Libraires, il est de 1805 : cette erreur de calcul se concilie en ce que le premier ne compte que les Planches *effectives*, c'est-à-dire, numériquement, & que les seconds les apprécient suivant leur valeur, c'est-à-dire, *leur surface*. N'est-il pas juste qu'une Planche double ou triple en étendue & en objets d'une autre, soit payée plus cher ?

3°. Le Manuscrit de l'Encyclopédie appartenant aux Libraires associés, soit à titre d'acquisition, soit à titre de don, & non aux Souscripteurs, suivant l'étrange prétention de M. Luneau, ils ont pu, en tenant leurs engagemens vis-à-vis les premiers souscripteurs, faire imprimer plus d'exemplaires du Livre, & ouvrir une nouvelle Souscription plus chere.

L'auteur en vient à la principale piece de conviction de M. Luneau, qui est son Tableau, & en raffemblant toutes fes preuves & tous fes calculs, il en fait une explication rapprochée, & il en conclut la fauffeté de ce Tableau, & l'injuftice de fa demande en reftitution.

Il récapitule fon ouvrage, & obferve que M. Luneau fuppofe dans fes calculs, ce qui n'eft pas même vraifemblable, que tous les volumes de l'Encyclopédie font retirés & vendus, fans en excepter un feul, qu'il fixe le prix de l'impreffion plus d'un tiers au-deffous de fa valeur ; que le prix du papier eft beaucoup trop foible ; qu'il diminue de même toutes les parties de dépenfes ; qu'il porte à 60,000 livres les faux-frais d'une entreprife auffi immenfe & auffi traverfée, faux-frais qui ont dû monter à plus de 120,000 livres, le Magafin Encyclopédique ayant effuyé jufques à une incendie ; qu'il n'admet que 150,000 livres pour l'acquifition du manufcrit & les honoraires des Editeurs, qui font un objet de plus de 400,000 livres ; qu'il tait les banqueroutes & pertes, montant à près de 100,000 livres ; qu'il eft abfurde d'avancer que l'Encyclopédie imprimée, même à 4250 exemplaires, en ait pu produire 4200 complets, &c.

Enfin l'Auteur prétend que fi l'on permet à M. Luneau d'inquiéter ainfi les Libraires, de les épouvanter pour les mettre à contribution, de jetter impunément le trouble dans les familles, fous un prétexte auffi foible, & fur une affaire confommée au gré de toutes les parties, c'eft donner lieu à des *recurfions interminables* ; & que, fi la caufe de cet adverfaire eft, comme il le prétend, celle de tous les Soufcripteurs, la caufe des Libraires eft celle de tous les Citoyens.

C 5.

11 *Décembre* 1771. M. le Baron de Thiers-Crozat avoit un fameux Cabinet, un des objets de la curiofité des Etrangers qui venoient à Paris : c'étoit une fuperbe collection en Tableaux des plus grands Maîtres. Depuis la mort de cet amateur , il étoit queftion de le vendre à l'enchere , mais l'Impératrice des Ruffies l'a acheté en entier.

12 *Décembre* 1771. M. Gibert, pour motiver fon *Mémoire fur les rangs & honneurs de la Cour,* prétendit faire une Réponfe aux trois derniers chapitres du *Traité des preuves qui fervent à établir la vérité de l'hiftoire ,* par le Pere Henri Griffet. La mort ayant enlevé cet Ex-Jéfuite , l'Abbé Georget a entrepris de prendre fa défenfe , ou plutôt celle de la Maifon de Rohan , principalement attaquée dans l'ouvrage en queftion. Les Ducs & Pairs ont toujours vu avec jaloufie la fupériorité des Princes étrangers fur eux , & l'objet du Mémoire de M. Gibert , Secrétaire de la Pairie , étoit de prouver : » Que les Princes » légitmés ni les Princes étrangers ne font aucun » ordre dans l'Etat ; qu'ils n'y ont ni rang ni » honneurs que ceux des dignités du Royaume , » & qu'ils n'y jouiffent au-delà que des diftinc- » tions qu'une faveur particuliere & perfonnelle » peut leur départir pour un tems. »

L'écrivain du nouveau Mémoire , après avoir démontré en gros l'abfurdité de cette propofition , objet de la premiere partie du Mémoire anonyme , laiffe à d'autres le foin de cette victorieufe réfutation. Il fe borne à pofer les fondemens par lefquels font établies les prérogatives de la Maifon de Rohan. Il répond enfuite aux objections de M. Gibert.

Ainsi, dans la premiere Partie, il prouve que les Princes de Rohan sont issus en ligne droite & masculine de la Maison Royale de Bretagne, & qu'ils ont toujours été traités & regardés comme *Princes de naissance*. Il en appelle en témoignage une foule de citations historiques, & il fait voir que cette vérité a été reconnue, non-seulement par les Ducs de Bretagne, mais par tous les Rois de France & les Souverains étrangers; qu'il en résulte un concert unanime de Potentats & de Nations, consacré dans les monumens les plus authentiques & les plus irréfragables.

La seconde Partie est consacrée à résoudre 11 objections de l'anonyme, & on les pulvérise, en faisant voir qu'elles ne sont fondées que sur la mauvaise foi de l'adversaire, qui a tronqué les textes les plus clairs, falsifié les passages les moins équivoques, altéré les sources les plus pures, &c. & que c'est en vain qu'il voudroit anéantir par un écrit clandestin, des titres, des rangs & des prérogatives, que tant de siecles ont révérés, que tant de décisions émanées du trône ont solemnellement consacrées.

A la suite du Mémoire sont les pieces justificatives, suivies d'un Certificat de cinq Examinateurs nommés par le Roi, signé le 12 Novembre 1771, où ces Mrs. certifient que tous les passages rapportés dans le sommaire des preuves de l'ouvrage, sont conformes aux sources d'où ils sont tirés, tant livres imprimés que manuscrits, titres, originaux, ou copies collationnées sur les originaux, &c.

Enfin on avertit que s'il restoit encore des doutes à quelque Pyrrhonien en Histoire, pendant deux mois M. Dupuy, de l'Académie des Inscrip-

C 6

tions & Belles-Lettres, & Bibliothécaire de l'Hôtel de Soubife, laiffera aux heures indiquées vérifier les titres & les autorités, &c.

Cet ouvrage, ou plutôt cette compilation d'autorités, du côté du ftyle, de l'ordre, de la clarté & même du raifonnement, eft de beaucoup inférieure à l'écrit refuté; mais il paroît prouver jufqu'à la conviction les vérités hiftoriques qu'il veut établir. Il eft fâcheux que le défaut de goût de l'auteur & d'une certaine logique lumineufe rende ce Mémoire fi pénible & fi rebutant à lire. Les gens feuls intéreffés à la difcuffion de la conteftation, ou voués par un attrait particulier à ce genre d'étude, pourront l'approfondir, & il ne tardera pas à s'aller perdre dans la maffe de tant d'autres écrits du même genre, qui ne font bons qu'à être confultés au befoin.

13 *Décembre* 1771. *Copie de la Lettre du Confeil de l'Ecole Royale Militaire, à M. de Bombelles, du* 27 *Novembre* 1771.

» L'Ecole Royale Militaire, Monfieur, a été pénétrée de douleur en lifant le Mémoire que l'indignation & le défefpoir viennent de publier contre vous. Si vous n'euffiez pas été élevé dans cette maifon, nous ne verrions dans votre affaire avec la Dlle. *Camp* qu'une fcene affligeante pour l'humanité, & nous la couvririons dans notre enceinte du voile de la pudeur & du filence. Mais nous devons à la jeuneffe que le Roi y fait élever, de lui infpirer pour vos égaremens toute l'horreur qu'ils méritent, & nous nous devons à nous-mêmes de ne pas paroître indifférens à l'éclat qu'ils font dans la capitale. Nous laiffons aux Miniftres des autels, & aux Magiftrats, organes des Loix, le foin de prononcer fur les liens que vous avez formés avec la Dlle. *Camp.* Mais il est un tribunal auquel vous êtes comptable des procédés que vous avez mis dans votre conduite avec elle : celui de l'honneur. C'est à ce tribunal qui réside dans le cœur de tous les honnêtes gens, que vous êtes cités de toutes parts & qu'on vous condamne. Il est des erreurs que le feu de la jeuneffe n'excufera jamais, & les vôtres font malheureufement de cette efpece. Tous les Ordres qui compofent cette Maifon, nous invitent nonfeulement à vous le dire, mais encore à vous déclarer qu'il est dans le vœu commun que vous vous abfteniez d'y paroître davantage.

Nous fommes, &c. »

14 *Decembre* 1771. M. Piron, quoique plus qu'octogénaire, conferve encore toute la vivacité de fon efprit, & fes converfations font une férie continuelle d'Epigrammes. Il en fait auffi par écrit : il n'a point oublié fon éternel ennemi M. de Voltaire, & de tems en tems il fait des hoftilités contre lui. C'est dans un de ces accès de haine qu'il a décoché le farcafme fuivant qu'on ne trouveroit pas pardonnable, fi la vieilleffe de l'auteur ne l'autorifoit en quelque forte à plaifanter fur celle de fon rival. Voici les vers du premier ;

> Sur l'auteur dont l'épiderme
>
> Eft collé tout près des os,
>
> La mort tarde à frapper ferme,
>
> De peur d'ébrécher fa faulx.
>
> Lorfqu'il aura les yeux clos,
>
> Car fi faut-il qu'il y vienne,

Adieu renom , bruit & los
Le tems jouera de la sienne.

27 *Decembre* 1771. La grande fermentation
qu'occafionnoit dans le public la réduction du
Spectacle du Sr. Audinot, fi effentiel aux plaifirs de cette capitale , a produit fon effet. On
vient de lui conferver tous les acceffoires dont
il avoit embelli fon perit théâtre , moyennant
12,000 livres de rétribution pour l'Opéra. La
foule redouble chez lui depuis ce tems , & il
ne peut fuffire à la multitude des curieux.

18 *Decembre*. Les Comédiens Italiens ont
enfin donné avanthier *Zémire & Azor*. Le fuccès prodigieux de ce fpectacle à Fontainebleau
avoit excité un concours de monde extraordinaire. Madame la Ducheffe de Chartres étoit à
cette repréfentation , & a attiré les applaudiffemens les plus univerfels, les plus foutenus &
les plus flatteurs. Envain M. le Duc de Chartres a cherché à fe fouftraire par l'incognito
aux mêmes témoignages de tendreffe & d'admiration , le cœur des Spectateurs a trahi ce
Prince, & il a reçu auffi fa part des marques
de la fatisfaction publique.

La Ville n'a pas été tout-à-fait d'accord avec
la cour fur la piece nouvelle. Plufieurs morceaux
de mufique ont allumé les plus vifs tranfports ,
mais le total a paru trifte & langoureux , &
le Drame n'étant pas foutenu par l'appareil &
la magnificence des décorations, des Ballets &
des acceffoires qu'il avoit à Fontainebleau, a
manqué une partie de fon effet.

On a demandé l'auteur , fuivant l'ufage introduit depuis quelque tems. Il a eu peine à paroître : mais le tumulte est devenu si grand , que le Musicien s'est montré. Le Sr. Grétry retiré, les mêmes brouhahas ont continué, & l'on a crié après l'auteur des paroles. Le Sr. Marmontel ne jugeant point de la dignité d'un Membre de l'Académie de paroître ainsi , l'Arlequin est venu & avec quelques lazzis il a calmé la bruyante cohue.

19 *Décembre.* 1771. M. Taboureau de Villepatoux , Officier général d'Artillerie , est un de ceux compris dans la derniere promotion des Cordons-rouges. C'est un militaire très recommandable par ses talens distingués , par sa valeur & par les blessures honorables qu'il a reçues. Un de ses amis lui a adressé le quatrain suivant :

Vain ornement de maints guerriers ,

Pour toi , ce Cordon , prix du sang & des services ,

Doit servir à lier en faisseau tes lauriers

Ou couvrira tes cicatrices.

20 *Décembre.* M. Luneau de Boisjermain continue sa guerre contre les Libraires. Il est occupé actuellement à escarmoucher contre le Sr. Diderot, qui s'est immiscé comme un sot dans cette querelle. Il vient de donner une nouvelle édition de sa Lettre à ce Savant, en date du premier Septembre. La précipitation avec laquelle il l'avoit composée, ne lui avoit pas permis de chercher toutes les pieces propres à justifier les faits énoncés dans cette Lettre & d'y rassembler des Anecdotes & des re

marques très-curieuses. C'est ce qu'on trouve dans celle-ci , en date du premier Décembre. On y lit , entre autres choses, une autre Lettre particuliere de M. Diderot à M. Luneau, qui prouve que celui-ci a été le confident du premier, sur l'objet en question, au point de recevoir dans son sein des faits qui ne pouvoient être sus que de M. Diderot. Il y est question *des sept derniers volumes de l'Encyclopédie charpentés* ..... opération douloureuse , faite par le Sr. le Breton aux chef-d'œuvres de cet Auteur, & qui lui avoit fait jurer de ne plus travailler à l'Encyclopédie.

On va reprendre incessamment ce procès curieux & intéressant pour le Public, & même pour les Etrangers, par l'importance du Livre dont il est question , & répandu dans toute l'Europe,

Il paroît aussi une Requête imprimée du Sr. Luneau, où il énonce vingt-quatre chefs d'accusation contre les Libraires. Cette piece , uniquement de procédure , ne mérite aucun détail.

21 *Décembre* 1771. On a donné cette semaine à Choisy un Spectacle pour Madame la Comtesse Dubarri. Comme elle aime ce qui est extrêmement gai , on a choisi *La Vérité dans le Vin*, piece du Sr. Colé très-grivoise. Quantité de femmes de la cour qui ne connoissoient point cette Comédie orduriere, ont été décontenancées , & cela a donné un divertissement d'une espece particuliere à Madame la Comtesse Dubarri.

22 *Décembre.* Les Comédiens François donnent demain la premiere représentation

de *la Mere jalouse*, Comédie en vers & en trois actes de M. Barthe, déja connu par le succès mérité de sa petite Comédie des *Fausses Infidélités*.

23 *Décembre* 1771. Quoiqu'on eût déja acheté pour deux cens mille livres de maisons, propres aux nouveaux arrangemens qu'on prenoit pour le rétablissement de la Comédie Françoise à son ancien domicile, qu'on eût même commencé aussi quelques travaux de démolition, il est question de renoncer á ce replâtrage & de revenir à un plan plus complet. M. le Duc d'Aumont a envoyé chercher depuis peu M. Liégeon, l'Architecte qui avoit fourni les plans pour bâtir une nouvelle Salle au Carrefour de Buffi & dont on a rendu compte en détail. Il lui a dit qu'on les avoit examinés au petit Conseil, c'est-à-dire aux Comités particuliers qui se tiennent chez Madame la Comtesse Dubarri; que cette Dame en paroissoit très-contente. Il lui a demandé d'autres plans, plus étendus, ainsi que des Mémoires sur la finance. Ce dernier article souffrira plus de difficultés, les tems étant bien changés, depuis deux ans, que le projet avoit été rédigé.

24 *Décembre*. *La Femme jalouse* n'a pas eu le succès dont se flattoit le Sr. Barthe & ses partisans. Suivant l'usage de ces pieces trop prônées dans les cercles, elle a infiniment perdu à la représentation. Le caractere principal a paru absolument manqué, & les incidens amenés pour le faire valoir, n'ont servi qu'a mettre au jour le maladresse de l'Auteur & son peu de connoissance des mœurs & des principes de la société. Les autres personages n'ont pas

été traités avec plus d'intelligence ; l'intrigue
mal ourdie ne produit aucun intérêt , peche
contre les vraisemblances , & se dénoue aussi
gauchement qu'elle est tissue. Beaucoup de longueurs, une marche continuellement embarrassée,
des scenes oisives, ont jetté dans cette Comédie un froid & un ennui mortel. Les connoisseurs y ont vu avec douleur combien il falloit
rabattre des espérances que la seconde Comédie
de ce poëte avoit données sur son compte, ou
plutôt ils ont conclu qu'il n'y avoit aucune ressource dans la stérilité de son génie. Le style
même est fort inférieur à celui des *Fausses Infidélités* · souvent de l'entortillé , du précieux ;
quelquefois du bas , & rarement le ton noble
& vrai. Beaucoup de petits portraits de porte-
feuille , placés à droite & à gauche pour remplir les scenes , & exciter les applaudissemens ,
mais ne tenant en rien au fonds du sujet , &
pouvant s'en détacher aussi aisément qu'ils y sont
enchassés. Enfin nulle invention , & de l'esprit
prodigué mal à-propos. Voilà le résultat de ce
chef-d'œuvre , qui peut-être auroit été plus mal
accueilli du Parterre, sans la présence de Madame la Duchesse de Chartres & de M. le Duc
d'Orléans.

25 *Décembre* 1771. Il n'est personne qui n'ait
connu dans Paris une fameuse courtisanne, ci-
devant Mlle. Dufresne , d'une beauté rare , & devenue Madame la Marquise de Fleuri. (Son histoire se trouve en détail dans le *Colporteur*) Cette
femme, après avoir été l'entretien de tous les cercles , avoir vu à ses pieds tout ce que la Cour
& la Ville avoient de plus grand & de plus riche ,
après avoir mangé la rançon d'un Roi, est tom-

bée par son inconduite dans une indigence extrême, & est morte sans secours. Elle laisse deux
fils, dont l'un Capitaine de Dragons, & l'autre
Capitaine d'Infanterie, portent le nom & les armes
des *Fleuri*.

26 *Décembre* 1771. Tous ceux qui ont été au spectacle de Choisy la semaine derniere, attestent
combien la piece de *la Vérité dans le vin* étoit
grivoise & a fait rire Madame la Comtesse Dubarri. S. M. n'a pas paru y prendre le même
plaisir. Cette Dame se livroit cependant à tout
ce qui pouvoit égayer le Roi, & cherchoit à le
délasser des occupations du trône, en le faisant
jouer avec un petit chien. Le souper a été fort
agréable aussi. Le Sr. Larrivée & sa femme ont
chanté pendant tout le repas des chansons sur le
même ton de la comédie. Le Roi étoit à la table
à ressort avec douze convives, dont trois Dames
seulement, Madame la Comtesse Dubarri, Madame la Maréchale de Mirepoix & Madame la
Marquise de Montmorenci. Madame Dubarri a
continué à s'occuper de tout ce qui devoit amu-
ser S. M. Elle étoit entre le Roi & M. le Duc
de Duras. Ce Seigneur, très excellent convive,
a paru d'une folie charmante, &, quoiqu'un des
Ducs Protestans, de la plus grande intimité avec
cette Dame. On n'admet pas communément des
prophanes à ces petits soupers : cependant, par
extraordinaire, il y en a eu ce jour-là, qui ont
rapporté des détails intéressans. On ajoute que le
vin y couloit à grands flots, & que tout con-
tribuoit à rendre la fête charmante ; que Madame
Dubarri y montroit ce desir de plaire qui prête
des charmes aux femmes les moins séduisantes,
& jette un nouveau lustre sur la beauté.

27 *Décembre* 1771. M. de Villeloifon, jufqu'à dix ans a été élevé fans aucune inftruction : il s'eft évertué de lui-même à cet âge, & aujourd'hui, quoiqu'il n'ait que 20 ans, il eft un des plus favans perfonages qu'on puiffe voir en fait d'érudition. Il poffede toutes les langues poffibles. A l'élection du fucceffeur de M. Gibert il avoit eu les fecondes voix. Mais comme cette faveur eft ordinairement un droit à la nomination pour l'élection fuivante, M. Duclos fe leva, &, en rendant toute la Juftice poffible au mérite du jeune candidat, déclara qu'il ne pouvoit concourir à préfent d'après les Statuts, dont il demanda qu'il fût fait lecture. Effectivement il y eft dit par une claufe digne des fiecles de barbarie que tout Académicien doit avoir vingt-cinq ans pour pouvoir être élu. Cette difficulté a arrêté dans ce moment-ci, qu'il y a deux places vacantes encore ; mais on a follicité auprès du Miniftre une difpenfe d'âge, & l'on fe flatte que M. de Villeloifon l'obtiendra : difpenfe non moins ridicule que le Statut.

29 *Décembre.* M. Helvetius eft mort, il y a quelques jours, d'une goutte remontée. C'étoit le fameux auteur du Livre *de l'Efprit*, pour lequel il a effuyé tant de perfécutions, ainfi que fon Cenfeur & ami M. Texier. On lui reproche de n'avoir pas reconnu, comme il convenoit, l'importance du fervice qui avoit coûté fi cher à ce dernier, puifqu'il en avoit perdu fa place de premier Commis des Affaires Etrangeres, & qu'il s'eft trouvé enfuite fort mal à l'aife. Le Philofophe, de fon côté, avoit été obligé de gauchir dans fes principes, & de donner aux dévots la fatisfaction de le voir fe rétracter. Il a paru fe

répentir de sa foiblesse dans ses derniers momens, où voyant qu'il n'y avoit plus rien à dissimuler, il a refusé constamment de s'asservir au cérémonial usité dans pareil cas. M. le Curé de St. Roch n'a pu convaincre cet incrédule : on ne lui a cependant pas refusé les honneurs de la sépulture Chrétienne ; ce qu'on craignoit fort dans ce tems où M. l'Archevêque a repris le gouvernement spirituel de cette capitale dans toute sa sévérité.

M. Helvetius avoit été Fermier général. Il quitta volontairement cette place lors de son mariage avec Mlle. de Ligneville, fille de qualité d'une des premieres maisons de Lorraine, se trouvant assez riche & craignant de souiller son alliance par un titre aussi sordide. On remarqua dans le tems assez plaisamment que le Sr. La Garde, qui avoit épousé la sœur, eut, en vertu de ce mariage, au contraire, un Bon de Fermier général, & l'on dit que l'une refaisoit ce que l'autre avoit défait.

30 *Décembre* 1771. On a admiré aujourd'hui au repas donné par la Ville à M. le Maréchal Duc de Brissac, son nouveau Gouverneur, une galanterie nouvelle, & qui prouve à quel point est poussé chez nous l'art de nos *Comus* modernes. On avoit représenté sur le Surtout de la table où il étoit, l'action du Comte de Brissac, apportant à Henri IV les clefs de la Ville de Paris, dont il étoit Gouverneur sous le Duc de Mayenne. Cette invention ingénieuse a dû faire d'autant plus de plaisir à celui-ci, qu'il jure continuellement par les mânes de ce personage, celui de ses Ancêtres dont il respecte le plus la mémoire.

L' A N MDCCLXXII.

1 *Janvier* 1772. Une partie des Ducs ne voit pas de bon œil la *Réponse à un écrit anonyme*, dont on a parlé, en faveur de la Maison de Rohan. Ils en témoignent publiquement leur avis, & se proposent d'y répondre. On ne sait encore sur qui ils jetteront les yeux pour un ouvrage aussi intéressant & si bien manié par le premier faiseur.

5 *Janvier*. On sait que M. Diderot est honoré des bontés particulieres de l'Impératrice de Russie, & qu'il est comme son Agent Littéraire dans cette Capitale. Il s'est mêlé en cette qualité du marché fait pour cette Souveraine, du Cabinet de Tableaux de M. le Baron de Thiers, qu'elle a acheté en entier. Cela a donné lieu à quelques conférences entre M. Diderot & les héritiers du défunt, dont est M. le Maréchal de Broglio, par sa femme. Ce Maréchal, très-honnête, a pour frere le Comte de Broglio, par fois très-mauvais plaisant. Un jour qu'il se trouvoit à une conférence du Philosophe en question avec M. le Maréchal, il voulut le tourner en ridicule sur l'habit noir qu'il portoit. Il lui demanda s'il étoit en deuil des Russes ? *Si j'avois à porter le deuil d'une Nation, Monsieur le Comte*, lui répondit M. Diderot, *je n'irois pas la chercher si loin.*

6 *Janvier*. Le Sr. Larrivée est dangereusement malade. Cela inquiete les amateurs de l'Opéra, dont il est sans contredit le premier ac-

teur, tant par un jeu vrai & naturel, que par une figure noble & théâtrale. C'est d'ailleurs une très-belle basse-taille, & le Théâtre Lyrique feroit une grande perte en sa personne.

7 Janvier 1772. M. Saurin, membre de l'Académie Françoise, a lu, il y a quelques mois, à une assemblée publique, une *Epître sur les inconvéniens de la Vieillesse*, dont le principal, suivant lui, étoit de survivre à ses amis. Il vient de donner une Suite à cette Epître, à l'occasion de la mort de M. *Helvetius*, son bienfaiteur. Voici cette piece.

Aux Mânes de mon Ami.

O toi, qui ne peux plus m'entendre,
Toi, qui dans la tombe avant moi descendu
   Trahis mon espoir le plus tendre :
Quand je disois, hélas ! que j'avois trop vécu,
Qu'à ce malheur affreux j'étois loin de m'attendre !
O comment t'exprimer tout ce que j'ai perdu !
C'est toi, qui me cherchant au sein de l'infortune,
   Relevas mon sort abattu,
Et sçus me rendre chere une vie importune.
Ta vertu bienfaisante égaloit tes talens :
Tendre ami des humains, sensible à leurs miseres ;
Tes écrits combattirent l'erreur & les tyrans
   Et ta main soulageoit tes freres.
   L'équitable Postérité
   T'applaudira d'avoir quitté
Le Palais de Plutus pour le Temple des Sages ;

Et s'éclairant dans tes ouvrages
Les marquera du sceau de l'Immortalité.
Foible soulagement de ma douleur profonde !
Ta gloire durera tant que vivra le monde.
Que fait la gloire à ceux que la tombe a reçus !
Que t'importent les pleurs dont le torrent m'inonde!
O douleur impuissante ! ô regrets superflus !
Je vis, hélas ! je vis, & mon Ami n'est plus !

8 Janvier 1772. On a toujours dit que les François se consoloient de tout par une chanson. On commençoit à craindre que la Nation n'eût perdu son caractere ; mais un plaisant nous prouve que cette terreur est vaine, & que l'on fait encore rire à Paris. Voici un Vaudeville qui court, & contre l'auteur duquel on dit que le Ministere fait des recherches séveres :

Chantons dans un badin Vaudeville
Le retour des vertus qu'on aura,
L'honneur gothique à la Cour, à la Ville,
Le sentiment, qu'on trouve de vieux style,
   Cela reviendra.

François, ne perdez pas l'espérance,
Tout va bien, tout encore mieux ira ;
La liberté, le crédit, l'abondance,
La candeur, les Jésuites, l'innocence,
   Cela reviendra.

Tout revient, la pudeur, le courage,
La gaieté, les mœurs, & cætera :

Je

Je fais même une Demoiselle sage
Qui disoit, en perdant son pucelage,
Cela reviendra.

9 *Janvier* 1772. M. de Belloy a fait aujour-
d'hui son discours de remerciement à l'Académie
Françoise. C'étoit M. le Maréchal Duc de Richelieu qui, élu Directeur par le sort, devoit lui répondre. Mais ce Seigneur sentant qu'après la conduite qu'il a tenue il seroit peu agréable au public,
a jugé à propos de se soustraire à ses regards & à
sa critique. C'est M. l'Abbé le Batteux qui a répondu.

10 *Janvier*. Il se répand ici très-clandestine-
ment une espece d'*Ode au Roi*, dans le goût des
Chancelieres. L'ouvrage est plus sagement fait,
mais dénué de l'enthousiasme du genre, & dont
on appercevoit quelques étincelles dans le fatras
barbare des deux autres. C'est une exhortation au
Monarque d'ouvrir les, yeux & de se rappeller les
tems heureux où il étoit l'amour & les délices de
ses peuples, tems qu'il peut encore faire renaître.

12 *Janvier* 1772. Un Serrurier a fait pour chef-
d'œuvre un Dais tout en fer. Il a six branches,
qui se recourbent, se réunissent à un centre commun & se terminent par une couronne. Elle est
accompagnée d'un feuillage qui circule autour, &
l'ouvrage est si délicatement travaillé, si exquis,
si poli, qu'il brille comme l'argent le plus pur.
C'est le fruit de dix ans de travail. On en avoit
parlé à S. M., qui a voulu le voir, qui en a été
si enchantée qu'elle se proposoit de l'acheter pour
l'Eglise de Choisy, où il avoit même servi. Cependant cet artiste ayant été longtems sans tou-

Tome VI.   D

cher d'argent , a fait ſes réclamations : il demandoit 50,000 livres. On a trouvé ce Dais trop
cher , & on le lui a rendu. Comme il déſeſpere de
trouver perſonne qui veuille l'acheter , il le montre au public pour 24 ſols. C'eſt une choſe digne
de l'attention des curieux , & plus parfaite encore que ce qu'on a vu de plus admirable en ce
genre.

13 *Janvier* 1772. M. Linguet ſe diſtingue au nouveau Parlement. Il paroît deux Mémoires imprimés de cet orateur , qui ſont très-recherchés. Le
premier eſt une Conſultation pour M. le Prince de
Ligne , Prince du St. Empire & d'Amblife , Grand
d'Eſpagne de la premiere Claſſe , &c. contre l'Abbaye Royale de Corbie.

Le ſecond , en faveur de Madame la Ducheſſe
d'Olonne , contre le Sr. Orourcke.

14 *Janvier.* Depuis l'établiſſement des Con-
ſeils Supérieurs , d'habiles anagrammatiſtes cher-
choient à retourner ce titre d'une façon ingénieu-
ſe & caractériſée. Enfin des divers eſſais de com-
binaiſon il en a réſulté le mot ſuivant : *Vile
ccrpus ſine re.*

15 *Janvier.* Madame Favart ſouffre beaucoup d'une maladie de femme , & plus encore
d'une maladie d'Actrice. Elle ſe trouve attaquée
mortellement dans la partie qui a le plus péché en
elle. L'Abbé de Voiſenon , qui vit chez elle depuis plus de vingt ans , ne la quitte point & eſt
dans les plus vives allarmes. Toute ſa petite ſociété n'eſt pas moins dans la douleur. Quant au
Public , il regrette peu une Comédienne médiocre ,
qui avoit longtems uſurpé une réputation ſans qu'on
ſçût trop comment , & qui n'eſt plus que tolérée

fur la fcene, dont elle auroit dû, pour fon honneur bien entendu, fe retirer plutôt.

16 *Janvier* 1772. M. Teiffier, Intendant & Contrôleur général des Ecuries & Livrées de S. M.,
a une femme très-laide, mais fort lubrique. Elle
eft tombée amoureufe d'un jeune Militaire, neveu de fon mari, nommé de Vienne. Celui-ci a
répondu à cette paffion, non par un retour réciproque, mais à raifon du lucre qui en réfultoit. Le
public a bientôt été imbu de cette intrigue : elle
eft devenue fcandaleufe au point que l'époux inftruit en a parlé à Madame Teiffier, moins en
jaloux qu'en homme fenfé, qui ne veut point
être l'objet de la rifée générale. Sa femme a trouvé
mauvaife la femonce ; elle en a porté fes plaintes
à M. de Vienne. Un jour qu'elle étoit à l'Opéra
dans fa loge avec ce galant, le mari étant fur-
venu, le petit-maître a entrepris fon très-cher
oncle, l'a tancé vertement. La fcene s'eft échauf-
fée. Madame Teiffier a pris fait & caufe pour le
neveu, & le bon homme confus, après avoir défendu à ce dernier de paroître chez lui, a été
obligé de s'en aller, pour éviter l'éclat fâcheux
d'une telle fcene. La femme, furieufe, n'a point
voulu rentrer ce foir-là chez fon mari : elle s'eft
retirée chez un parent, qui l'a accueillie pour la
nuit, mais lui a déclaré que ce ne feroit pas pour
plus longtems, qu'elle avoit grand tort, & qu'il
falloit retourner dans la maifon conjugale ; ce
qu'elle a fait, mais elle en eft depuis lors dans
des vapeurs effroyables. Elle ne veut point que
fon mari approche d'elle ; elle annonce qu'elle en
mourra, s'il ne lui eft plus permis de voir l'objet
de fes defirs. D'un autre côté, M. de Vienne,
qui trouve de l'avanture un grand vuide dans fa

D 2

bourfe , nourrit cette paffion par des billets fecrets , par des apparitions fréquentes fous les fenê-
tres de cette Dulcinée. Le mari , à qui fon neveu a menacé de couper les oreilles , n'ofe fortir
à pied & même en caroffe, de peur d'être arrêté
par un tel étourdi ; & ces trois perfonnages font
aujourd'hui la fable de la cour & de la ville , car
malgré toutes fes précautions , le pauvre M.
Teiffier fe trouve impliqué dans l'avanture , quoiqu'il ait fait pour fe fouftraire aux rieurs.

17 *Janvier* 1772. C'eft M. de Belle-ifle , Sécré-
taire des Commandemens & du Cabinet de M. le
Duc d'Orléans , qui paffe pour auteur du Mémoire
de ce Prince concernant fes Domaines attaqués
par M. le Contrôleur général. Cet Écrit , de 80
pages *in* 4°. , qui fait grand bruit , eft très-favant ,
très-profond , très-bien difcuté ; mais on y fait
tenir au premier Prince du fang un ton de fuppliant peu noble , furtout dans un moment où il
doit réclamer la juftice du Roi & non implorer
fa bonté.

18 *Janvier.* La Confultation de M. Linguet, en date du 21 Octobre 1771 , pour M. le
Prince de Ligne , Prince du St. Empire & d'Amblife , Grand d'Efpagne de la première Claffe , &c.
contre l'Abbaye Royale de Corbie , eft remarquable par le fpectacle étonnant qu'elle préfente d'un
Corps de Religieux occupé depuis deux cens ans
à fubftituer les formes au fond , les mots aux
chofes , à éluder les actes , ainfi que les jugemens
les plus folemnels , en développant toutes les reffources de la chicane , de cet art malheureufement
trop approfondi par des hommes qui fembleroient
ne devoir s'embarraffer que des chofes du ciel.

Il eft queftion en bref de deux Contrats d'acquifition, paffés en 1559, & revêtus de toutes les formalités néceffaires, des biens que poffédoit la fufdite Abbaye dans la Flandre, le Brabant & le Pays de Liege, dont elle forma, dès 1577, fa demande judiciaire en nullité, devant le Grand Confeil de Malines, auquel ayant été condamnée en 1713, elle a récufé fa compétence, & a fait caffer en France, le 16 Avril 1746, au Confeil des Dépéches ledit Arrêt. M. le Prince de Ligne demande comment fe pouvoir contre ledit Arrêt? L'Avocat en indique la route.

Il eft à obferver comment Me. Linguet fait traiter en grand les queftions particulieres qui fe préfentent à lui, & les produire comme des objets dignes de l'attention du Légiflateur. Dans fon premier Mémoire, en faveur du charpentier de Landau, il en concluoit la néceffité d'établir une loi générale pour permettre le divorce en certains cas, & légitimer de fecondes nôces. Celui pour Madame de Bombelles lui donne lieu d'appuyer fur l'importance dont il feroit de reconnoître dans le Royaume la validité des mariages des Proteftans faits fuivant leur Rite. Enfin il termine ainfi celui-ci par des vues non moins fupérieures:

» Il femble qu'il feroit avantageux pour toutes
» les Puiffances d'établir réfpectivement entre les
» cours de leurs Etats cette correfpondance ré-
» ciproque, cette communication mutuelle, qui
» ferviroit de fauve-garde à la Juftice, & ôte-
» roit à la chicane une de fes reffources. Quand
» un François a été condamné en Flandres pour
» des objets qui font du reffort des Tribunaux fla-
» mands, pourquoi faut-il qu'il trouve dans fa pa-
» trie un afyle, qui lui feroit refufé, fi la fen-
» tence émanoit des Juges nationaux? «

D 3

» La Politique éclairée travaille aujourd'hui à
» abolir d'un bout de l'Europe à l'autre ce privi-
» lege abſurde & barbare, cet épouventail des
» Etrangers, ce moyen de les voler ſans ſcrupule,
» ſi longtems connu ſous le nom de *Droit d'Au-*
» *baine.* Sans doute elle fera ſentir auſſi aux Sou-
» verains, que bien loin qu'il leur ſoit utile &
» honorable de nourrir, d'appuyer de leur nom
» & de leur pouvoir cette jalouſie entre les Tribu-
» naux qui les repréſentent, il eſt de leur gran-
» deur & de leur intérêt commun d'en effacer
» juſqu'à la moindre trace. C'eſt trop ſouvent la
» mauvaiſe foi qu'ils protegent, en croyant ne
» défendre que la franchiſe de leurs couronnes. »

19 *Janvier* 1772. Tout eſt problême dans ce
pays-ci, & les faits les mieux confirmés en apparence reçoivent enſuite des ſens, des interpré-
tations, des additions qui les dénaturent. Tel eſt
le prétendu premier mariage de M. de Bombelles, contre lequel ſes partiſans réclament, & qui
par la tournure de longueur que prend l'affaire devient extrêmement louche. On aſſure même aujourd'hui que Mlle. Camp ne pourſuivra pas un
jugement qu'elle redoute. On produit une Lettre
de M. Linguet, ſon Avocat, à M. de Bombelles, qui ne contribue pas peu à augmenter les
doutes, tant elle eſt difficile à concilier avec le
Mémoire qu'il a publié enſuite contre lui. On la
donne pour authentique, elle eſt datée de Lucienne
le 4 Juin 1771, ou cinq mois & huit jours avant
la Conſultation qu'il a ſignée pour la Dlle. Camp.
On ne peut refuſer en journaliſte impartial d'en
donner la copie.

» J'ai reçu avec la plus grande reconnoiſſance,
» & lu avec le plus vif intérêt le Mémoire que

„ M. le Vicomte de Bombelles a eu la bonté de
„ m'envoyer. C'eſt quelque choſe de bien ſingu-
„ lier en effet que la hardieſſe avec laquelle on
„ oſe le compromettre par des imputations de la
„ nature de celles dont il ſe plaint. Peut-être eſt
„ ce ſon mariage même qui en eſt l'origine. Il
„ eſt poſſible que quelques collatéraux du côté de
„ Madame ſon épouſe aient conçu de l'inquiétude
„ de cet événement, & qu'ils aient imaginé ce
„ lâche & maladroit moyen pour ſe tranquilliſer.
„ Au reſte, l'éclat même qu'ils auroient néceſſité
„ ne peut ſervir qu'à rendre leur honte publique,
„ & à faire briller l'innocence du client, ainſi
„ que les talens du défenſeur.
„ J'ai l'honneur d'aſſurer Monſieur le Vicomte
„ de Bombelles du reſpect avec lequel je ſuis ſon
„ très-humble & très-obéiſſant ſerviteur.

(*Signé*). LINGUET.

19 *Janvier* 1772. M. le Duc de Chaulnes, ci-
devant Duc de Pecquigny, eſt, comme on ſçait,
un grand ſectateur des Arts & des Sciences: il vient
d'en donner une preuve qui ne permet pas d'en
douter à ceux qui en ſeroient le moins convaincus.
En diſſertant ſur quelque matiere de cette nature
avec un Anglois, chacun a ſoutenu ſon opinion
avec tant de chaleur, que la diſpute a dégénéré
en une vraie rixe : on en eſt venu aux armes, &
nos deux Philoſophes ont prétendu avoir au bout
de leur épée le meilleur argument. Le Seigneur
François a ſuccombé & a été bleſſé.

20 *Janvier.* Les Libraires, qui ne ſont
pas ſans inquiétude ſur la ſuite de leur procès
contre M. Luneau de Boisjermain, cherchent à

D 4

se mettre en regle le plus qu'ils peuvent & hors
de prise vis-à-vis de ce redoutable adversaire.
C'est à cette fin, sans doute, qu'ils ont accéléré
les deux derniers volumes de Planches. Leur but,
à ce qu'on prétend, est, en les délivrant aux
Soufcripteurs, de retirer le certificat de souscription, & d'enlever ainsi le titre en vertu duquel
on pourroit les contraindre au remboursement dont
on a parlé, s'ils sont condamnés. De son côté,
M. Luneau est occupé à répondre à leur Mémoire
ligne par ligne, comme il a fait à celui de M.
Diderot. Pour contrebalancer les batteries des
Libraires, il prie les soufcripteurs de vouloir bien
lui envoyer la copie figurée de leur quittance de
souscription, de leur certificat ; &c. il promet de
leur remettre en échange gratuitement tous les Mémoires qu'il a publiés dans cette affaire, & tous
ceux qu'il publiera.

Au surplus, c'est mal à propos qu'on a fait
courir le bruit qu'il étoit effrayé de l'orateur que ses
antagonistes lui opposoient en la personne de l'A-
vocat Gerbier & qu'il prenoit le parti de leur mettre en tête le Sr. Linguet ; il est décidé à plaider
lui-même, & déclare, en rendant toute la Justice qu'il doit aux talens du Sr. Gerbier, qu'il ne
le redoute point, fondé sur l'équité de sa cause,
beaucoup plus que sur ses talens personnels.

21. *Janvier* 1772. *Mémoire pour le Comte
Orourcke, Mestre de Camp de Cavalerie, ci-devant
Chambellan du feu Roi de Pologne, Duc de
Lorraine & de Bar, contre Madame la Duchesse
d'Olonne.* Tel est l'intitulé de la Réponse au Mémoire dont on a parlé en faveur de Madame la Duchesse d'Olonne par Me. Linguet, qui turlupine
surtout l'adversaire sur une certaine Principauté de

Conacie , dont il fe renomme , & que l'on appelle dans celui – ci un *Libelle ;* au moyen de
quoi la queftion de droit n'eft plus que fubfidiaire ,
& M. le Comte Orourcke demande la réparation
la plus anthentique des injures & calomnies avan-
cées contre lui.

Ce Mémoire , de la compofition du Sr. Cha-
bans , Avocat obfcur , n'a pas le farcafme , la
chaleur de l'autre , mais il n'eft pas mal méchant.
Il faut obferver pourtant que le Comte Orourcke
eft fur la défenfive , & juge affez vraifemblablement que Madame la Ducheffe d'Olonne , en lui
fufcitant le procès en queftion , a moins eu en vue
de gagner une caufe qui paroît mauvaife , que de
faifir une occafion de fe venger , en diffamant un
homme qu'elle perfécute avec trop d'acharnement
pour ne pas en faire préfumer un motif non moins
deshonorant pour elle.

22. *Janvier* 1772. On a remis hier à l'Opéra *Caftor & Pollux.* Jamais on n'a vu plus brillante affemblée ; elle étoit en outre fi nombreufe , que la
recette a monté à près de deux mille écus , fans
compter les petites loges ; ce qui eft fans exemple. La foule étoit telle , que la repréfentation s'en
eft reffentie , & que les deux premiers Actes n'ont
point été abfolument entendus. Les Princes ont
reçu le tribut d'applaudiffemens qu'on leur prodigue conftamment depuis qu'ils paroiffent en public ,
& furtout depuis qu'on fait que cela mortifie la
Cour.

Le Poëme en lui – même eft fi beau , fi varié , fi bien coupé ; la Mufique fi analogue aux
paroles , fi expreffive , fi pittorefque , qu'on ne
peut affifter à ce fpectacle , fans être tranfporté
de la plus vive admiration. On ne peut cependant

D 5

dissimuler que cet Opéra ne produit pas encore tout
l'effet qu'il pourroit, à beaucoup près, si la pompe
du cortege, la richesse des décorations, & l'harmonie des Ballets répondoient au reste. Quel specta-
tacle philosophique de voir l'auteur de ce chef-
d'œuvre lyrique dans l'état d'imbécillité niaise où
il est tombé, faisant toutes ses fonctions anima-
les, étant le même encore à l'extérieur, mais
n'ayant plus, ni mémoire, ni liaison dans les idées,
ni sensibilité, ni ame, ni chaleur. On sait que c'est
du *Gentil Bernard* dont il est question.

23 *Janvier* 1772. La fécondité du Philosophe de
Ferney s'étoit ralentie, depuis quelque tems, &
l'on ne parloit d'aucune production nouvelle de
sa part. Il vient de réveiller l'attention du public par un petit pamphlet, dont le titre, assez
piquant, porte *Tocsin des Rois*. On sait avec
quelle adresse M. de Voltaire choisit toujours l'à
propos, pour jetter plus d'intérêt dans ses ouvrages. Celui - ci est composé à l'occasion de l'attentat commis sur la personne du Roi de Pologne, attentat qui rend sa cause commune à tous
les Souverains. Cet événement amene assez naturellement un Eloge de l'Impératrice des Russies,
qui soutient avec tant de constance ce Monarque
toujours chancelant sur son trône. L'Ecrivain paye
aussi un tribut de louange aux talens de l'Empereur & aux qualités vraiment héroïques qu'il dé-
ploye. Enfin, il termine par exhorter toutes les
puissances de l'Europe à détrôner le Turc, Des-
pote monstrueux, si longtems la terreur & le fléau
de l'humanité.

24 *Janvier* 1772. Une Compagnie d'Etrangers
vient d'entreprendre dans cette Capitale une espece
de Manufacture de poulets pour l'hiver. Ils ont

choifi un Emplacement fnr le nouveau Boulevard ;
ils comptent en faire éclore au moins 50,000 par
mois. Ils fe propofent d'employer la méthode des
Egyptiens, c'eft-à-dire de fours, dont le degré de
chaleur doit être d'environ 32 degrés du thermo-
mètre de Reaumur. Des eflais tentés il y a quelques années fur la même expérience, n'eurent
aucun fuccès : les nouveaux entrepreneurs efpe-
rent être plus heureux & furmonter les divers obftacles qui firent manquer le projet des autres.

25 *Janvier* 1772. L'affemblée tumultueufe de la
premiere Repréfentation de *Caftor & Pollux* a été
funefte à plufieurs perfonnes : on en a compté 15
qui fe font trouvées très mal dans le parterre &
qu'il a falu enlever. On prétend que deux ont été
totalement étouffées, & que d'autres en feront
longtems incommodées. Malgré cette foule, plus
de 2000 curieux avoient été refufés. On a pris
des précautions pour prévenir des fuites auffi
cruelles, & à la feconde repréfentation on a mis
deux fentinelles aux portes du parterre, qui em-
pêchoient d'entrer même avec des billets, lorfque
la falle a paru pleine. Le Spectacle s'eft paffé avec
beaucoup plus de décence, & fans aucun accident. La recette a cependant monté à 5600 livres, fans compter les petites Loges à l'année.

26 *Janvier.* Il court une fable politique manufcrite, ayant pour titre *le Fermier & les Chiens.*
L'hiftoire de la Révolution actuelle s'y trouve dé-
peinte d'une façon énergique ; M. M. de la Vrilliere, de Choifeul, de Maupeou y font caractérifés
à ne pas être méconnus. Cette Satyre eft fort
recherchée par les traits de force qu'on y re-
marque, & la hardieffe qui y regne.

27 *Janvier* 1772. Il y a dans l'Eglife de Notre

D 6

Dame une Statue coloffale, appellée *St. Chriftophe*. Les hiftoriens Eccléfiaftiques font partagés
fur le perfonnage qu'elle repréfente, regardé fimplement comme allégorique par certains, & par
d'autres comme ayant réellement exifté d'une fta-
ture & d'une proportion extraordinaire. Quoi
qu'il en foit, depuis qu'il eft queftion de réparer
cette cathédrale, on a agité fi l'on ne feroit pas
fauter une figure auffi ridicule & peu digne de
notre fiecle éclairé? Mais M. l'Archevêque, qui
fe nomme *Chriftophe*, a fort à cœur qu'on conferve fon patron, & fes partifans dans le Chapitre
ont voté avec chaleur pour qu'on ne touchât en
rien à ce coloffe; enforte qu'il fubfiftera, du moins
jufqu'à la mort du Prélat.

28 *Janvier* 1772. Madame la Comteffe Dubarri
ayant eu occafion de connoître les talens précieux de M. Vernet, le fameux Peintre de Marine, qui a décoré le joli Pavillon de Lucienne
de morceaux affortis de fa façon, eft allé chez
cet artifte rendre hommage à fes talens. Elle y
a trouvé deux tableaux finis & prêts à être em-
ballés pour un Seigneur Etranger, auquel ils étoient
deftinés: elle les a confidéré avec la plus grande
attention, elle en a été fi enchantée qu'elle a voulu
les avoir. Envain le Sr. Vernet a déclaré ne pouvoir lui faire ce facrifice, puifque ces ouvrages
ne lui appartenoient plus; elle n'a tenu aucun
compte de fes fupplications, & a fait enlever de
force les deux chefs – d'œuvre; mais en même
tems pour dédommager le peintre, elle lui a dreffé
fur un bout de papier une ordonnance de 50,000
livres, payables par le Sr. Beaujon, Banquier de
la Cour. Ce qui a un peu confolé du rapt en

queftion M. Vernet, & rend la Minerve du jour très recommandable aux artiftes.

29 *Janvier* 1772. On a vu par divers Ecrits la fermentation qui régnoit dans l'Ordre des Bénédictins , & l'ardeur de plufieurs de ces moines pour dépouiller le froc & franchir les murs de leurs Cloîtres. Il en a réfulté une guerre de plume entre ces Religieux petits — maîtres & les anciens fort attachés à leur robe, à leur régime & à toutes les pratiques de leur regle. Le Roi s'étant expliqué à l'occafion de fa religion furprife par les premiers , tout paroiffoit rentrer dans l'ordre ordinaire; mais deux de ces Religieux , pourvus d'Abbayes & forcés fuivant la regle à en manger les revenus avec leurs moines, ont pris le parti de fe faire nommer à des Abbayes *in partibus* par le Pape. Au moyen de ce nouveau titre ils ont prétendu pouvoir fe féculariser , du moins ne porter que le petit fcapulaire, & manger où bon leur fembleroit les revenus de leur Bénéfice. Le Régime a mis en caufe M. l'Archevêque de Paris, qui prétendant avoir la difcipline de toute la Hiérarchie Eccléfiaftique, ou Reguliere, de fon Reffort, a rendu une ordonnance qui enjoint à ces Abbés défroqués de fe retirer chacun dans leur communauté refpective, d'y reprendre leur hablt , & d'y vivre dans l'obfervance de leur conftitution.

Les Abbés Bénédictins en ont appellé comme d'abus, & c'eft aujourd'hui la matiere d'un procès qui fe plaide au nouveau tribunal & qui attire beaucoup de curieux au Palais. Le Sr. Courtin, Avocat affez verfé dans les matieres Bénéficiales, a déjà parlé pour les Religieux : c'eft le Sr. Gerbier qui doit défendre M. l'Archevêque.

30 Janvier 1772. Le plan du Sr. Liegeon pour la reconſtruction de la Salle de Comédie Françoiſe au carrefour de Buſſy, acquiert de jour en jour plus de faveur ; il a été montré & diſcuté ſamedi dernier chez M. le Duc de Duras, en préſence du Comité des Comédiens, qui n'ont pu y rien trouver à redire que relativement à quelques détails intérieurs de peu de conſéquence & qui les concernent ſpécialement. Il a été examiné encore chez M. le Duc de la Vrilliere, chez M. le Lieutenant Général de Police, & l'Architecte n'a reçu partout que des applaudiſſemens. Comme les circonſtances relativement à la finance ſont changées, il eſt queſtion de dreſſer des Lettres patentes, propres à donner les facilités néceſſaires aux arrangemens pécuniaires & à aſſurer les fonds de la compagnie qui doit ſe former à cet effet. On a enfin ſuſpendu les travaux eſſentiels, commencés à l'ancienne ſalle, & l'on continue ſeulement les démolitions néceſſaires dans l'un ou l'autre cas.

31 Janvier. L'artiſte précieux qui a fait le Dais en Baldaquin de fer, dont on a parlé, ſe nomme *Gerard*. Ce chef-d'œuvre mérite une deſcription particuliere. Le plan de ce grand ouvrage a 7 pieds en quarré & 16 pieds de hauteur. Il s'éleve des piedeſtaux qui ſont aux quatre angles, quatre palmes avec des guirlandes de fleurs, d'épis, de pampres, de raiſins. Ces palmes ſoutiennent le Dais & forment une partie de ſon couronnement, lequel eſt terminé par une Gloire : chacun des montans porte un Ange adorateur ; & des angles de la partie ſupérieure ſortent des armatures en fer revêtu d'ornemens relatifs. Au milieu de leur réunion est l'Agneau Pascal : au dessus duquel est un Soleil rayonnant. Ce Soleil est suspendu au Dais.

Le Baldaquin en question , destiné à servir de Dais , est encore très propre à découvrir un maître-autel à quatre faces , en l'appropriant pour cet usage.

Le dessin & l'exécution sont également dùs au génie & aux soins de M. *Gerard*.

1 *Février* 1772. *Pierre le Cruel* , cette tragédie de M. de Belloy , qui devoit être jouée à Fontainebleau & dont la cour a été privée par la maladie de l'actrice principale , est aujourd'hui arrêtée pour la ville à la police , & les changemens qu'on exige sont si considérables , qu'on craint que cette piece ne passe pas cette année. On a repris *Gaston & Bayard* pour dédommager cet auteur des tracasseries qu'il essuye bien innocemment sans doute , puisqu'il a fait preuve du dévouement le plus servile au Ministere & à ses vues. On annonce aujourd'hui les *Druïdes* , tragédie de M. le Blanc , comme la premiere en date qui doive être donnée au public.

2 *Février*. Il se vendoit depuis quelque tems une *Histoire civile & naturelle du Royaume de Siam & des Révolutions qui ont bouleversé cet Empire , jusques en 1770 , publiée sur les Manuscrits qui ont été communiqués par M. l'Evêque de Tabraca , Vicaire Apostolique de Siam , & autres Missionnaires de ce Royaume , &c.* Ce livre parfaitement ignoré acquiert aujourd'hui de la célébrité au moyen d'un Arrêt du Conseil , en date du 5 Janvier , qui le supprime. Le privilege pour l'impression d'un Ecrit

intitulé *Defcription du Royaume & de la Religion de Siam*, avoit été accordé le 16 Juillet 1770 audit Evêque. Celui-ci avoit chargé l'auteur de l'Ecrit en queftion de rédiger uniquement les dits manufcrits & d'en épurer la diction. Le rédacteur s'étant approprié l'ouvrage, en avoit changé & la forme & le fonds & le titre. Le Prélat en a probablement porté fes plaintes, & dans l'Arrêt du Confeil il eft dit que continuant de traiter favorablement ledit Evêque de Tabraca, & vu fon Mémoire, le Roi, de l'avis de M. le Chancelier, lui conferve le privilege mentionné ci-deffus, & fupprime *l'Hiftoire civile*; &c. S. M. étant inftruite que l'Ecrivain, s'abandonnant aux écarts de fon imagination, s'eft vifiblement & mal à propos écarté du plan & des intentions du Sr. Evêque; que d'ailleurs, par une fuite de cette licence, il lui étoit échappé dans le cours de l'ouvrage des affertions hazardées & des maximes dangereufes.

3 Février 1772. Jeudi dernier le Sr. Liegeon, Architecte, auteur du plan de la nouvelle falle de Comédie dont on a déjà parlé plufieurs fois, a été à Verfailles, & M. le Duc de Duras, premier Gentilhomme de la Chambre, l'a introduit dans les petits appartemens auprès du Roi. S. M. l'a accueilli avec beaucoup de bonté & de familiarité; elle a examiné les plans pendant fort longtems, elle a développé de grandes connoiffances du local, elle a trouvé que la place qui doit accompagner l'hôtel des Comédiens dont il eft queftion, embellifoit infiniment le quartier où elle feroit formée. S. M. a enfuite paffé dans la chambre de Madame Dubarri, où cette Comtesse étoit au lit, incommodée : elle s'y est fait mettre un couvert, & pendant qu'elle dînoit de fort bon appétit l'architecte a détaillé ses plans à Madame Dubarri. Elle n'en a pas moins été enchantée que le Roi, & a surtout fort approuvé l'invention de faire descendre à couvert : ce qu'elle a remarqué devoir beaucoup plaire aux femmes, qui vont ordinairement très parées au spectacle. Tout étant bien examiné & dûment approuvé, le Roi a ordonné au Sr. Liegeon d'aller voir le Prévôt des marchands de sa part. Au moyen de ce nouvel événement favorable, l'annonce du projet doit être faite incessamment dans la Gazette de France, & tout fait espérer qu'il aura lieu.

4 *Ferrier* 1772. Le Sr. Liegeon, en vertu de l'ordre du Roi, est allé trouver M. le Prévôt des Marchands actuel (*Bignon*) ; lequel s'est défendu d'entrer en matiere avec lui, étant sur le point de sortir d'exercice. Il s'est en conséquence rendu chez M. de la Michaudiere, successeur désigné de celui-ci, & ce Magistrat ne doit pas être peu flatté de voir son administration dans le cas de s'illustrer par un monument de cette importance.

5 *Février.* Les Lettres patentes dont on a parlé, suspensives de l'Arrêt du Parlement concernant les Bulles, Brefs, Rescrits de Rome, fait grande sensation dans cette capitale. Le Clergé triomphe de la maniere la moins équivoque, surtout la portion attachée au Molinisme. Ces fanatiques y entrevoient un chemin ouvert au Souverain Pontife pour avancer ses prétentions, & une sorte d'acquiescement tacite de la part

du Ministere, puisque c'est au moment même
où le St. Pere se déclare en faveur de la Bulle,
par la clause qu'on a rapportée, qu'on élude
l'Enrégistrement nécessaire pour arrêter ces usur-
pations & contenir une Puissance toujours am-
bitieuse. Ils concluent un outre de cette clause,
que le Pontife actuel n'est point aussi ennemi
des Jésuites qu'on l'a supposé, qu'il a affecté de
leur être contraire pour ne pas se voir trop
pressé, à cet égard, par les Princes de la Maison de Bourbon, & attendre en temporisant le
moment opportun de les sauver & même de
les renvoyer en France, comme des suppôts
du St. Siege trop unis à ses intérêts par essence, pour craindre qu'ils s'en détachent. Ils se
flattent que cet événement n'est pas conséquent
à ce qui se passe, &, quoiqu'ils n'aient pas
beaucoup de confiance en la religion de M. le
Chancelier, ils esperent qu'il contribuera par
politique à un rappel qu'ils n'attendroient pas
de son seul enthousiasme pour la bonne cause.
Ils veulent que ce Chef de la Magistrature con-
noisse la nécessité où il est de se faire un parti
puissant pour balancer celui des Princes & des
Patriotes, & qu'il sente n'en pouvoir opposer
un plus ferme & plus sûr que le Clergé & les
Jésuites. C'est sur ces conjectures qu'on forme
le rappel plus ou moins prochain de ces bons
Peres.

6 *Février* 1772. Le Sr. Gerbier a plaidé pour
la premiere fois au Châtelet, mardi dernier,
pour Madame la Marquise de Gouy, qui demande à se séparer de son mari. Outre l'éloquence naturelle de cet orateur, le spectacle
nouveau de le voir reparoître au Barreau pour

la premiere fois avoit attiré beaucoup de monde.

7 *Février* 1772. Dimanche dernier, jour de la Purification, où devoit se faire la nomination de dix Cordons bleus vacans, il y a eu Bal à l'Opéra, la fête étant censée finir à minuit. Ce concours de circonstances a donné lieu à une plaisanterie singuliere & qui a beaucoup amusé les spectateurs. Une troupe de dix Masques s'est présentée, ayant chacun un nez d'une longueur extraordinaire, au bout duquel pendoit un ruban bleu, & sur le nez étoit écrit *Chevalier des Ordres du Roi*. Ce qui faisoit une allusion ingénieuse au pied de nez qu'ont eu les aspirans à cette distinction, d'autant plus vraie, qu'ainsi qu'on l'a observé, le Roi s'étoit plu à flatter leur espoir jusqu'au dernier instant. On a fort recherché l'auteur de cette mascarade: on l'attribue aujourd'hui généralement à M. le Duc de Chartres, & elle ne pouvoit gueres s'attribuer qu'à lui ou à quelqu'un de son rang.

9 *Février.* Le goût de jouer à la Comédie devenue à la mode depuis quelques années, avoit donné lieu à un abus considérable dans les Garnisons, où l'on voyoit dés officiers donner au public ce spectacle indécent, en s'associant aux actrices & en paroissant sur la scene avec elles. On en avoit vu quelques-uns tellement ensorcelés de cette fureur, qu'ils avoient quitté le service pour se livrer entierement à l'état d'histrion & à la vie libertine de ce genre. M. le Marquis de Monteynard, Ministre d'un caractere grave & sérieux, n'a pas cru devoir tolérer un usage autorisé par

des exemples du plus grand poids ; il a fait un Réglement , qui défend absolument à tout officier dans les garnisons de jouer la comédie. Il est fâcheux sans doute qu'on ait été forcé d'en venir à priver la jeune noblesse d'un amusement qui , à certains égards , est infiniment plus élevé que d'autres , mais toujours en quelque sorte malheureusement entaché de l'infamie à laquelle sont dévoués les Comédiens par état.

11 *Février* 1772. Le devis de la nouvelle salle de spectacle & de place , dont le plan a été présenté au Roi , se monte à 6 , 000 , 000 Livres dont 1 , 500 , 000 Livres d'acquisitions de terrains. l'Arrêt du Conseil , pour autoriser à leur estimation & à la présentation des baux , est entre les mains de M. de Sartines ; mais on ne veut pas le rendre public que les promoteurs du projet ne fassent leur soumission de cette derniere somme , c'est ce qui arrête pour le moment.

12 *Février.* On voit à la foire St. Germain ouverte du lundi 3 de ce mois , un spectacle assez singulier : c'est un singe qui joue de la vielle. Il est vrai qu'il n'en peut bien exécuter qu'un air , mais il s'en acquite à merveille : son maître l'accompagne de la mandoline. Tout Paris court à cette nouveauté , & ce singe-là ne fera pas moins fortune que celui de Nicolet , si célebre il y a quelques années.

13 *Février. L'Histoire de Siam* , supprimée par Arrêt du Conseil , dont on a rendu compte , est attribuée à M. Turpin , auteur estimé & continuateur de l'Histoire des Hommes Illustres de France.

13 *Février* 1772. On raconte que derniérement à une fête que donnoit M. le Duc d'Aiguillon, il se trouvoit au dessert une croquante figurée, représentant les diverses parties de l'Europe & du globe, auxquelles correspond son Ministere. Ce Seigneur en offrit à Madame la Vicomtesse de Fleury, & lui demanda ce qu'elle vouloit ? Après les petites simagrées des jolies femmes : *Eh bien ! Monsieur le Duc*, s'écria-t-elle, *donnez-moi la France, je la croquerai aussi bien qu'une autre*.

16 *Février*. *Faits sur la cause, pour Dom Jacques Precieux, Abbé Regulier de l'Abbaye de Karents, Ordre de St. Benoît, Diocese de Verden, & pour Dom Germain Poirier, Abbé Regulier de l'Abbaye de la Grand'Croix, Ordre de St. Benoît, Diocese de Nicosie, contre M. l'Archevêque de Paris.*

Tel est le titre du Mémoire en faveur des Abbés *in partibus*, dont on a annoncé en gros le procès. On en trouve ici le détail d'une façon plus exacte & plus développée. Il est divisé en trois parties : dans la premiere, on établit les faits qui se sont passés depuis l'entrée de Dom Precieux & de Dom Poirier dans la Congrégation de St. Maur : dans la seconde, ceux qui sont arrivés depuis la naissance des troubles de cette Congrégation, jusqu'à l'obtention des Builes d'Abbayes *in partibus* : dans la troisieme, ceux qui se sont passés depuis jusqu'aujourd'hui.

La premiere époque roule sur l'entrée en religion des deux Religieux en question, sur leur caractere, leurs travaux, leurs fonctions diverses. Il en résulte que Dom Precieux &

Dom Poirier font deux Bénédictins infatiga-
bles, qui après avoir féparément rempli diverfes tâches littéraires pénibles, volumineufes,
telles qu'il en fort de leur favante Congrégation, s'étoient réunis pour continuer le Recueil
des Hiftoriens de France, qu'ils ont vécu pendant trente ans dans leur Ordre en travaillant
pour fon honneur & fon utilité, fans ambition,
fans intrigues, fans aucune des paffions fi communes dans les cloîtres &c.

On dévoile dans la feconde époque les divifions de la Congrégation de St. Maur, com-
mencées en 1763. Une Requête donnée par la
maifon de St. Germain des Prez à l'appui d'un
plan de conciliation, approuvé d'abord, &
contre lequel on s'éleva enfuite comme l'ouvrage de Religieux qui vouloient apoftafier,
excita une telle fermentation, que les membres qui l'avoient fignée furent obligés de donner une rétractation le 11 Juillet 1765 entre les
mains de l'Archevêque de Paris. On remar-
quoit fpécialement dans les noms des foufcti-
vans ceux de Dom Précieux & de Dom Poirier. Malgré cette foumiffion, malgré les efforts de l'autorité fouveraine pour rétablir le calme dans l'Ordre, il y refta toujours une guerre
inteftine, fpécialement entre les deux maifons
de St. Germain & des Blancs-Mantaux, &
les deux Religieux en caufe aujourd'hui jouant
toujours un grand rôle dans le parti, furent
principalement dévoués à l'opprobre, au farcafme & à la calomnie, de la part des ennemis
de la paix.

C'eft en 1769 que commence la 3e. époque, c'eft-à-dire au tems où ces deux Reli-

gieux, pour fe fouftraire aux perfécutions qu'ils
éprouvoient, favorifés par leurs parens & par
des perfonnes en place, obtinrent des Bulles
d'Abbayes *in partibus* de l'ancien Ordre de St.
Benoît, indépendantes de la Congrégation de
St. Maur : après les avoir fait revêtir de toutes les formalités légales, ils fortirent de la Congrégation & prirent l'habit des Abbés Reguliers
de l'ancien Ordre de St. Benoît. En 1770
Dom Precieux & Dom Foirier furent traduits
devant les Tribunaux à raifon des Bénéfices de
l'Ordre qu'ils avoient, & dont on vouloit leur
faire reftituer les fruits, en attendant le jugement du fonds fur la queftion, fi c'étoit à
eux ou à la Communauté à adminiftrer ces revenus. Ils obtinrent la provifion par arrêt contradictoire le 9 Avril 1770, & ne furent point
tenus de fe retirer dans des maifons de la Congrégation de St. Maur, comme leurs adverfaires
le demandoient.

C'eft alors, ou plutôt depuis, c'eft-à-dire
le 12 Avril 1770, que M. l'Archevêque de Paris, à qui l'on avoit dépeint ces Religieux comme échappés du cloître pour vivre licencieufe-
ment dans le monde, fans même porter l'habit
de leur état, rendit une ordonnance, par laquelle il leur enjoignoit de fe retirer fous quinzaine dans les monaftères de leur profeffion,
ou autres à eux indiqués par leurs Supérieurs,
pour y vivre fous l'obéiffance aux conftitu-
tions, à peine d'être procédé contre eux par
les voies de droit. Ils furent reçus appellans
comme d'abus de cette Ordonnance le 24 Juillet 1770.

Aujourd'hui ces deux Abbés fe font défiftés

de leur appel comme d'abus , en ce que cette Ordonnance est conforme aux regles de la discipline réguliere , & ils l'ont exécutée en cette partie , en se retirant aux petits Augustins de la place des Victoires ; ils déclarent même que leur procès est moins un combat qu'une explication respectueuse & soumise d'un inférieur qui rend compte à son supérieur des motifs de sa conduite ; mais ils ne peuvent renoncer à leur état d'Abbés *in partibus* , & contrevenir à un Arrêt qui les y maintient par provision.

19 *Février* 1772. La suite de la *Correspondance* de M. de Mau * * * & de M. Sor * * *, faisant la troisieme partie de cet ouvrage, n'est pas moins curieuse que les autres , par les anecdotes de toute espece qu'elle contient & par les sarcasmes sans dont elle est aiguisée. Mais le morceau qui est le plus recherché , qu'on regarde comme le plus éloquent de l'ouvrage , est le Songe , dont on ne sauroit rendre l'énergie qu'en le transcrivant : il est tiré de la 27eme. Lettre , c'est M. de Sor * * * qui parle à M. de Mau * * *.

,, Je rêvois que j'étois dans le cabinet de ,, Monseigneur, entouré d'une multitude innom- ,, brable de vos petites brochures , telles que ,, *les Observations sur les Protestations des* ,, *Princes, la Lettre de St. Louis, le Perru-* ,, *quier, le fin mot* & autres. Votre Grandeur ,, se miroit elle - même dans ses ouvrages , elle ,, s'applaudissoit avec complaisance de l'effet que ,, ces brochures avoient produit. Vous me di- ,, siez même que vous étiez fâché de ce qu'elles ,, ne contenoient pas encore plus de méchan-

,, ceté,

» ceté, lorsque tout-à-coup un bruit horri-
» ble se fait entendre ; vos deux valets de
» chambre accourent d'un air effaré, vous an-
» noncent que les six Princes suivis d'une escor-
» te nombreuse ont forcé votre porte, qu'ils
» sont dans votre antichambre & ont fait oc-
» cuper toutes les issues de votre hôtel. En
» effet, à l'instant même ils entrent, la noblef-
» se & la fureur peinte dans les yeux ; accom-
» pagnés chacun de plusieurs valets de pied, ar-
» més de cannes déjà levées sur vous. Un de
» ces Princes (il avoit l'air du Dieu Mars) pre-
» nant la parole & vous montrant du doigt,
» s'est écrié d'une voix terrible : saisissez ce
» monstre qui a corrompu le cœur du Roi,
» qui nous ôte le bonheur de jouir de sa pré-
» sence & les moyens de recourir à sa justice ;
» cet excrement de la nature, qui ose répandre
» des libelles contre nous & jusques dans nos
» palais même ; qu'on le lie & qu'on le traîne
» au lieu où il doit expier ses crimes. A ces
» mots vous vous prosternâtes contre terre,
» pour implorer humblement sa miséricorde ;
» mais l'ordre fut exécuté avec la derniere
» promptitude, malgré vos gémissemens la-
» mentables. Le dirai-je ? J'ai vu, oui, Mon-
» seigneur, j'ai vu la sublime face de votre
» Grandeur ignominieusement traînée dans les
» boues, à la queue d'un des chevaux qui
» avoient écartelé *Damien*. Quatre huissiers pré-
» cédoient la marche, criant à haute voix :
» *François ! laissez passer la justice des Prin-*
» *ces, puisque le Roi leur refuse la sienne.* Le
» peuple qui vous suivoit, vous couvroit de
» crachats & d'ordures. Vous fûtes conduit jus-

Tome VI.   E

» qu'à la place du château d'eau : là on vo
» arracha votre fimarre & vos autres vêtemèns
» on vous mit une torche à la main , on vo
» fit demander pardon à Dieu , au Roi , a
» Princes, à la Justice, à la Nation & à l'H
» manité ; ensuite quatre valets de pied décha
» gerent chacun cent coups de canne fur l
» épaules nues de votre Grandeur. Votre cor
» expirant fut livré à la populace, qui bient
» l'eut déchiré en mille morceaux , comme l
» Romains celui de l'infame Sejan. Les un
» courent à votre maison, qu'ils pillent & d
» truifent jufqu'aux fondemens. D'autres cher
» chent vos enfans & votre pere, pour leu
» faire fubir le même fort. Le très-grand nom
» bre s'acharne après votre malheureux cadavre
» chacun veut fur lui fignaler fa fureur. Celu
» ci enfonce un pieu dans votre tête, il n'e
» fort qu'un pus infect : l'autre vous arrache l
» cœur & retire fa main en frémiffant ; il crain
» que le fang qui a réjailli fur lui ne l'ait em
» poifonné. On illumine à la hâte toutes le
» rues d'alentour ; elles retentiffent de ces cri
» qui s'élevent dans les nues : *Vive le Roi*
» *Vivent les Prinees ! la France eft fauvée*
» Bientôt votre corps ne préfente pus à m
» vue que des offemens brifés , que des lam
» beaux de chair meurtrie. . . .

Que des membres affreux
Que de chiens dévorans fe difputoient entr'eux,

' » Mais la rage du Peuple n'eft pas encore
» affouvie, il ramaffe vos membres épars, les
» entaffe fur un bucher ardent ; on en jette les

» cendres au vent, pour qu'il ne reste plus
» rien de vous sur la terre, que votre exécra-
» ble mémoire ».

20. *Février* 1772. On attribue à M. de Voltaire les vers suivans en l'honneur de M. le
Chancelier : en tout cas ils roulent sur une pen-
sée de lui répétée en plusieurs endroits & devenue triviale. Les voici.

Je veux bien croire à ces prodiges
  Que la fable vient nous conter,
  A ses héros, à leurs prestiges
  Qu'on ne cesse de nous citer.
Je veux bien croire à ce fier Diomede,
  Qui ravit le Palladium,
Aux généreux travaux de l'amant d'Andromede,
  A tous ces faux qui bloquoient Illium :
De tels contes pourtant ne sont crus de personne.
Mais que Maupeou tout seul du Dédale des Loix
  Ait sçu retirer la Couronne,
Qu'il l'ait seul rapportée au Palais de nos Rois,
Voilà ce que je fais, voilà ce qui m'étonne.
  J'avoue avec l'antiquité
  Que ses héros sont admirables,
  Mais par malheur ce sont des fables,
  Et c'est ici la vérité !

Quelqu'un, qui a sans doute une façon de
voir différente de l'auteur, a parodié ces vers-
ci de la maniere suivante :

Je veux bien croire à tous ces crimes

Que la fable vient nous conter,

A ces monftres, à leurs victimes,

Qu'on ne ceffe de nous vanter.

Je veux bien croire aux fureurs de Medée;

A fes meurtres, à fes poifons,

A l'horrible banquet de Thiefte & d'Atrée,

A la barbare faim des cruels Leftigrons:

De tels contes pourtant ne font crus de perfonne.

Mais que Maupeou tout feul ait renverfé les Loix,

Et qu'en ufurpant la Couronne

Par fes forfaits il regne au Palais de nos Rois,

Voilà ce que j'ai vu; voilà ce qui m'étonne.

J'avoue avec l'antiquité

Que fes monftres font déteftables;

Auffi ce ne font que des fables,

Et c'eft ici la vérité.

22 *Février* 1772. Il nous eft arrivé de Geneve une tragédie de M. de Voltaire, qui a furpris tout le monde; elle eft intitulée *les Pélopides : ou Atrée & Thyefte*. On ne peut concevoir avec quelle rage ce grand homme s'acharne contre Crebillon, & fe trouve préoccupé par fon jaloux amour-propre, au point d'ofer à fon âge lutter contre le meilleur ouvrage, le chef-d'œuvre le plus merveux & le plus fier du mâle athlete qu'il ofe combattre.

23 *Février.* M. Deformeaux, auteur eftimé de plufieurs ouvrages hiftoriques, a été nommé Secrétaire de la Pairie. Le Sr. de l'Aulne, Avocat, qui avoit de grandes prétentions & qui avoit paffé

pour avoir été défigné, a fuccombé devant ce
Concurrent.

24 *Février.* Extrait d'une Lettre de Londres du
15 Février 1772..... Pour fatisfaire votre curiofité
fur le fuccès qu'a eu ici Mlle. Heinel, je vous ap-
prendrai que la première fois qu'elle parut fur la
fcene pour danfer, ayant apperçu le Comte de Lauraguais qui a été fon amant à Paris, foit furprife,
foit attendriffement, foit colere, elle s'eft trouvée
mal, au point de ne pouvoir former un pas ce
jour-là : elle a reparu depuis avec toute la majefté
poffible. Les Anglois lui rendent la juftice qui lui
eft due, ou, pour mieux dire, en font fols, autant
que les François. Elle a 24000 Livres de fixe : &
deux repréfentations à fon profit, qui, évaluées à
16000 Livres, lui rendront pour la faifon 40000
Livres, car vous favez que nos fpectacles finiffent
avec le Parlement, à peu près.

25 *Février* 1772. Dans les différens titres, qualités, noms & furnoms qu'on a donnés à M. le Duc
de la V *** dans fon billet d'enterrement, il en
eft par lefquels il fe prétendoit iffu des Princes de la
maifon de Bretagne. La maifon de Soubife qui a
cette prétention exclufivement, a protefté contre.
Ce qui rend cette piece funéraire très-précieufe ;
contre laquelle la Gazette de France avoit auffi réclamé à caufe du titre de *Grand Maître de la Gar-
de-Robe de Monfeigneur le Dauphin*, qualité qui
ne peut fe donner que dans la Maifon du Roi. Ce
billet d'enterrement eft aujourd'hui très-cher & fe
conferve dans les Bibliotheques.

26 *Février.* On parle d'un fuicide arrivé en province ; on ajoute que le particulier avant de fe brûler
la cervelle, a laiffé fur fa table un billet, dans lequel il fait fon teftament de mort & déclare que

n'ayant pas été confulté pour être produit à la lumiere, il croit pouvoir auffi s'en priver fans demander l'avis de perfonne.

27 *Février*. 1772. Le Sr. Pomme, Médecin qui a fait un *Traité fur les vapeurs* affez féduifant, & que des femmes de qualité avoient déterminé à s'établir à Paris, y avoit acheté une charge dé Médecin confultant du Roi, & fembloit fixé dans cette capitale. Il avoit d'abord eu beaucoup de vogue; mais cela ne s'eft pas foutenu, il eft tombé dans un difcrédit confidérable : il n'a pu voir cet abandon, & il vient de s'éclipfer pour aller vraifemblablement enfevellir fa honte dans fa province. C'étoit un Docteur petit-maître, d'une très-jolie figure, parlant bien, vêtu très-élegamment & très-propre à féduire les femmes.

28 *Février*. La caufe de Madame la Ducheffe d'Olonne contre M. le Comte Orourcke eft devenue fi grave par l'animofité des Avocats, que le Comte Orourcke a pris les conclufions les plus extraordinaires ; il a demandé que le Mémoire imprimé contre lui fût laceré ; il a dénoncé au Miniftere public, ces Plaidoiries, comme attentatoires à la puiffance du Roi, à la Majefté du Parlement, à la dignité d'Avocat. Me. Linguet a cru devoir imprimer un Précis, où, fous prétexte de réfumer l'objet de la caufe, les moyens des deux parties, & de réfuter victorieufement ceux de fon adverfaire, il entre en explication, & fe difculpe des déclamations injurieufes & indécentes qu'on lui impute.

Le jeudi 27, M. l'Avocat Général Verges porta la parole dans cette affaire. Son plaidoyer parut affez bien fait, mais on trouva dans fa prononciation des gafconifmes qui n'annoncent pas la belle éducation, & une forte de ridicule defagréable pour un Magif-

trat orateur de la premiere Cour du Royaume.
Quoi qu'il en soit, il conclut à débouter Madame
là Duchesse d'Olonne de ses demandes, à mettre
sur le surplus les parties hors de Cour, & à la suppression de tous les Mémoires des deux côtés. Ses
conclusions furent adoptées dans tous leurs points.

Malgré le triomphe du Comte Orourcke, l'A-
vocat général donna à entendre dans son Plaidoyer
que le Comte étoit un fripon, mais adroit, & qui
avoit revêtu ses excroqueries de la sanction la plus
légale.

2 *Mars* 1772. Le Sr. le Kain, le plus grand
acteur du théatre François, est invité par l'Electeur
de Baviere à lui former une troupe de Comédiens
& à l'aller installer à Munich : il a obtenu en conséquence un congé pour l'été, & doit se rendre aux
instances de cette Altesse.

4 *Mars.* Le Barreau s'echauffe plus que jamais,
& M- le Comte Orourcke, mécontent de la suppression réciproque des Mémoires, continue à
vouloir attaquer personnellement Me. Linguet : il
a trouvé un Avocat obscur, nommé *Dobet*, qui
lui a donné une Consultation contre Me. Linguet,
Avocat, en son nom, défenseur de Madame la
Duéhesse d'Olonne, où il prétend que le client est
autorisé à poursuivre personnellement Me. Linguet
comme coupable de diffamation.

Me. Linguet répand un écrit en forme de *Repli-*
que, adressé aux Magistrats, il se défend avec la
plus grande force, & en développant les qualités de
l'Avocat il en trace un portrait très-éloquent. Il
débute ainsi :

Messieurs rien de plus honorable, mais en mé-
me tems rien de plus délicat & de plus pénible que
nos fonctions. Adversaires nés de l'injustice, ennemis

E 4

forcés de la fraude , obligés par état à la fuivre , à la démafquer , il eft impoffible qu'en rempliffant nos devoirs nous n'excitions pas quelquefois les plaintes des parties que notre zele importune. La reconnoiffance qu'il excite d'une part , n'eft que trop fouvent achetée par la haine à laquelle il nous expofe de l'autre , & fi nous n'écoutions que nos intérêts , les momens où nous avons le plus befoin de vigueur , font précifément ceux où nous nous montrerions avec plus de molleffe. C'eft pour foutenir notre courage dans ces occafions périlleufes , que chez tous les peuples on a mis dans notre profeffion à côté du danger , la gloire qui le compenfe , & la liberté qui en efface l'idée.

La gloire eft due à tout citoyen vertueux , qui confacre fa vie à l'utilité de fes compatriotes. La liberté eft inféparable d'un état qui fans elle n'auroit point d'objet , ou plutôt en auroit un tout contraire à fon inftitution. Sans la liberté , au lieu d'être les appuis de la vérité , nous ne ferions bientôt plus que les miniftres du menfonge. Sans la liberté les mains , à qui l'indépendance qui nous caractérife , affure le droit de protéger l'innocence opprimée , n'auroient plus d'autres privileges que de devenir les inftrumens de fon oppreffion.

Ce font cependant , Meffieurs , ces deux grands mobiles de la profeffion d'Avocat que l'on attaque ici. ...

6 *Mars* 1772. Les Comédiens François doivent donner demain la premiere repréfentation des *Druides* , tragédie nouvelle de M. *le Blanc* , auteur d'une autre tragédie , jouée il y a quelques années fous le titre de *Manco Capac*.

7 *Mars*. La tragédie qu'on doit donner aujourd'hui roulant principalement fur les abus de la reli-

gion, dégénérée en superstition & en fanatisme, le censeur de la police n'a pas osé prendre sur lui d'approuver une piece pleine de détails délicats & dangereux. Elle a été renvoyée à un Docteur de Sorbonne, & c'est l'Abbé Bergier, cet adversaire intrépide des Athées & des Déistes, qui s'est trouvé obligé de l'examiner & de déclarer qu'il n'y voyoit rien de répréhensible. On a eu beaucoup de peine à lui faire agréer l'ouvrage, & M. de Trudaine a dû employer tout son ctédit en faveur de l'auteur, dont il protege beaucoup la femme.

Au surplus, cette tragédie est si chargée de spectacle, d'incidens & de coups de théâtre, que les acteurs ont passé deux jours entiers pour se mettre au fait de leurs positions & de leurs mouvemens, pour ne pas s'embrouiller sur la scene, & manquer la beauté des tableaux qu'ils doivent présenter.

8 Mars 1772. *Les Druides* ont été joués hier. Le but philosophique de cette piece est en effet de combattre la superstition & le fanatisme, d'abolir un culte d'horreurs & d'abominations que ces prêtres rendoient à leurs Dieux par des holocaustes humains & des libations de sang. Mais les moyens pris par l'auteur ne sont rien moins que dans les vrais principes de l'art, & l'exécution ne répond pas au sujet. Jamais on n'a vu de piece aussi compliquée & d'une longueur aussi ennuyeuse : elle a duré deux heures & demie de représentation. Dès le premier acte, il y a deux coups de théâtre, & ils ne font que se multiplier dans les suivans, au point qu'il n'est aucun spectateur qui ne se soit perdu dans ce labyrinte d'intrigues obscures & labo-

E 5

rieuſes. La rage de l'auteur pour les diſſertations
eſt telle, que même au 5eme. Acte, même à
la derniere ſcene, même en expirant, les per-
ſonnages font encore des traités de morale & de
métaphyſique. Pour réduire cette tragédie à ſes
vraies proportions, il faudroit en retrancher une
douzaine de ſcenes & huit à neuf cens vers. En
un mot, jamais on ne peut mieux appliquer le
vers de Boileau :

Et chaque acte en ſa piece eſt une piece entiere.

Les acteurs étoient ſi fatigués de la longueur
de leurs rôles, que leur mémoire étoit continuellement en défaut ; ce qui peinoit encore davantage le ſpectateur. On a cependant eu la conſ-
tance d'écouter juſqu'au bout, mais à la charge
de n'y pas revenir. Cette tragédie paroît abſolument tombée.

9 *Mars* 1772. C'eſt décidément M. de Laulne,
Avocat, qui eſt Secrétaire de la Pairie. M. De-
ſormeaux étoit effectivement ſur les rangs, mais
l'autre l'a emporté : ç'auroit été M. Gaillard,
membre de l'Académie Françoiſe, ſi le Maréchal de Richelieu ne s'y étoit fortement oppoſé,
en déclarant qu'il ne pouvoit pardonner à cet
Orateur la façon indécente dont il avoit parlé du
Cardinal de Richelieu dans ſon diſcours de réception, le jour où ce Candidat avoit pris place
à l'Académie.

Dans le courant des opinions relativement à
cette Election, il avoit été queſtion d'un nommé *la Roue*, ci-devant Secrétaire de l'ancien
Procureur Général ; un des Ducs dévoués au
parti de la Cour perorant fortement en faveur

de ce fujet, finit par dire : *à tous égards ;*
Meffieurs, la Roue *nous convient.* Les Pairs
Proteftans faifirent l'équivoque, & fe mirent
à rire d'une façon très mortifiante pour l'orateur.

10 *Mars* 1772. On croyoit la piece des *Druides*
abfolument tombée, mais M. le Duc d'Orléans
qui n'étoit pas à la premiere repréfentation, ayant
témoigné l'envie de la voir, elle a reparu hier ;
on y a retranché plus de 500 vers, & la marche a été moins embarraffée, le dialogue, moins
ennuyeux, & la défenfe de l'humanité contre la
barbarie de la fuperftition mife dans un jour plus
lumineux & plus intéreffant: il y avoit très peu
de monde, & l'affemblée étant en grande partie
compofée des amis ou des partifans de l'auteur,
on a fort applaudi, on l'a demandé entre les deux
pieces avec tant d'inftances qu'il a été obligé de
fe montrer. On ne fait où aboutira cette réfur-
rection factice, qui ne peut être longue.

11 *Mars.* M. Bignon eft mort hier: fon convoi a été très beau & très couru par le peuple,
qui n'a pas vu fans plaifir périr l'auteur de l'effroyable maffacre de la rue royale. On peut juger au furplus du cas qu'on faifoit de ce membre
de deux Académies, par le quolibet groffier qui
roule fur fon compte. Le Sr. *Cheval de St.*
Hubert, premier Échevin, fe trouvant chargé
des fonctions de Prévôt des Marchands, jufqu'à
l'inftallation du fucceffeur défigné pour le mois
d'Août, on dit que *c'eft un cheval qui remplace*
un âne.

12 *Mars.* Il s'eft trouvé hier un grand concours
de monde au colyfée; un maître - d'armes ayant
imaginé de choifir la Rotonde de cet édifice pour

E 6

le lieu de sa réception, il en a résulté une affluence inconcevable: on n'y entroit que par billets, & l'on y comptoit plus de 4000 spectateurs.

15 *Mars* 1772. Le succès des *Druides* a augmenté mercredi, & l'on a demandé encore l'auteur avec tant de tumulte qu'il a fallu comparoir: ses amis l'ont traîné sur le théâtre, plus en homme qu'on mene au supplice qu'en héros triomphant.

16 *Mars.* Les Italiens, après avoir varié longtems sur la nouveauté qu'ils donneroient, se sont fixés sur le *Faucon*, comédie en trois actes & en prose mêlée d'ariettes: elle n'a pas réussi à Fontainebleau, où elle a été jouée devant la cour, l'automne dernier; elle a même été huée: on l'a trouvée triste, platte & ignoble, & la Musique, quoiqu'agréable & pleine de finesse en certains endroits, n'a pu sauver de l'ennui du poëme: la premiere est du Sr. *Monsigni*, la seconde du Sr. *Sedaine*, qui ne se tient jamais battu pour une fois, & compte que les applaudissemens de la ville le vengeront des sifflets des courtisans.

17 *Mars.* Ces jours derniers, toutes les chambres assemblées, Me. Jacques Vergès, Avocat Général, a fait un Requisitoire violent contre la *Correspondance* & le *Supplément à la Gazette*, & le nouveau tribunal a condamné les dites brochures à être lacérées & brûlées comme *impies, blasphématoires & séditieuses, attentatoires à l'autorité du Roi, injurieuses à la famille Royale & aux Princes du sang, tendantes à soulever les peuples contre le Gouvernement, & détourner les sujets de l'obéissance qu'ils doivent au Souverain, & du respect dû aux Ministres & aux Magistrats, &c.*

Ordonne qu'à la Requête du Procureur général

du Roi, il fera informé contre les auteurs desdits libelles, comme coupables du crime de leze-majefté divine & humaine au fecond chef, & lui permet d'obtenir & faire publier monitoire, en la forme de droit, &c.

19 *Mars* 1772. Le Wauxhall de la foire St. Germain n'avoit jamais été tant fuivi que cette année. La fureur de la danfe qui avoit repris ce Carnaval, duré jufques dans le Carême, & par un accord affez fingulier, quoique non préparé, il fe trouve que les femmes de qualité & les filles fe font partagé les jours de ce fpectacle ; les premieres y danfent exclufivement aux autres les mardi & famedi, & le refte de la femaine eft rempli par les courtifannes.

20 *Mars.* Les Italiens ont donné hier *le Faucon*, comédie en profe. Quelques morceaux particuliers de mufique ont été extrêmement applaudis, mais le poëme a fait peu de fortune. Le Sr. Sedaine a eu l'amour-propre de ne rien retrancher des phrafes plattes & triviales qu'on lui avoit reprochées à Fontainebleau ; elles n'ont pas été mieux accueillies ici : elle n'eft qu'en un acte, mais extrêmement long & qui en vaut bien trois.

20 *Mars.* Les *Druides* ont été joués à la Cour, où beaucoup de gens ont été fcandalifés des applications qu'on en pourroit faire contre nos prêtres & notre religion. La prophétie du 3e. acte, où le Grand Druide voit s'écrouler l'Empire Romain, & s'élever la maifon d'Autriche & celle de France, ce qui amene un éloge du Roi, n'a pu compenfer la fâcheufe impreffion qu'ont reçu les dévots du refte de l'ouvrage.

20 *Mars.* Une *Hiftoire Philofophique & Politique des Etabliffemens & du Commerce des*

Européens dans les deux Indes, en 6 vol. in-8o.
n'avoit point encore percé dans ce pays - ci. Le
Gouvernement a bien voulu depuis peu en tolérer
l'introduction, mais au nombre de 25 exemplaires seulement ; ce qui rend l'ouvrage extrêmement
cher & recherché conféquemment.

20 *Mars* 1772. M. de Bougainville, dont il a été
parlé plufieurs fois à raison de fes prétendues découvertes des *Ifles Malouïnes* & de l'*Ifle de Tayti*
ou d'*Amour*, avoit propofé à M. de Boffet de
commencer au mois de Mai un Voyage dans les
mers du Nord, pour y pénétrer jufqu'au pole,
s'il étoit poffible : indépendamment des découvertes en terres auxquelles cette courfe pouvoit
donner lieu, on devoit embarquer fur cette petite Efcadre, compofée de trois bâtimens, des
membres de l'Académie des Sciences, renommés pour leurs diverfes connoiffances en aftronomie, en géographie, en hiftoire naturelle, &c.
car il étoit queftion de travailler à l'accroiffement & à la perfection de toutes ces parties. Le
Miniftre de la Marine avoit d'abord agréé le
projet & l'avoit préfenté au Roi, qui l'avoit approuvé ; mais depuis il a été reculé à l'année prochaine, faute de fonds pour le moment.

23 *Mars*. Depuis le fupplice de *Billard*,
on avoit gravé ce criminel au carcan, & l'on
vendoit publiquement cette caricature, à laquelle
on avoit ajouté l'hiftorique en bref du fujet. La
famille s'eft interpofée auprès de la police pour
faire arrêter cette diftribution, & afin d'y couper court plus fûrement, elle a acheté tout ce
qui reftoit d'exemplaires & la planche. Mais il
en a beaucoup tranfpiré dans le public & l'eftampe
eft devenue fort chere.

22 *Mars* 1772. Jeudi dernier il y avoit beaucoup de monde à dîner chez M. de Sartines, Lieutenant Général de Police ; quelqu'un se recria sur la beauté des poiffons : ,, Oh ! dit le Sr. Marin, ,, (l'auteur de la Gazette de France,) il y en ,, avoit de bien plus beaux hier chez M. le Premier Préfident du Parlement, où je mangeois. — ,, Cela n'eft pas étonnant, reprit un autre convive, *on ne voit-là que des Monftres* ... '' L'allufion faifie à l'inftant par le refte de la table, fit beaucoup rire tout le monde & Madame de Sartines ... Son mari feul fe trouva fort embarraffé, & ne favoit quelle contenance faire.

22 *Mars.* On cite une plaifanterie de Mlle. Arnoulx, renommée par fes bons mots ; c'eft à l'occafion du *Faucon*, dont le nom équivoque prête facilement aux quolibets. On parloit de cette piece devant elle, avant qu'elle parut ; elle fembloit n'en avoir pas bonne opinion ; elle fe fit preffer quelque tems pour s'expliquer & déclarer les motifs de fon préjugé : *c'eft que*, (reprit-elle avec vivacité, par ce vers de Boileau) *rien n'eft beau que le vrai ; le vrai feul eft aimable.*

23 *Mars.* Bien loin que l'Arrêt du nouveau tribunal contre la *Correfpondance* ait ralenti la vigueur de l'auteur, on prétend que fon zele patriotique s'eft enflammé davantage, & l'on annonce toujours la quatrieme partie, celle promife *pour les Oeufs de Pâques de Monfeigneur.* Des gens même affurent qu'elle exifte & eft déjà imprimée. Ces bruits font prématurés vraifemblablement. Ce qui peut y avoir donné lieu, c'eft une Lettre Manufcrite qui court ; elle a pour titre *Lettre de M. de Maupeou à M. de Sorhouette : à Verfailles le 8 Mars 1772.* Elle eft dans le

ftyle de l'Ecrivain de la *Correfpondance* : il eft
cependant à préfumer qu'elle eft factice.

23 *Mars* 1772. On attribue à l'Abbé de Voifenon le 4eme. Supplément à la Gazette de France
de la part du Chancelier ; on y reconnoît en effet fa maniere, & ce foupçon ne peut qu'ache-
ver de le perdre de réputation. Il y a auffi une Réponfe à la *Correfpondance*.

23 *Mars*. Le fcandale occafionné par la tragédie des *Druides* à la cour dure encore, & les
Prélats fe remuent pour en faire arrêter les repréfentations. Ce véhicule vient très à propos pour
l'auteur & excite une curiofité rélative que mérite
peu la piece par elle - même, maigré les changemens fucceffifs qu'y fait le Sr. le Blanc, en forte
qu'elle n'eft prefque plus reconnoiffable à ceux qui
ne l'ont vue que la premiere fois.

25 *Mars*. Les actions honnêtes- & louables
font trop rares aujourd'hui même parmi les Gens
de Lettres & les Philofophes, pour ne pas recueillir celles qu'on apprend. M. de Chabanon, de
l'Académie des Infcriptions, qui cultive la Littérature par un goût naturel, un enthoufiafme véritable, qui ne trafique point de fes ouvrages en
vil mercénaire, & dénué conféquemment de toutes les paffions, baffeffes qui accompagnent cette
fordide cupidité, avoit obtenu une penfion de
2000 livres fur le *Mercure*, dont il jouiffoit depuis plufieurs années. Quoique favorifé de la fortune, fes biens étant en Amérique il n'avoit pu
en recueillir les revenus pendant la guerre, & il
avoit même éprouvé des pertes longues à réparer.
Aujourd'hui que fon bien - être eft plus folide, il
a remis la penfion, & a eu le bonheur de la

faire tomber à un homme de Lettres qu'il eſti-
moit & qui avoit beſoin de cette reſſource.

26 *Mars* 1772. On a ſçu que Mlle. Arnoulx n'a-
voit pas chanté le lundi 24 par un pur caprice, &
que ce jour même elle avoit eu l'impertinence de
ſe montrer à l'Opéra, en ajoutant le perſiflage &
diſant qu'elle venoit prendre une leçon de Mlle.
Beaumeſnil. Les Directeurs ſe ſont plaints à M.
le Duc de la Vrilliere, qui, au lieu d'envoyer
cette actrice au Fort – l'Evêque, s'eſt contenté de
la réprimander. Des ſpectateurs de mauvaiſe humeur s'étoient portés à l'Opéra le mardi pour
l'humilier en la ſiflant, mais il n'ont pu avoir ce
courage, & la ſéduction de ſon jeu leur a fait oublier ce projet.

27 *Mars* 1772. De jeunes Eleves dans l'art
des Vitruves ſe ſont exercés à former un plan
de nouvelle ſalle pour la Comédie Italienne ;
dont l'emplacement actuel eſt très incommo-
de ; ils ont choiſi dans le Marais un local
iſolé, où il n'y a que des bicoques. Ils ont
donné carriere à leur imagination & ont élevé
ſur le papier de très beaux édifices ; mais il
n'y a pas d'apparence que le Gouvernement
agrée leur ſublime ſpéculation, trop diſpendieuſe
& peu convenable à la plupart des Spectateurs.
Le nouveau projet pour la Comédie Fran-
coiſe reçoit auſſi des obſtacles de la part du
Secrétaire d'Etat ayant le Département de Paris, ſous différens prétextes. La vraie raiſon
eſt que M. le Chevalier d'Arcq, amant
de Madame la Marquiſe de Langeac, &
Madame la Marquiſe de Langeac Maîtreſſe de
M. le Duc de la Vrilliere, ont reçu quelques
milliers de Louis des Entrepreneurs de l'an-

cienne restauration , & font intéressés à la continuation de ce travail, jufqu'à ce que la nouvelle Compagnie ait mis ces protecteurs en état de rembourfer ces avances par d'autres plus fortes, fi ceux-ci mieux n'aiment garder l'argent de l'un & de l'autre côté.

28 *Mars* 1772. Me. Linguet vient de faire imprimer fon plaidoyer pour le Comte de Morangiès. Le public a témoigné la même fureur pour le lire que pour l'entendre. Cet Avocat s'eft trouvé afliégé plufieurs jours dans fa maifon par la multitude des curieux, qui venoient chercher ce Mémoire.

Le début eft d'une grande beauté par la nobleffe, la clarté, l'impartialité, avec lefquelles l'orateur préfente le pour & le contre de l'affaire la plus extraordinaire qui ait peut-être encore paru au barreau. Il laiffe le Lecteur indécis de quel côté il va pencher, & cette fufpenfion eft d'une grande – adreffe fans doute.

Me. Linguet n'eft pas auffi heureux dans la divifion de fon difcours. Il demande :

1º. La veuve Veron a-t-elle pu prêter cent mille écus ?

2º. A-t-elle prêté cent mille écus ?

3º. Le Comte de Morangiès a-t-il reçu cent mille écus ?

Cette gradation, qui feroit excellente pour l'affirmative, perd toute fa force en fens contraire, ou plutôt n'eft qu'une vraie dégradation des preuves, qui annonce un défaut de logique dans l'Avocat & d'ordre dans les idées.

Si la veuve Veron n'avoit & ne pouvoit avoir

les cent mille écus, comme finit par le prétendre Me. Linguet, il eft tout clair qu'elle n'auroit pas pu les prêter; & fi elle ne les a pas
prêtées, il n'eft pas moins clair que M. de
Morangiès ne les a pas reçus. Après avoir prouvé
fa première propofition, tout ce qu'il peut ajou-
ter n'eft donc qu'une fuperfétation de raifonnement... S'il eût renverfé fa divifion, alors
chaque partie enchériffoit fur l'autre, elles fe
fortifioient graduellement, & la derniere portoit
la conviction abfolue.

Au furplus, les preuves de Me. Linguet pour
établir que la veuve Veron n'avoit pas les cent
mille écus, ne font pas à beaucoup près concluantes, & les fubféquentes dans les autres propofitions ne le font pas davantage; enforte que le Lecteur n'étant pas à portée de connoître le vrai réfultat des pieces ou des dépofi-
tions, ne peut croire que le vraifemblable, abfolument contre la partie de Me. Linguet.

On ne peut approuver non plus l'indécence
avec laquelle l'orateur s'eft livré aux expreffions
les plus viles en parlant de fes parties adver-
fes; ce qui rend la fienne plus odieufe & fait
dire que le Mémoire eft fort d'injures & foible
de raifons.

On a beaucoup vanté comme morceau oratoire le portrait de la police qu'on trouve dans
ce difcours, elle y eft figurée en beau, & l'on
fent que fi l'orateur a quelque jour befoin de
la diffamer il pourra la peindre en laid, en faire
un monftre politique avec autant de juftice &
de vérité; enforte qu'on ne peut regarder ce
tableau que comme un détail d'apparat, un or-

nement du difcours, mais qui fera plaifir au
lecteur.

28 *Mars* 1772. C'eft M. le Chevalier de
Reffeguier, qui eft l'auteur du bon mot dit à
table chez M. de Sartines & dont on a parlé :
il eft connu pour des vers fatyriques faits contre Madame de Pompadour, qui le fit mettre
dans la cage de fer ; il a depuis eu la baffeffe
d'implorer les bontés de cette même femme pour
fortir de la prifon.

29 *Mars*. C'eft M. de Chamfort à qui M.
Chabanon a fait tomber fa penfion de 2000 livres
fur le *Mercure*.

30 *Mars*. On fe flattoit que le Sr. Gerbier
plaideroit pour la veuve Veron, quoique morte, & défendroit fa mémoire outragée dans les
plaidoyers du Sr. Linguet. Cette infortunée,
âgée de 88 ans, avoit laiffé en mourant un
diamant de dix mille francs à cet orateur pour
l'engager à cette bonne œuvre ; mais il s'eft
défifté du legs. Ce nouveau trait du Sr. Gerbier ne lui fait point d'honneur, en ce qu'on
dit hautement qu'il a été payé par le Comte
de Morangiès pour ne pas parler. Il ne peut
prétexter fa fanté, puifqu'il a paru la femaine
derniere à la Grand'Chambre, & a parlé pour
les créanciers des Fermiers des Poftes.

1 *Aril*. On prétend aujourd'hui que
l'Hiftoire Philofophique & Politique des Etablif-
femens & du Commerce des Européens dans les
deux Indes, eft un ouvrage entrepris ici, &
imprimé même avec permiffion tacite, mais refté
fans voir le jour, par des confidérations politiques, que M. le Chancelier y a trouvé des
chofes repréhenfibles contre la Religion, les

Prêtres & les Rois. On l'attribue à divers Encyclopédistes , comme Duclos , Diderot ,
d'Alembert , &c.

2 *Avril* 1772. On a donné hier aux Italiens un
Opéra - Comique nouveau en un acte & en prose , mêlé d'ariettes , intitulé *le Bal masqué*.
Pour exciter la curiosité du public , on avoit
annoncé sur l'affiche que la musique étoit de
M. Darci , âgé de 12 ans , éleve du Sr. Gretry. On a fait grace à l'ouvrage en faveur de
l'enfant , mais rien de plus plat que le Poëme.
La musique est agréable , mais destituée d'harmonie & sans aucune chaleur.

3 *Avril*. *A Me. Jacques Vergès & aux
donneurs d'avis* , brochure nouvelle , avec cette
épigraphe : *exoriare aliquis nostris ex ossibus
ultor.* C'est une facétie très ingénieuse & très
gaie , où l'on turlupine le plus joliment du monde , M. le Chancelier & ses Emissaires , sur
toutes les peines qu'ils se donnent pour découvrir l'auteur de la *Correspondance* , & arrêter le
cours de cette brochure. On y seme en pas-
sant des anecdotes très piquantes & bien propres à aiguillonner d'une part la curiosité du
public & de l'autre à irriter la fureur du parti
adverse.

3 *Avril*. *Castor & Pollux* a déjà rendu
à l'Opéra 115,000 Livres ; ce qui est sans exemple dans les fastes du théâtre Lyrique ; il est à
sa 31e. représentation.

4 *Avril*. L'Arrêt du nouveau Tribunal en
date du 14 Mars contre la 3e. partie de la *Correspondance* & le 4e. Supplément à la Gazette
de France , semble être devenu le signal d'une
guerre plus vive de la part des *Patriotes.* On

annonce différentes brochures foudroyantes. Jufques – là on efcarmouchoit. On a parlé du pamphlet à Jacques de Vergès , &c. Il paroît aujourd'hui une autre facétie , intitulée *Arrêt de la Cour du Parlement du 3 Avril 1772.* C'eft une parodie de celui du 14 Mars , où fous prétexte d'ordonner la brûlure de la Brochure à Me. Jacques de Vergès & aux donneurs d'avîs , on cherche à imprimer un nouveau ridicule fur ces Meffieurs. Ledit Arrêt eft précédé d'un Requifitoire fuppofé dudit Avocat général , où l'on emprunte les expreffions de cet orateur pour dénoncer le libelle furtif, production d'une cabale obfcure de dix – huit millions d'ames , complices de l'auteur , &c. On y trouve quelques bonnes plaifanteries , comme celle-ci; mais en général il eft lourd , & c'eft peut-être la feule miférable production qu'ait enfanté ce parti.

5 *Avril* 1772. Le Mémoire pour les adverfaires de M. le Comte de Morangiès commence à paroître. Il eft intitulé : *Pour Demoifelle Genevieve Gaillard , femme féparée , quant aux biens , du Sr. Nicolas Romain , Officier Invalide , fille & héritiere légitime de Marie Anne Regnaux , veuve du Sr. Marie François Veron , Banquier.*

Et Le Sr. François Liegeard Dujonquay , Docteur ès Loix , petit-fils de ladite Dame Veron , & fon légataire univerfel , ayant repris en cette qualités les plaintes & accufations intentées à la Requête de ladite Dame Veron.

Son objet eft de prouver , 1°. que le Comte de Morangiès , dépouillé de fes biens par le Contrat d'abandon qu'il en a fait à fes créanciers en 1768 , & obligé d'obtenir , au mois d'Août 1771 , un Arrêt de furféance pour fe fouftraire aux contraintes par corps , a abufé de l'afcendant que fon âge & fon rang lui donnoient fur un jeune homme de 25 ans , fans expérience , arrivé depuis peu de la Province où il avoit été élevé , pour fe faire prêter par lui fur fes fimples billets une fomme de 300,000 Livres , appartenante à la Dame Veron , fa grand'mere.

2°. Que pour fe fouftraire aux créances réfultantes de fes propres engagemens, le Comte de Morangiès a eu l'indigne barbarie d'employer la voie de la furprife & des mauvais traitemens par le miniftere d'agens fubalternes, pour arracher de la Dame Romain & de fon fils des Déclarations contraires à la vérité du Prêt.

3°. Que , non content de ces délits , il eft coupable d'avoir machiné la perte des enfans de la Dame Veron , en les accufant de lui avoir efcroqué pour plus de 300,000 Livres de Billets , en les précipitant dans les horreurs de la prifon, & en provoquant contre eux des condamnations afflictives & infamantes.

4°. Qu'enfin la nature de ces accufations & la néceffité de punir le coupable , quel qu'il foit , exigeant une inftruction rigoureufe par récollement & confrontation , cette inftruction doit être faite à la requête des parties pour lefquelles eft écrit le Mémoire.

Cette affaire , une des plus étonnantes qui aient jamais été portées au barreau , eft mife dans le jour le plus lumineux , tant par l'ordre avec lequel les faits font établis , que par le développement des moyens : les preuves s'y foutiennent, & s'y enchaînent avec un art qui les fait toujours croître par degrés, jufques à l'évidence.

On ne fauroit trop exalter la louable fermeté de Me. Vermeil, qui a ofé prendre en main la caufe de malheureux opprimés, de l'innocence defquels, fuivant le devoir d'un Avocat déli- cat, il a commencé à fe convaincre par tou- tes les précautions que peut emp'oyer la pru- dence. Le courage de cet orateur eft d'autant plus grand, plus noble, plus épuré, que mê- me en gagnant fa caufe il ne pouvoit envifager pour récompenfe que le plaifir touchant & dé- licieux d'une belle action, puifque toute la for- tune de fes cliens fe trouvoit entre les mains d'un homme dérangé, qui peut-être ne feroit jamais en état de reftituer cette fomme. Mais il paroîtra bien plus héroïque encore, lorfqu'on fçaura le déchaînement des roués de la Cour contre lui, avec quelle audace trois cens Sei- gneurs, ou Chevaliers de St. Louis, ou Mili- taires fe rendoient aux audiences, s'emparoient en quelque forte du Barreau, vouloient par les difcours les plus infolens, des menaces ou des geftes de mépris, intimider l'orateur, & pouffoient l'indignité jufques à cracher fur fa robe. Heureufement fon éloquence, victorieufe de tous ces obftacles, a paru n'en acquérir que plus de force, & fes plaidoyers, ainfi que fon Mémoire, pafferont aux yeux des gens fenfés & impartiaux pour des chefs-d'œuvres, dénués de tout le bavardage, fi en vogue au barreau, de ce fafte de déclamation néceffaire au men- fonge pour s'envelopper, ils font écrits avec

toute

toute la fageffe qu'exigeoit la pofition délicate
de Me. Vermeil, & il a prouvé à M. Linguet
fon adverfaire, qu'on pouvoit montrer la verité
dans toute fa vigueur fans invectiver néceffairement fon ennemi.

Au furplus, M. le Comte de Morangiès a.,
dit-on, fait l'impoffible pour faire évoquer au
Confeil cette affaire; on affure que le Roi s'y eft
oppofé.

6. *Avril* 1772. On commence aujourd'hui la
vente des tableaux de M. le Duc de Choifeul: ils
font en quantité, mais en général de petite maniere;
il y a peu de morceaux d'hiftoire, & beaucoup de
morceaux de fantaifie. On évalue cette vente à
400,000 Livres.

7 *Avril*. On prétend que Madame *Adélaïde*
étant allé voir Madame la Ducheffe de Mazarin
à Chilly, l'a trouvée dans une coëffure finguliere
& lui a demandé ce que c'étoit que cette nouvelle
mode? Celle-ci a répondu que cela fe nommoit
à la Correfpondance. (C'eft un bonnet à deux
becs, qui font en cornes.) Nouvelle curiofité de
la Princeffe. Madame Mazarin l'a fatisfaite en lui
rendant compte de l'Anecdote, & de la plaifanterie
qu'on faifoit dans le livre qui porte ce nom, fur
la perruque de l'Avocat *Gin*. Ces détails ne font
que redoubler l'intérêt de Madame Adélaïde; c'eft
ce que vouloit la Ducheffe: pour mieux mettre
Madame au fait, elle fait venir le livre qu'elle
a, dit-on, lu à cette Princeffe en entier, jufqu'au Rêve; ce qui afflige beaucoup M. le Chancelier.

8 *Avril*. M. *Duclos* étoit revêtu d'une
place d'Hiftoriographe de France, qu'avoit eue
M. de Voltaire, & qu'il a perdue en s'expatriant;

Tome VI.   F

elle eft conferée aujourd'hui à M. de Marmontel.
On prétend qu'il n'a que l'honorifique, ainfi que
fon prédéceffeur, & que le philofophe de Ferney,
en renonçant au titre, s'eft confervé la penfion.
Cette place eft en outre très-jolie, par les agré-
mens qu'elle procure, comme un logement dans
les maifons Royales, une entrée libre à toutes les
fêtes, &c.

8 *Avril* 1772. M. de Foncemagne va mieux ; il
eft forti de l'état d'hypocondrie où il étoit tombé,
& a repris ce qu'on appelloit *la Converfation.*
C'eft une affemblée qui s'établiffoit chez lui tous
les foirs de gens d'efprit qui s'y rendoient régu-
liérement ; il n'y a ni jeu, ni femmes, & l'on
y differte philofophiquement, comme on faifoit à
Athenes au Lycée ou au Portique.

La réception de fon lecteur, M. Dacier, à l'A-
cadémie des Belles Lettres, n'a pas peu contribué
à mettre du baume dans le fang de M. de Fon-
cemagne ; il prenoit un intérêt très-vif à l'événement. En effet la faveur pure a influé fur l'élection de ce fujet, qui ne l'a emporté que d'une
voix fur fon concurrent, M. l'Abbé *le Blond*,
Sçavant connu, couronné à cette Académie, &
qui avoit des titres littéraires bien fupérieurs à
ceux de l'autre candidat : il n'a eu que 16 voix
contre 17. M. Dacier n'a encore rien fait que la
traduction des hiftoires d'*Elien*, & cet ouvrage
n'étoit pas même imprimé lorfqu'il a été nommé.

9 *Avril.* A Choify le 8 Avril. S. M.
eft venu paffer deux jours ici avec une certaine
quantité de Seigneurs & quatre Dames, Madame
la Comteffe Dubarri, Madame la Maréchale de
Mirepoix, Madame la Comteffe de l'Hôpital &
Madame la Ducheffe de Mazarin. C'eft la premiere

fois que cette derniere fe trouve à de femblables parties ; fon attachement pour les Choifeuls l'avoit toujours rendue peu agréable depuis leur difgrace.

Madame la Comteffe Dubarri, qui cherche tous les moyens de diffiper le Roi, que l'ennui gagne aifément, avoit imaginé de faire venir *Audinot* jouer à Choify avec fes petits enfans. C'eft la premiere fois que ce Directeur forain paroit devant S. M. Il aura pu mettre fur fes affiches de la foire : *les Comédiens de Bois donneront aujourd'hui relâche au théâtre, pour aller à la Cour*. On a exécuté trois pieces fur notre théâtre, & les petits enfans n'ont été nullement déconcertés ; ils ont joué à merveille.

On a donné d'abord. *Il n'y a plus d'Enfans*, petite comédie en profe du Sr. de Nougaret, où il y a de la naïveté & des fcenes d'une morale peu épurée. La *Guinguette*, ambigu comique de M. de Pleinchefne, a plu davantage : c'eft une image riante & fpirituelle de ce qui fe paffe dans les tavernes ; c'eft un joli *Tenieres*. On a fini par le *Chat Botté*, ballet pantomime du Sr. Arnould. Au refte, ce ne font point des nouveautés : vous devez avoir vu cela depuis longtems à la foire St. Germain. On n'a pas même oublié la *Fricaffée*, contredanfe très-poliçonne. Madame la Comteffe Dubarri s'amufoit infiniment & rioit à gorge déployée. Le Roi fourioit quelquefois ; en général ce Divertiffement n'a pas paru l'affecter beaucoup.

9 *Avril* 1772. Il y avoit autrefois quatre Penfions affectées pour l'Académie Françoife, le malheur du tems les avoit fait fupprimer ; on vient

d'en rétablir deux, l'une en faveur de M. de *Fon-cemagne*, l'autre pour l'Abbé *Batteux*.

10 *Avril* 1772. On vient de finir la levée des terreins néceffaires à prendre pour former la nouvelle place où fera établi l'hôtel de la Comédie Françoife : on évalue en gros que cette acquifition pourra coûter un million. On ne prend aucune maifon effentielle, & ce n'eft que fur une partie des jardins de quelques hôtels qu'on empiete.

11 *Avril.* Aujourd'hui dès le grand matin le Palais s'eft trouvé rempli de curieux, pour entendre le plaidoyer de M. l'avocat général de Vergès dans l'affaire de la veuve Veron & héritiers contre le Comte de Morangiès. Tous les Roués de la Cour n'ont pas manqué de s'y rendre avec plus d'affluence que jamais : on y comptoit beaucoup d'officiers généraux & nombre de militaires de grades inférieurs, dans le deffein fans doute de s'emparer de la Tournelle, d'affiéger, pour ainfi dire, les juges, & de les gêner dans leurs fuffrages par leur préfence.

Cependant Me. Jacques de Vergès n'a point paru intimidé de cette bruyante & redoutable affemblée ; il a parlé depuis fept heures & demie jufques à deux heures, avec la plus grande préfence d'efprit.

Lorfque l'Avocat général a rendu fes conclufions, qui tendoient à la prife de corps contre le Comte de Morangiès, Me. Linguet, fon Avocat, eft venu l'avertir qu'il étoit tems de s'en aller. Ce Seigneur eft devenu pâle, a perdu la tête ; le Marquis de Poyanne a été obligé de l'emmener, & le peuple l'a fuivi jufques à fon caroffe, avec des huées, l'appellant *Efcrot*, *Voleur*, &c. Ce procès nous rappelle en petit les fameufes diviliens des Romains, entre les Plébéiens & les Patriciens : on ne connoît de mémoire d'homme affaire qui ait occafionné une fciffion auffi générale.

11 *Avril* 1772. La veille de l'Arrêt d'hier Me. Linguet avoit donné un nouveau Mémoire intitulé *Replique* ; c'eft le plaidoyer débité dans une audience extraordinaire qu'il avoit demandée pour le lundi, & qui fe tient l'après-dinée avec l'appareil ordinaire des autres. Il étoit important pour fa partie de détruire les impreffions fâcheufes reftées dans l'efprit des juges & des auditeurs d'après la Replique de *Vermeil* du famedi. Celui-ci, de fon côté, a répandu une *Replique* au plaidoyer du Comte de Morangiès ; elle étoit fignée d'un autre Avocat, nommé *la Croix* ; elle contient des faits graves contre le Comte ; & la fupreffion demandée par l'Avocat général n'étoit motivée que fur une raifon de forme, c'eft-à-dire fur ce que le Mémoire n'étoit pas figné des parties, & non fur ce qu'on y avançât rien de calomnieux.

Quant aux pages 33 & 34, fuprimées dans la *Replique* de Linguet, concernant *Gerbier*, c'eft un endroit où fe prévalant du filence de cet adverfaire qu'il devoit avoir en tête pour la Dame Veron, il l'attribue à la connoiffance que cet orateur avoit acquife de l'iniquité de la partie, & à la délicateffe qu'il avoit eu de fe charger d'une pareille caufe : induction fauffe, puifque Me. Gerbier tout recemment, à un diner chez M. de Sauvigny, avoit tonné avec une force étonnante contre le Comte.

12 *Avril.* M. d'Alembert a été élu Secré-

taire de l'Académie Françoife, à la place de M. Duclos, qui vient de mourir.

12 *Avril* 1772. La Faculté de Médecine, dont la fermentation s'étoit rallentie, eft agitée de nouveaux troubles relativement à la querelle mûe entre les Docteurs Bouvart & Petit, & qu'un léger incident vient de réveiller.

13 *Avril.* Le *Supplément au Roman Comique* ou *Mémoires pour fervir à la vie de Jean Monnet*, &c. fe diftribue. Rien de fi plat que cette Brochure ; les myftifications même de Poinfinet, fi fufceptibles d'une plaifanterie gaie & cauftique, n'ont aucun caractere rifible fous le pinceau de ce fade barbouilleur ; en un mot, c'eft un livre bleu de toute la valeur du terme, un vrai poiffon d'Avril que ce Bâteleur Littéraire a donné au public.

14 *Avril.* L'affaire de M. le Comte de Morangiès eft plus que jamais le fujet des converfations de Paris : fon évafion de la Tournelle lui a aliéné fes partifans honnêtes, qui étoient perfuadés de fon innocence & de fa probité. On rapporte qu'un Chevalier de St. Louis préfent, lui a crié dans ce moment : » *M. de Moran-* » *giès, qui quitte la partie la perd.* Madame Godeville, femme renommée pour fes galanteries & fes efcroqueries, & fort liée avec M. de Morangiès, préfente aux conclufions de l'Avocat général, dit bêtement au Sr. Linguet, lorfqu'il fut annoncer à fa partie qu'elle eût à fe retirer : *M. Linguet, offrez mon appartement au Temple à M. de Morangiès.* L'enclos du Temple eft un endroit privilégié, où fe retirent les banqueroutiers. Enfin le Sr. Vermeil n'a pas manqué de fe prévaloir de la circonftance, de demander acte

de la fuite de M. de Morangiès, comme un indice de sa frayeur & des remords qu'il éprouvoit. Il a fait remarquer, au contraire, avec quelle sérénité ses cliens avoient entendu les conclusions de l'Avocat général & étoient disposés à se constituer prisonniers pour l'éclaircissement de la vérité; ce qu'ils ont offert eux-mêmes sur le champ. Enfin l'Avocat Linguet a perdu la tête, comme le Comte; pendant que les Juges délibéroient, il a voulu balbutier quelques phrases qu'on ne lui a pas laissé finir; il a eu l'audace d'entrer dans la chambre où les Magistrats s'étoient retirés pour délibérer entr'eux; mais on l'a mis à la porte, & l'on a fait poser deux sentinelles pour que personne ne pût approcher & écouter les opinions.

14 *Avril* 1772. Dans l'affaire des Verons on distingue surtout un Mémoire signé *de la Croix*, jeune Avocat qui donneroit les plus grandes espérances, s'il en étoit le vrai pere; il est précis, rapide, plein de sarcasmes, mais décens & d'ailleurs placés dans la circonstance relativement à celui de l'Avocat Linguet qu'il refute, & dont l'ironie est la figure favorite. Ce La Croix a fait quelques ouvrages de Littérature ignorés.

Il paroît un autre Mémoire dans la même affaire pour le nommé *Gilbert*, l'ami fidele du petit-fils de la veuve Veron, dont la fermeté fournit des traits d'une générosité très rare aujourd'hui, & qu'on ne chercheroit pas dans un cocher ou piqueur de M. de Mailly, tel que l'étoit ce Gilbert. Le Mémoire est de Me. Courtin.

17 *Avril.* On ne sauroit assez s'étonner de l'audace de certains Avocats à avancer les faits les plus faux dans les plaidoyers & à les soute-

F 4

tir, malgré la facilité de les convaincre : c'est ce qui vient de se passer au Châtelet tout récemment encore de la part de Me. Linguet, dont la réputation est des plus mauvaises du côté de l'exactitude & de la véracité ; on a repris à ce tribunal le procès en séparation entre Madame de Gouy & son mari, dont les plaidoyeries avoient été interrompues par la maladie du Sr. Gerbier, Avocat de la femme : Linguet est celui du mari. Il s'agissoit du nombre des marches d'un escalier, que ce dernier n'évaluoit qu'à trente environ, & l'autre à plus de 80. Tous deux ont prétendu les avoir montées & comptées.

18 *Avril* 1772. L'auteur des *Druides* est fort intrigué pour l'impression de sa piece, à laquelle la cabale des dévots s'oppose. Le Docteur Bergier surtout, qui l'a approuvée, excédé par les importunités de M. de Trudaine, souhaiteroit fort qu'elle ne passât point, ou tout au moins qu'il ne fût pas fait mention de la signature.

19 *Avril* M. Duclos étoit Historiographe de France, & le Duc de la Vrilliere a envoyé en conséquence à la levée du scellé du défunt, un Commissaire du Roi pour retirer tous les cartons relatifs à cette partie de son travail. Il s'est élevé une contestation à ce sujet entre les officiers de justice & ledit commissaire du Roi. Celui-ci voulant indistinctement emporter tout ce qui se trouveroit étiqueté de cette maniere, les premiers prétendant, au contraire, qu'ils doivent visiter auparavant lesdits cartons & les inventorier, pour examiner s'il n'y auroit aucun papier de famille. On ne sait pas encore la décision de la querelle.

On présume que l'objet du Ministre étoit de

souftraire tous les papiers qu'on pourroit trouver concernant l'affaire de Mrs. de la Chalotais,
avec qui l'Académicien étoit extrêmement lié,
& les remettre à fon neveu, M. le Duc d'Aiguillon.

20 Avril 1772. Le Point de vûe ou Lettres de
M. le Préfident de *** à M. le Duc de N***,
68 pages in 12. L'objet de ce nouvel écrit eft
de faire connoître que les premiers inftigateurs
des troubles actuels font les Jéfuites; que ce font
eux qui les fomentent dans l'efpoir de ménager
leur retour plus ou moins prochain, & qu'ils ne
peuvent finir que par l'extinction de l'Ordre.

21 Avril. Le procès pendant entre les Libraires & M. Luneau de Boisjermain doit recommencer à fe plaider après la Quafimodo. Le
Sr. Gerbier nouveau défenfeur des premiers, a
demandé le retard de cette caufe qui devoit avoir
lieu après la St. Martin, pour avoir le tems de
s'inftruire : elle doit attirer encore beaucoup de
monde au palais : c'eft toujours M. Luneau qui
parle pour lui-même.

25 Avril. Madame Favart, dont nous
avions annoncé la cruelle maladie, a enfin fuccombé à fes douleurs. Ses amis ne l'ont point
abandonnée jufques au dernier inftant. Il faut
diftinguer entr'eux M. Lourdet de Santerre, &
l'Abbé de Voifenon. Le premier eft un Maître
des Comptes, qui fe mêle de bel efprit & qui
paffe pour avoir mis en commun ce qu'il en avoit
avec le mari & la femme, dont il enrichiffoit les
ouvrages de fes faillies. Quant à l'autre, on connoît fon prodigieux attachement au ménage en
queftion. Depuis la mort du Maréchal de Saxe,
dont la paffion avoit commencé à rendre célebre

F 5

cette courtifanne qui fuivoit les armées, l'Abbé vivoit avec elle & mangeoit tout fon revenu dans la maifon. Prêtre de fon métier, libertin par habitude, & croyant par peur, il a fait tout ce qu'il falloit pour mettre devant Dieu l'ame de fa maîtreffe. Comme elle tenoit prodigieufement aux 15,000 livres de rentes que lui valoit fon état de Comédienne, elle faifoit difficulté d'accéder à la rénonciation au théâtre que l'Eglife exigeoit; ce qui annonçoit au moins de la bonne foi chez elle & une conftance inviolable à ne point fe parjurer. Il s'eft remué auprès des Gentilshommes de la chambre pour qu'on lui fît accorder fes appointemens en penfion, même en cas de retraite. Cette faveur a rendu l'actrice libre & fon falut n'a plus fouffert de difficulté.

Le grand talent de Madame Favart brilloit plus dans le lit qu'au théâtre. Sur ce qu'on reprochoit au *Mars* de la France fon enjoûement pour cette fille peu jolie, ce héros, non moins fameux en combats amoureux qu'en exploits guerriers, répondit: *trouvez-m'en une qui me le faſſe faire comme elle.*

28 *Avril* 1772. La canonifation de la bien-heureufe *Fremyot de Chantal*, inftitutrice de l'Ordre de la Vifitation, a été célébrée aujourd'hui à Ste. Marie, couvent de la rue St. Antoine, dans le cérémonial brillant que peut exiger cette apothéofe chrétienne. M. l'Archevêque s'y eft tranfporté avec tout fon Clergé, pour ouvrir la Neuvaine de jubilation qui doit y perpétuer la mémoire de ce grand événement. Les paroiffes, les couvens, & les fideles de Paris & des environs feront admis dans cet intervalle à rendre leurs hommages à la nouvelle Sainte, & à faire, pour

ainſi dire, connoiſſance avec elle. Des familles diſtinguées de ce Royaume prennent d'autant plus de part à la joie publique, qu'elles ont l'honneur d'appartenir à Madame de Chantal, par Madame de Sevigné, dont elle étoit petite-fille, & dont les ouvrages, quoiqu'elle ne ſoit pas canoniſée, ſont plus connus des mondains, que les livres myſtiques de ſa grand'mere.

1 *Mai* 1772. Il eſt arrivé depuis peu à Paris un nouveau Conte manuſcrit de M. de Voltaire, ayant pour titre *la Begueule, Conte moral, par le R. P. Nonotte, Prédicateur*. Il y a joint un envoi à Madame de Florian, en date du 19 Avril.

2 *Mai*. Le Colyſée, dont les entrepreneurs avoient annoncé depuis longtems l'ouverture pour cette année, après avoir tenu longtems le public dans l'attente de ce grand événement, l'ont enfin remplie le premier de ce mois; mais il y avoit très peu de monde, & ce début n'eſt pas d'un bon augure pour le reſte de la ſaiſon, à moins qu'ils ne trouvent quelque ſpectacle nouveau propre à attirer des curieux.

3 *Mai*. Feu M. *Rouillé de Meslay*, ancien Conſeiller au Parlement de Paris, ayant conçu le noble deſſein de contribuer aux progrès des ſciences & à l'utilité que le public en pouvoit retirer, a légué à l'Académie Royale des Sciences un fond pour deux Prix, qui doivent être diſtribués à ceux qui au jugement de cette Compagnie auront le mieux réuſſi ſur deux différentes ſortes de ſujets, qu'il a indiqués dans ſon teſtament, & dont il a donné des exemples.

Les ſujets du premier Prix regardent le Syſtême général du monde & l'Aſtronomie phyſique.

F 6

Le Prix devoit être de 2000 livres aux termes du teftament & fe diftribuer tous les ans; mais la diminution des rentes avoit obligé de ne le donner que tous les deux ans, afin de le rendre plus confidérable, & on l'avoit porté à 2500 livres. De nouveaux retranchemens dans les rentes ont forcé l'Académie de le réduire. Elle annonce en conféquence dans fon programme du fujet propofé pour le prix de l'année 1774, qu'à commencer de la préfente année 1772, il n'eft plus que de la fomme de 2000 livres.

Les fujets du fecond Prix regardent la Navigation & le Commerce, il ne fe donnera auffi que tous les deux ans, fuivant le même avertiffement, & ne fera que de deux mille livres.

4 *Mai* 1772. Les fêtes célébrées au fujet de la canonifation de la Baronne de Chantal ne fe font pas paffées fans fournir aux fideles un nouveau fujet d'édification, & un fpectacle bien propre à raffermir la foi de ceux qui font affez heureux pour croire. Une malade de l'Hôtel-Dieu, impotente de jambes & fe fervant de bequilles, pleine de confiance en la nouvelle Sainte s'eft fait tranfporter à Ste. Marie, & au milieu de fa priere elle a lancé des cris perçans, comme s'il fe paffoit quelque chofe d'extraordinaire en elle: en effet elle s'eft levée, à ce qu'on affure, & a marché, pas bien loin, car entourée de la foule, elle en étoit comme foutenue. Il a fallu la fouftraire à l'empreffement des curieux. Bien des gens difent que c'eft une pieufe impofture, & prétendent que les miracles ne s'operent point par douleur. Les Chrétiens, plus dociles, attendent que le fait foit conftaté & que l'Eglife ait parlé. Quant aux Philofophes & Incrédules, dont cette ville

abonde, ils en rient d'avance. On ne fait fi les bequilles, premier monument du pouvoir de la Sainte, feront fufpendues dans la chapelle, fuivant la coutume.

8 *Mai* 1772. M. l'Abbé de Lifle & M. Suard ont été élus hier Membres de l'Académie Françoife, pour occuper les deux places vacantes. M. le Duc de Richelieu qui préfidoit & qui favorifoit en apparence le dernier, dont l'Election fembloit devoir être très-critique, a voulu profiter de la prépondérance de voix qu'il counoiffoit pour lui, & quoique la regle foit de ne faire qu'une Election dans une féance, il a propofé de procéder tout de fuite à la feconde ; ce qui a été fait. Il y a eu 8 voix pour M. le Mierre, 4 pour M. de Chabanon, une pour M. Laujon, & 14 pour M. Suard. Ils étoient 27 votans, & 19 candidats fur les rangs. On n'a pas été peu furpris de voir celui-ci l'emporter, dont tout le mérite confifte à avoir fait de mauvaifes Gazettes de France, & avoir traduit de l'Anglois Robertfon, une *Hiftoire de Charles Quint*.

10 *Mai*. Hier famedi comme l'Académie Françoife étoit prête à fe féparer, eft arrivée une Lettre de M. le Duc de la Vriliere, qui lui annonçoit que non-feulement le Roi ne confirmoit pas les deux Elections du jeudi, mais les improuvoit, comme ayant été faites dans la même féance, contre les Statuts. On prétend que la Lettre ajoutoit auffi que les fujets ne lui étoient point agréables d'ailleurs, la premier comme trop jeune, & comme exerçant des fonctions incompatibles avec fa nouvelle place ; c'eft l'Abbé de Lifle, qui eft Régent au College de la Marche : & le fecond, comme

ayant été renvoyé de la direction de la Gazette pour mécontentement de la cour. Quoi qu'il en soit, il est sûr que les Elections sont à refaire; ce qui occasionne une fermentation considérable dans les gens de Lettres & surtout parmi les candidats.

12 *Mai* 1772. L'affaire de l'Encyclopédie s'est entamée aujourd'hui au nouveau tribunal. M. Luneau de Boisjermain a commencé son plaidoyer : il a cherché d'abord à se concilier ses Juges par un exorde tiré des circonstances ; il a fait de son Avocat adverse, Me. Gerbier, l'éloge le plus complet ; il est convenu de son insuffisance dans une carriere où il n'étoit jamais entré ; il a paru ne s'appuyer uniquement que sur l'intégrité de ses juges & il est entré en matiere : il l'a divisée en sept époques, & il n'a encore parcouru que la premiere ; ce qui annonce qu'il doit occuper plusieurs audiences. La cause est remise au jeudi 18. Les Magistrats & les spectateurs ont paru prévenus de la façon la plus avantageuse pour l'orateur. La foule n'étoit pas encore considérable à cette premiere audience, parce que l'on ignoroit l'ouverture de la Cause, qui avoit été renvoyée au 25 Mai, à raison de la maladie de M. Luneau. La macération de son visage a parfaitement secondé la commisération qu'il a voulu exciter, & son organe d'ailleurs, quoiqu'affoibli par la douleur, s'est prêté au volume de voix nécessaire pour le vaisseau de la Grand'Chambre où il parle.

13 *Mai*. La fermentation de l'Académie Françoise, à l'occasion de l'improbation de ses deux Elections, n'est point calmée : on est très

mécontent de M. le Maréchal de Richelieu ;
qui a joué le parti Encyclopédique dans cette
occasion. Comme faisant fonction de Directeur,
il avoit donné à tous les votans ce jour-là un
grand dîner ; voyant que la cabale pour les Ré-
cipiendaires étoit trop forte, il a paru se ranger
de ce côté, & a demandé lui même, ainsi qu'on
l'a dit, la double Election pour le jeudi, quoiqu'elle ne dût se faire qu'en deux séances.
Mais dans le compte qu'il est allé rendre ensuite au Roi de ce qui s'étoit passé, il a provoqué la réponse de S. M. survenue à l'assemblée le samedi. Sur quoi il a été arrêté & fait
des représentations, dont M. le Duc de Nivernois a été chargé. S. M. y a répondu qu'elle
ne s'opposoit point à l'Election de l'Abbé de
Lisle, lorsqu'il auroit l'âge compétent ; qu'à
l'égard de M. Suard, elle se feroit rendre compte
des motifs d'exclusion personnelle, mais qu'elle
vouloit qu'on procédât à une nouvelle Election :
sur quoi l'Académie a arrêté d'itératives représentations.

Le samedi on fit des reproches à M. de Richelieu sur la perfidie dont il avoit usé ; on lui
dit qu'il auroit bien dû prévenir l'Académie sur
les volontés de S. M., les sonder, &c. *Moi,
Messieurs,* répondit le Maréchal persifleur ; *le
Roi me parle, mais je ne parle point au Roi ;
je ne puis interroger S. M. sur ses goûts. De-
mandez au Sr. Nestier, qui a fourni peut-être
vingt mille chevaux au Roi, il est encore à
savoir celui qui a plu davantage à ce Monarque.*

14 Mai 1772. Il court un Epigramme en Enig-

me fur M. de la Harpe , affez plaifante ; elle
roule fur fon nom :

J'ai fous un même nom trois attributs divers ,
Je fuis un Inftrument , un Poëte , une Rue :
Rue étroite , je fuis des Pédans parcourue ;
Inftrument , par mes fons je charme l'univers ;
Rimeur , je t'endors par mes vers.

La Harpe.

16 *Mai* 1772. Les Comédiens Italiens ont donné
avant-hier la premiere repréfentation de l'*Ami
de la maifon*. Cette Comédie a été affez bien
accueillie , le 3e. acte furtout a été applaudi
finguliérement. On a trouvé dans la mufique du
Sr. Gretry de la richeffe , de la variété dans fa
compofition , des accompagnemens de la plus
grande beauté , d'une magnificence d'harmonie
merveilleufe.

18 *Mai.* On parle d'un nouvel écrit , intitulé *Requête des Etats généraux au Roi ;* mais
il eft encore très rare & a peine à percer. Il paroît émané d'un autre arfenal que celui où fe fa-
briquent les diverfes brochures politiques dont
on a rendu compte. On le croit même imprimé
en pays étranger.

18 *Mai.* On a publié dans plufieurs papiers publics une Lettre de Me. Linguet à M.
le Vicomte de Bombelles , qui ne pouvoit que
deshonorer cet Avocat , par le foupçon qu'elle
donnoit fur l'honnêteté de fa conduite & fur
fon peu de délicateffe à fe charger de la caufe
de la femme , après avoir brigué celle du mari
comme bonne & excellente. Il a profité de l'oc-

cation du Mémoire qu'il vient de publier pour
l'enfant, dont il a plaidé la caufe, & a donné
une explication de cette Lettre, dont il attaque
d'abord quelques parties comme fauffes, & le
furplus n'eft, fuivant lui, qu'une effufion de
politeffe vague qu'on ne doit pas prendre à la
lettre.

18 *Mai* 1772. Quoique le Gouvernement fe
foit oppofé à la fuite des repréfentations des
Druides & à l'impreffion de cette tragédie,
par une inconféquence qui eft fon caractere,
comme celui de la Nation, on la voit paroître
en détail dans le *Journal des Ephémérides*, où
l'on en lit un très long extrait. Les prêtres font
de nouveau en mouvement à cette occafion,
ils regardent la tournure comme d'autant plus
fcandaleufe, que cet ouvrage pérodique n'eft
pas d'une nature à comporter des ouvrages de
poëfie, & moins encore des pieces dramatiques; ce qui annonce un deffein prémédité &
réfléchi de la cabale de l'auteur pour fe fouftraire
aux défenfes de la Police & aux Cenfures Eccléfiaftiques.

19 *Mai.* M. le Prince de Beauveau étant
Capitaine des Gardes-de fervice, & de l'Académie Françoife, a eu le courage de remontrer
perfonnellement au Roi le tort que portoit à
la liberté des fuffrages de cette Compagnie, l'ex-
clufion que S. M. venoit de donner à deux
membres élûs. Il lui a cité l'exemple de Louis
XIV, dont la religion furprife lui fit autrefois
rejetter le choix de la Fontaine, & qui mieux
inftruit leva fa défenfe. Sur quoi le Monarque
lui a répondu: *je ne favois pas ce trait-là,
mais ce qui eft fait eft fait.* Meffieurs de l'A-

cadémie voyant qu'ils ne pouvoient se flatter d'avoir justice à cet égard, sur l'insinuation même qu'ils ont reçue qu'on ne cherchoit qu'à exciter une résistance de leur part, pour avoir un prétexte de dissoudre ce Corps, se sont humiliés sous la main qui les frappoit, & ont fixé une nouvelle Election pour le samedi 23.

Quelques-uns des Candidats ont fait acte de générosité & ont écrit à M. d'Alembert, le Secrétaire actuel de l'Académie, qu'ils se désistoient de leur concurrence pour cette fois, ne voulant pas profiter de la disgrace de deux Gens de Lettres désignés par un choix libre, contre lequel il ne leur appartenoit pas d'aller. M. de Chabanon, M. Dorat, &c. sont de ce nombre.

L'acharnement du gouvernement contre les Encyclopédistes & ceux qui leur sont attachés, est d'autant plus inconséquent aujourd'hui, que tout récemment on vient d'accorder la place d'Historiographe de France à M. Marmontel, un des grands héros de cette cabale, un homme qui gémissoit, il y a peu d'années, sous les ana-thêmes de l'Eglise, à l'occasion de son *Belisaire*, le sujet d'un scandale général parmi les Docteurs, & sur lequel il fut obligé de recevoir la correc-tion, & de donner des désaveux dans le sens qui lui fut prescrit.

21 *Mai* 1772. Les Comédiens François ont donné hier la première représentation de *Pierre le Cruel*, que des plaisans par dérision depuis l'apparition de cette tragédie appellent le *Cruel Pierre*. En effet elle semble le comble de la dé-raison, par la conduite extravagante de tous les acteurs, toujours débitant de belles maximes &

se comportant comme des fols ou des sots. Ce
sont autant de Matamors, de Capitans, de héros romanesques, institués aux mêmes écoles,
soutenus des mêmes maximes : le Maure,
le Castillan, l'Anglois, le François y pensent,
y parlent de même ; sauf Pierre le Cruel, qui
ne leur ressemble que par les bravades & l'imbécilité. Du reste, c'est un monstre plus abominable encore que ne le peint l'histoire, & de
ce genre qu'Horace veut qu'on ait grand soin
d'écarter des yeux du spectateur, bien loin d'en
faire le centre d'une piece. Tout cela, soutenu
du style flasque, rocailleux, gigantesque de
l'Académicien, a présenté un composé si extraordinaire & si révoltant, que le public a enfin
ouvert les yeux & sifflé l'auteur à peu près depuis le commencement jusques à la fin. On n'a
pas osé annoncer une seconde représentation ce
jour-là, mais on a eu l'impudence de l'afficher le lendemain, qui est aujourd'hui. C'est une
suite de l'amour-propre du Poëte, fort naturel,
& de celui des Comédiens, qui avoient déclaré
hautement que c'étoit le plus beau chef-d'œuvre
de M. de Belloy. Au reste, après la reprise des
Druides rien ne doit étonner. Le Parterre avoit
été fort tumultueux ce jour-là, & la piece avoit
eu peine à finir. Le sentinelle, pour faire l'acte
de zele, crut devoir offrir une victime à son
corps-de-garde ; il arrêta le premier venu, suivant l'usage de ces gens-là, c'est-à-dire un
jeune homme fort tranquille. Me. Linguet, témoin de cet outrage, oubliant qu'il n'étoit pas
au palais, voulut prendre chaudement la défense
de l'opprimé. L'alguafil ayant trouvé cela mauvais, l'arrêta aussi & le conduisit au corps-

de - garde. Ce dernier a été relâché , mais
eſt allé porter ſes plaintes au Maréchal de
Biron.

22 *Mai* 1772. Le malheur arrivé au ſpectacle
d'Amſterdam fait ouvrir ici les yeux au Gouvernement , & cela a facilité la levée de quelques obſtacles qu'éprouvoit le Sr. Liegeon dans
le cours des opérations préalables à l'exécution
de ſon projet ; on vouloit que lui ou ſa Compagnie tiraſſent de leur poche une ſomme de
mille écus que demandoit d'avance l'Expert chargé de la viſite des terreins & des maiſons. On
ſentoit bien que cette difficulté partoit de gens
envieux de cet Artiſte , & qui voudroient le faire
échouer. Le zele des Gentils-hommes de la
chambre a ſurmonté cet obſtacle : ils ſont convenus que l'argent ſe prendroit à la caiſſe des
Menus.

22 *Mai* Il eſt à craindre que l'*Hiſtoire Phi-
loſophique & Politique des établiſſemens & du
Commerce des Européens dans les deux Indes* ne
ſoit arrêtée inceſſamment , par le bruit qu'elle occaſionne. On y trouve des réflexions ſi fortes , ſi hardies , ſi vraies , ſi contraires aux principes ſur leſquels on voudroit établir le Deſpotiſme actuel , qu'il
eſt difficile qu'on en tolere longtems la vente publiquement. C'eſt ce qui engage l'Abbé *Raynal* ,
aſſez décidemment reconnu aujourd'hi pour l'auteur
du livre , à le renier. Cependant on veut que la plupart des diſgreſſions philoſophiques qui s'y trouvent
inſérées , ne ſoient effectivement pas de lui , comme
trop vigoureuſement frappées & trop énergiquement
exprimées ; trop contraires à ſa maniere de pen-
ſer , petite , meſquine , à ſa touche mignarde &
léchée.

23 *Mai* 1772. M de Fleuri, Interprête du Roi pour les Langues Occidentales , âgé de 82 ans , a été trouvé , il y a huit jours , éventré dans son appartement , de plusieurs coups de coûteau qu'il s'étoit donnés. Heureusement pour ses Domestiques il vivoit encore ; on a envoyé chercher le Commissaire , le Confesseur , &c. Il a dit qu'il ne falloit imputer ce meurtre à personne , qu'il s'étoit défait lui-même , sans autre motif qu'une satiété de la vie insurmontable.

25 *Mai* L'Académie Françoise a procédé samedi à l'Election annoncée : elle a nommé aux deux places vacantes Mrs. de Brequigny & Bauzée. Ces deux nouveaux membres , d'âge mûr , de talens peu brillans , & très-exacts à aller à la messe , ne déplairont certainement pas à la Cour.

Le premier est Associé de l'Académie des Belles Lettres : il a travaillé à des recherches sur notre histoire , il a même été envoyé à Londres pour y fouiller dans la Tour , de l'agrément du Roi d'Angleterre , & y déterrer différens monumens & chartres qu'on a cru y avoir été transférés dans le tems de l'invasion des Anglois en ce pays. Il recueille , il compile des Arrêts , &c. genre d'occupation qui ne peut procurer ni beaucoup de gloire ni beaucoup d'envieux.

Le second est Professeur de l'Ecole Royale Mililitaire , qualité assez semblable à celle de l'Abbé de Lisle , mais qu'on distingue cependant & qui semble participer à la noblesse de ses éleves. Il a composé une Grammaire , dont on aura donné une idée suffisante , en disant qu'il y combat Dumarsais ; & pour faire connoître combien il est indigne d'attaquer ce Métaphysicien profond & délié , on ajoutera , que pour y rendre raison de la diversité des

Langues , il convient qu'il faut nécessairement remonter à la tour de Babel. Cette solution , si elle ne
fait honneur à son génie philosophique & de discussion
atteste sa soumission aux Saintes Ecritures & la vivacité de sa foi.

26 *Mai* 1772. Le Sr. Riccoboni , connu autrefois sous le nom de *Lelio* , est mort il y a quelques jours. Il s'étoit d'abord acquis une réputation
comme acteur à la Comédie Italienne , il a en
outre composé beaucoup de pieces pour ce théâtre,
& a écrit sur son art avec distinction. Sa femme est
encore plus connue que lui , par des Romans
agréables & pleins d'esprit. L'inconduite du pré-
mier avoit obligé celle-ci de s'en séparer , & il vivoit dans la débauche & la crapule ; il étoit même
accusé de pédérastie.

27 *Mai*. L'Académie Royale de Musique a
remis hier sur son théâtre *La Reine de Golconde*
ou *Aline*. Le Sr. Larrivée , qui a reparu dans ce
Ballet héroïque , après une absence de plusieurs
mois , a été applaudi du public avec transport. Il
a chanté avec son goût & sa facilité ordinaire ; mais
on a trouvé le volume de sa voix sensiblement
diminué.

28 *Mai* M. de Voltaire , dont la manie est
d'être toujours plaisant , de paroître au fait du
persiflage moderne , & d'être au courant de ce qui
se passe , vient d'envoyer à l'Abbé de Voisenon une
petite piece ayant pour titre : *Jean qui pleure &
Jean qui rit*. Il y fait tour à tour l'Héraclite & le
Démocrite. Il faut avouer qu'on y trouve beaucoup
de choses agréables & légeres : M. l'Abbé Terrai
y reçoit aussi son coup de patte , & par une reticen-
ce dont on doit savoir gré à la modération de ce Philosophe rancunier , pour la premiere fois peut-être,

il n'est question ni de Freron , ni de Nonotte , ni
d'aucun de ces autres cuistres de la Littérature , qu'il
injurie avec tant d'abondance & d'acharnement.
L'Abbé de Voisenon a répondu à sa maniere ,
c'est-à-dire d'un ton précieux , d'un style pouponé :
il y déplore la perte qu'il craint de ses yeux , &
celle irréparable de sa chere amie Favart. L'indécence avec laquelle ce prêtre affiche aussi hautement
sa douleur impudique , a révolté tous les dévots &
même les honnêtes gens. Il s'y plaint aussi de la calomnie qui le poursuit à l'ocasion des affronts qu'il
a essuyés chez le Duc d'Orléans & ailleurs pour des
couplets en l'honneur du Chancelier , & l'on voit
peu de gens disposés à entrer dans ses peines.

29 *Mai* 1772. Le Sr. Liegeon a enfin obtenu
la liberté de faire imprimer & répandre un *Prospectus de projet d'une nouvelle salle de spectacle pour
les Comédiens François*. On a déja rendu compte
en détail des différentes parties de ce plan. Il est aujourd'hui principalement question de la finance : on
y fait des calculs assez satisfaisans, par lesquels on prouve que les frais d'acquisition & exploitation monteront
au plus à 4,640,000 livres , y compris l'intérêt
des fonds morts pendant les premieres années , &
les moyens de finance à 4,700,000 livres.
Quoique la Compagnie pour cette entreprise soit en
partie formée , on offre aux capitalistes une façon
de placer leurs fonds avec un avantage dont ils peuvent calculer les probabilités pour & contre , d'après
ce qu'on leur expose dans le Prospectus en question ,
qu'il s'agit de lire en entier.

1 *Juin* 1772. Mlle. Sainval , sœur de l'actrice
de ce nom , célebre dans le tragique , a débuté
mercredi dernier 27 Mai dans le rôle d'*Alzire*. Sa
jeunesse , les graces de sa figure , la beauté de son

organe & une grande expreſſion ; lui ont mérité les
plus vifs applaudiſſemens. Il eſt aſſez extraordinaire
que deux ſœurs réuniſſent ainſi un talent ſemblable ,
préciſément dans le même genre. Mais la cadette
l'emporté de beaucoup ſur l'autre , par les dons extérieurs de la nature , & certainement ira plus loin
que ſon aînée avec de pareilles avances , ſi ſon goût
exceſſif pour le plaiſir ne lui fait perdre celui de l'é-
tude & l'amour de ſon art.

2. *Juin.* 1772. L'Aréopage Comique a pris une
délibération , à commencer du premier jendi de Juillet
prochain , & de quinzaine en quinzaine on ne jouera
ce jour-là que des pieces de Moliere , & qu'elles
ſeront rendues toujours par les principaux acteurs ,
ſans que les rôles puiſſent jamais être doublés , &
ſans que les débutans ſoient admis à y prendre un
rôle. On donnera d'avance le repertoire des repré-
ſentatious des divers ouvrages de l'auteur divin ,
auquel ce ſeul jour ſera dorénavant conſacré.

4 *Juin.* 1772. L'Abbé de la Bletterie , Profeſ-
ſeur d'Eloquence au College Royal & Penſionnaire
de l'Accadémie des Inſcriptions & Belles Lettres ,
vient de mourir. Il avoit fait quelques hiſtoires aſſez
eſtimées. Sa traduction de *Tacite* lui avoit attiré
beaucoup d'ennemis , par ſa hardieſſe à préſenter le
front au parti Encyclopédique. M. de Voltaire l'a-
voit pris depuis lors en grippe , & c'étoit un des
nouveaux plaſtrons de ſes plaiſanteries.

5 *Juin.* Mlle. Sainval , la jeune , n'a pas eu
moins de ſuccès à ſon début dans le rôle d'*Inès* , que
dans celui d'*Alzire.* La fureur de la voir augmente à
chaque repréſentation. On la met déja au-deſſus de
tout ce qui eſt au théâtre , & même de Mlle. Clairon.

ron. On prétend que c'est la sœur aînée qui l'a formée, & l'a déja rendue supérieure à elle.

11 *Juin.* 1772. Mlle. Sainval a continué hier son
début dans *Iphigenie en Tauride* : elle s'est tirée à
merveille de ce rôle, d'autant plus difficile que les
vers de cette tragédie prêtent peu à l'harmonie, &
exigent dans le débit un art particulier. Ses succès
ne font qu'accroître la cabale contre elle, & Mlle.
Dubois, ainsi que Mlle. Vestris, font les plus
grands efforts pour empêcher qu'elle ne soit reçue ;
ce qui révolte tous les amateurs du théâtre.

12 *Juin.* Les Comédiens ont reçu une nouvelle tragédie de M. de Voltaire, ayant pour
titre *les Loix de Minos*. Ils en ont fait la lecture à leur assemblée, & l'ouvrage a été agréé
avec applaudissement ; ils ont trouvé la piece bien
conduite & ils sont disposés à la jouer. On prétend que c'est un sujet allégorique composé en
l'honneur de M. le Chancelier, qu'on y trouve
des allusions très-sensibles à ses institutions nouvelles, que la conduite du Législateur François y
est tellement exaltée, que lui seul met obstacle à
la représentation : sa modestie répugne à des louan-
ges si fortes. On espere vaincre la résistance du
Chef de la Magistrature trop pudibond.

En attendant, sa reconnoissance envers M. de
Voltaire se manifeste de la façon la plus sensible,
par la liberté qu'il donne au Sr. *Merlin*, Libraire,
de vendre publiquement tous les ouvrages les plus
impies de ce Philosophe scandaleux. Les ballots
font adressés chez M. le Chancelier, qui les fait
envoyer directement à Merlin, sans qu'ils aillent
à la chambre syndicale. Le libraire profite de cette
faveur pour faire venir également les divers ouvrages enfantés contre la Religion depuis quelques

Tome VI.   G

années , & l'on peut fe pourvoir chez lui avec la même facilité & auffi abondamment qu'en Hollande.

13 *Juin* 1771. C'eft M. le Cardinal de la Roche-aymon , qui en fa qualité de Préfident de l'Affemblée du Clergé a officié hier à la meffe du St. Efprit. La fatisfaction étoit répandue fur la phyfionomie de ce Prélat vain , & qui ne connoît de fes fonctions que l'appareil puérile du cérémonial. Du refte , les encenfemens , les baifers , les révérences de toute efpece ont eu lieu , ainfi qu'il a été détaillé dans la relation de l'ouverture de l'Affemblée de 1770.

C'eft M. l'Evêque de Treguier , un des Députés pour la Bretagne , qui a prêché. Son difcours a roulé fur les progrès de l'impiété en France ; que l'orateur regarde déformais comme un crime national ; par la tolérance avec laquelle elle étend fes progrès & infecte tout le Royaume. Il a tâché de prouver que la religion eft la bafe des Empires , qu'ils profpérent , s'étendent , s'agrandiffent , & déchéoient avec elle ; ainfi : 1°. la Religion fait tout pour l'Etat ; 2°. l'Etat doit donc faire tout pour elle. Telles étoient les deux divifions de fon difcours.

Il a paru auffi bien compofé que le comportoit la matiere ; tant rebattue & qui n'eft pas mieux établie. Mais fon élocution chancellante peinoit fans ceffe l'auditeur , & a rendu la féance extrêmement fatigante pour le public.

L'orateur n'a pas manqué d'attribuer les malheurs de la patrie aux philofophes incrédules qu'elle renferme dans fon fein ; il a exalté la grandeur du facrifice de *Louïfe de France* , & il a fini par rendre à la piété du Monarque tout l'hommage qu'il lui devoit. Il n'a pas non plus oublié Meffeigneurs fes confreres , qu'il a encenfés d'une éloquence peu chrétienne. On a remarqué en plusieurs endroits de son sermon, un faste Episcopal, & il s'est appésanti sur les préjugés de la naissance, de façon à ne faire honneur ni à son jugement, ni à sa morale : du reste, il est écrit avec une simplicité noble, &, bien différent de quantité de pareils discours, il doit être meilleur à la lecture qu'au débit.

14 *Juin* 1772. Le Sr. Rebel, Chevalier de l'Ordre du Roi, & nommé *Directeur général de l'Académie Royale de Musique*, a pris le gouvernail de cette machine si difficile à conduire, le lundi 27 Avril. Les sujets des deux sexes rassemblés, le Sr. Dauvergne leur a annoncé la nouvelle dignité de ce Sur-Intendant, lequel en conséquence a prononcé un discours fort plat, comme cela devoit être ; il a été plattement imprimé dans le *Mercure* du mois de Juin. Ce qui n'est pas encore étonnant, mais ce qui l'est & ce qui révolte les principaux coryphées de l'Opéra, c'est que les douze mille francs d'appointemens qu'on accorde à ce Chef, doivent se composer des différentes parties qu'on écorne sur les gratifications ordinaires de ceux-ci, qui étoient, il est vrai, devenues abusives, mais qui sembloient ainsi tout aussi bien employées qu'en faveur du Sr. Rebel, qu'on regarde comme un personnage fort inutile dans la besogne & dans la régie, qu'il faudroit simplifier, au lieu de les compliquer. Ce nouveau Régime cause une telle rumeur dans le tripot, que nombre de Danseurs, Danseuses & autres menacent de quitter, entr'autres Mlle. Guimard & le Sr. Dauberval. Ils parlent d'aller en Russie, où ils annoncent qu'on les demande, & où ils se flattent d'être infiniment mieux récompensés. De fortes têtes s'occupent à raccom-

moder les chofes, & à remettre la paix parmi le peuple lyrique.

16 *Juin* 1772. Madame la Ducheffe d'Aiguillon, mere du Duc de ce nom, Miniftre des Affaires Etrangeres, eft morte hier fubitement, en fortant du bain, où l'on prétend qu'elle s'étoit fait mettre, malgré une petite indigeftion qu'elle avoit eue ; elle a été enterrée en Sorbonne, où eft le tombeau du fameux Cardinal de Richelieu, premier auteur de l'illuftration de cette maifon. C'étoit une femme de beaucoup d'efprit, très-inftruite & fort entichée de la philofophie moderne, c'eft-à-dire, de Matérialifme & d'Athéifme. Elle avoit beaucoup protégé l'Encyclopédie & les Encyclopédiftes, & lors des perfécutions qu'effuya l'Abbé de Prades, elle le recueillit quelque tems chez elle, & lui donna tous les fecours néceffaires pour fe fouftraire au fanatifme de fes ennemis.

19 *Juin.* Me. Gerbier a fini fes plaidoyers contre M. Luneau, & les Libraires affociés de l'Encyclopédie répandent aujourd'hui un Précis ou Mémoire fait par Me. Boudet, Avocat, qui préfente les obfervations, les fins de non-recevoir, les moyens employés pour leur défenfe par l'éloquent Orateur chargé de leur caufe. Il feroit faftidieux & inutile de rapporter ces diverfes parties du Mémoire en queftion, qui ne fait que reffaffer ce qui a déja été répété plufieurs fois fur cet objet.

L'endroit neuf, intéreffant & curieux de cet écrit, eft celui où l'on répond à quatre contraventions prétendues commifes par ces Libraires, tant féparément qu'en commun, extraites des 27 que leur reproche M. Luneau.

Ces quatre accufations principales font d'avoir réimprimé & vendu les deux premiers volumes de l'Encyclopédie, au mépris de l'Arrêt du Conseil du 7 Février 1752 ; d'avoir imprimé, vendu & débité les dix derniers volumes malgré la révocation du privilege & les défenses portées dans l'Arrêt du 8 Mars 1759 ; d'avoir mis à là tête de ces dix derniers volumes un autre nom & une autre demeure que les leurs ; d'avoir supposé enfin que ces dix derniers volumes étoient imprimés à Neufchâtel, tandis qu'ils étoient imprimés à Paris.

N'est-il pas étonnant que ce soit un problême de savoir si dix gros volumes in folio, dont l'impression est au moins l'ouvrage de quatre années consécutives & sans aucun relâche, travail de différentes presses, d'une immensité d'ouvriers, & qui doit occuper un local considérable, ont été imprimés ou non à Paris ? M. Luneau prétend l'affirmative. Les Libraires le nient, & traitent en conséquence leur adversaire de dénonciateur calomnieux.

20 *Juin* 1772. M. de Voltaire vient de répandre une brochure ayant pour titre, *Essai sur les probabilités en fait de justice.* Après avoir rappellé les divers procès criminels dans lesquels il prétend avoir dévoilé l'impéritie, la mauvaise foi, ou le fanatisme des juges, il raconte l'histoire de la veuve Genep de Bruxelles, dans le même génre, mais encore plus merveilleuse que celle de la veuve Veron, & il vient à celle-ci ; enfin il prend la balance & pese les vraisemblances pour & contre ; desquelles il résulte suivant son calcul, qu'il y a *cent quatorze* pour l'officier général, & rien pour la pauvre famille. Cette méthode angloise de soumettre au calcul les faits douteux, est très-amusante, très-attrayante pour le Philosophe ; elle

G 3

fixe l'imagination , & semble écarter tout esprit de cabale ou de parti. Cependant si les juges la prenoient pour regle, il seroit à craindre qu'ils ne rendissent encore plus souvent de mauvais Arrêts. Elle exige une rectitude de jugement si invariable, qu'elle ne peut convenir qu'à très-peu de têtes, assez bien organisées pour avoir une telle justesse. Celle de M. de Voltaire ne semble pas encore dans cet équilibre essentiel ; on voit qu'il a omis beaucoup de probabilités , ou d'improbabilités , qu'il en a trop ou trop peu évalué d'autres , en un mot qu'il n'a pris la balance à la main que déja décidé à la faire pencher pour M. le Comte de Morangiès. Au surplus, ce petit écrit se lit avec beaucoup de plaisir, on y voit une cause intéressante, présentée sous un point de vue neuf. Malgré la sécheresse de ce genre de plaidoyer, l'auteur a sçu y répandre le charme inexprimable qui fait lire avec avidité ses rapsodies les plus absurdes.

21 *Juin* 1772. L'entretien du jour roule sur la procession de Brunoy, dont on fait les détails les plus singuliers , ainsi que du personnage qui l'a dirigée. On assure que tout s'est passé dans le meilleur ordre & de la maniere la plus édifiante pour le public. C'est M. de Brunoy qui dirigeoit la marche & le cérémonial. Comme personne ne s'entend mieux que lui en lithurgie, il n'y a pas eu une révérence d'omise. Il y avoit cent cinquante prêtres , qu'il avoit loués à plus de dix lieues à la ronde. Il avoit en outre donné des chappes à quantité de particuliers ; ensorte qu'il en résultoit un cortege de 400 personnes. On comptoit 25000 pots de fleurs , six reposoirs , dont un tout en fleurs & de l'élégance la plus exquise. Après la procession ce magnifique Seigneur a

donné un repas de 800 couverts, composé des prêtres, des chappiers, & des paysans ses amis, car c'est dans cet ordre qu'il les cherche. On comptoit plus de 500 carosses venus de Paris, & le spectacle du monde épars dans les campagnes, y faisant des repas champêtres, n'étoit pas un des moindres coups d'œil de la fête. Elle doit recommencer jeudi prochain, & le récit de ce qui s'est passé, augmentera vraisemblablement la multitude des curieux.

23 *Juin* 1772. M. Luneau, qui n'est jamais en reste, a fait imprimer une Réponse signifiée au Précis des Libraires associés à l'impression de l'Encyclopédie, distribué le 15 Juin 1772. Il y refute avec la précision, la vivacité, la logique ordinaires, les équivoques, les paralogismes, les raisonnemens insidieux, les considérations, les fins de non-recevoir de ses adversaires; & il égaye tout cela, autant que la matiere le comporte, de plaisanteries, d'ironies, d'anecdotes, qui puissent en faire passer la sécheresse.

Sur ce que les Libraires prétendent qu'il exagere leur opulence, que depuis longtems il ne s'est point vu de succession de libraire qui ait appris que cette profession donnât des gains excessifs, il nous apprend que depuis dix ans, l'Europe a été étonnée de la succession du Libraire *David*, de celles de *Coignard*, de *Rollin*, de *Dessaint*, de *Durand*, l'un des associés à l'Encyclopédie, qui de Prote devenu Libraire, a laissé un fonds de près de deux millions, vendu à la Chambre au rabais.

L'endroit le plus curieux, est celui où il rapporte une conversation du Sr. Diderot avec deux Libraires, qui vouloient donner une nouvelle Edition de l'Encyclopédie; dont il résulte que de l'aveu de

G 4

cet Editeur, malgré les magnifiques promesses faites au public dans le Prospectus pour la perfection de l'ouvrage, on n'a tenu presqu'aucune d'elles. On n'a pas eu le tems d'être scrupuleux sur le choix des travailleurs. Parmi quelques hommes excellens, il y en a eu de foibles, de médiocres & de tout-à-fait mauvais. De-là cette bigarrure dans l'ouvrage, où l'on trouve une ébauche d'un écolier à côté d'un morceau de main de maître, une sottise voisine d'une chose sublime, une page écrite avec force, pureté, chaleur, jugement, raison, élégance, au verso d'une page pauvre, mesquine, platte & misérable; & quoiqu'on avançât très-hardiment que ce n'étoit pas un *ouvrage à faire*, il l'étoit réellement & l'est encore.

Cette critique amere, fort détaillée & que sa longueur ne permet pas de rapporter en entier, est contenue dans un Mémoire lu de la part d'autres souscripteurs intervenans, pour lesquels deux Avocats ont aussi plaidé, Me. Belot & Le Blanc. Ceux-ci ayant fini, M. l'Avocat général Vergès a porté la parole hier & a conclu:

A ce qu'il soit donné acte aux parties de Gerbier (Avocat des Libraires) de ce qu'elles prennent fait & cause des héritiers de David & Durand, (deux Libraires défunts associés à l'impression de l'Encyclopédie;) donne aussi acte au Procureur général du Roi de l'appel qu'il interjette de la sentence des Requêtes du Palais du 4 Mai 1770; faisant droit tant sur ledit appel que sur celui interjetté par la partie de Cournault (Procureur-Avocat de M. Luneau;) mettre l'appellation au néant, émendant & avant faire droit tant sur les demandes de la partie de Cournault que sur les interventions des

parties de Le Blanc & Bellor (Avocats de divers
foufcripteurs de l'Encyclopédie,) ordonné que
par devant un Commiffaire de la Cour & en préfence du Procureur général du Roi, il fera par trois
experts Libraires, dont deux convenus ou nommés d'office, & le 3eme. nommé par la Cour,
dreffé procès verbal eftimatif : 1°. du nombre des
lignes que les parties de Gerbier n'ont pas mifes
dans les pages de l'Encyclopédie en conformité
du Profpectus dudit ouvrage : 2°. du nombre de
Lettres qui fe trouvent dans les lignes dudit Dictionnaire de moins que dans celles du Profpectus ;
ordonné que les experts calculeront le réfultat def-
dites opérations, en obfervant cependant la différence qu'il y a dans la valeur typographique des
fix Lettres indicatives qui fe trouvent à la tête des
pages, d'avec les lignes dont elles tiennent la place, & détermineront la quantité de pages, feuilles ou volumes que les dites omiffions peuvent
compofer, pour fixer l'indemnité due à chaque
foufcripteur ; à laquelle indemnité ils joindront
les augmentations de 40 fols par chacun des dix
derniers volumes de Difcours dudit Dictionnaire,
& de 6 livres pour le prétendu port & embal-
lage defdits derniers volumes ; pour, le Procès
Verbal fait & rapporté, être par le Procureur
général du Roi requis fur toutes les demandes
des parties, & par la Cour ordonné ce qu'il appartiendra.

Déclarer les dénonciations faites par la partie de Cournault & fignifiées au Procureur général du Roi nulles & irrégulieres, ordonner
que la Requête imprimée, fignée *Luneau* &
Cournault, contenant lefdites dénonciations, fera
fupprimée ; faire défenfes audit Luneau d'en pré-

fenter de femblables à l'avenir, fous telles peines
qu'il appartiendra, & à Cournault d'en figner de
femblables, ainfi qu'à tous Huiffiers d'en figni-
fier, à peine d'interdiction, &c.

La Grand'Chambre, d'après ces conclufions,
a prononcé un délibéré.

26 *Juin* 1772. Dans le difcours de M. l'Archevêque de Touloufe au Roi, fait au nom de l'affemblée du Clergé, on a trouvé des phrafes fortes relativement au fecours extraordinaire qu'on
demande au Corps Eccléfiaftique ; on prétend qu'il
s'y plaint d'une façon non-équivoque de la dé-
prédation des finances.

29 *Juin.* C'eft à l'occafion d'une nouvelle
Edition que le Sr. Pankoucke vouloit donner de
l'Encyclopédie, qu'il avoit préfenté à M. de
Sartines, comme Lieutenant de Police & chef
de la Librairie, un Mémoire rédigé par M. Diderot, où celui-ci, fous prétexte de montrer à
ce Magiftrat les raifons du travail qu'on propofoit, prouvoit combien le premier ouvrage étoit
informe & méritoit une refonte. Cette critique,
dans laquelle les auteurs étoient nommés, & qui
a été rendue publique dans la réponfe fignifiée à
M. Luneau, avoit été lue publiquement à l'audience par Me. Bellot, l'un des Avocats plaidans
pour les foufcripteurs. Me. Gerbier, l'Avocat ad-
verfe, c'eft-à-dire des Libraires, fentant combien
cette piece pouvoit faire tort à fa caufe, ayant
à plufieurs reprifes voulu interrompre l'orateur,
pour le faire s'expliquer & lui arracher fon fecret fur la maniere dont elle lui étoit parvenue,
celui-ci lui repliqua la troifieme fois : *Me. Gerbier, je croyois que vous étiez ici pour faire
l'ornement du barreau, & non pour en être le*

tyran... phrafe qui fut extrêmement applaudie, & décontenança fon concurrent. Au furplus, le Mémoire eft authentique, & fort des Bureaux de la Police, dont M. de Sartines a bien voulu le laiffer enlever. Mais l'anecdote fait un vacarme du diable parmi tous les auteurs critiqués, & attire au Sr. Diderot une multitude d'ennemis fur les bras.

30 *Juin* 1772. Le public n'a point encore tari fur les détails de la fête, dévote de M. de Brunoy; la deuxieme proceffion, exécutée le jour de la petite Fête-Dieu, a donné lieu à beaucoup de fcenes & de tumulte. La circonftance la plus remarquable eft celle d'une jeune femme, qui eft allé folliciter auprès de ce pieux Seigneur la fortie d'un de fes vaffaux, qu'il avoit fait enfermer ce jour-là, comme refractaire à fes ordres. M. de Brunoy étoit à table, feul de feculier, avec 50 prêtres. Cette Dame ayant en vain épuifé toutes fes graces pour toucher le cœur de ce dévot, pour dernier trait d'éloquence, infiftant plus pathétiquement, lui dit qu'elle le conjuroit de lui accorder fa demande au nom du Saint-Sacrement qu'il venoit d'honorer fi dignement... A ce mot, que les prêtres regarderent apparemment comme un blafphême, il s'éleva entr'eux une huée fourde, répétée par tous les laquais, par le peuple & la canaille qui s'étoit introduite, fi effrayante, que la fuppliante s'en trouva mal, qu'elle eut beaucoup de peine à revenir, & depuis eft reftée dans des convulfions qu'on regarde comme une punition de Dieu.

1 *Juillet* 1772. M. Luneau de Boisjermain a fait un dernier effort & vient de faire imprimer un *Précis fur Délibéré*, prononcé le 22 Juin 1772,

dans lequel il remet de nouveau sous les yeux des Juges les élémens du procès , & cherche à exciter leur commisération par les détails effrayans de toutes les persécutions que les Libraires lui ont fait essuyer.

Ce dernier coup n'a pas produit l'effet qu'il attendoit, & il paroît que l'argent de ses adversaires a eu plus de succès. Les voix se sont trouvé partagées de 12 contre 12 , en sorte qu'il a été ordonné un Appointé, ce qui renvoye l'affaire à une nouvelle instruction par écrit & la rend ordinairement interminable , & c'est ce qui pouvoit arriver de mieux aux Libraires , qui triomphent.

4 *Juillet* 1772. *C'est tout comme chez nous.* Tel est le titre d'une brochure nouvelle , dont ce mot seul fait déjà anecdote. Il faut savoir que lors de l'écrit *A Jacques Vergès* , Madame la Dauphine qui l'avoit lu , avoit été frappée de l'endroit où l'auteur dit qu'ayant été voir à la Comédie Italienne *Arlequin , Voleur , Prevôt & Juge* , il s'étoit écrié à la fin de la piece : *c'est tout comme chez nous ;* ayant été voir à la comédie françoise la tragédie des *Druides* , où un Roi bonasse se trouve la dupe de sa crédulité envers les prêtres , permet que sa fille se consacre follement au culte du Dieu des Gaulois , & laisse sous son nom propager la superstition , le fanatisme & tous les maux qui sont à leur suite , s'étoit écrié encore : *c'est tout comme chez nous.* Cette Princesse , jouant au vingt - un avec le Roi , toutes les fois qu'elle avoit le même point , disoit à S. M. *c'est tout comme chez nous.* Le Roi , s'entendant toujours corner aux oreilles ce quolibet , en demanda l'explication à Madame la Dauphine , qui

la lui fournit, en lui faisant lire le Pamphlet dont
il étoit tiré.

5 *Juillet* 1772. Une nouvelle brochure intitulée
le Palais Moderne, cause une grande rumeur
parmi les Avocats, sur lesquels elle roule principalement. Elle s'étend sur la turpitude de la
rentrée, & couvre de ridicule & d'infamie les auteurs, les suppôts & adhérens de cette démarche ;
elle est encore fort rare.

5 *Juillet*. Les Directeurs du Colysée avoient
enfin manifesté hier leur projet par des affiches,
où ils avoient annoncé une *fête chinoise*, sans en
donner les détails, & avoient augmenté les places en conséquence. Le public a été fort attrapé
aujourd'hui de voir que dans les nouvelles affiches
il ne lui fait mention que des choses ordinaires,
sans qu'on rendît compte des raisons du retard
ou de la suppression totale du divertissement préparé avec tant d'emphase.

6 *Juillet*. Le Roi a fait assurer l'Académie
par l'entremise de M. le Duc de Nivernois, dans
une Lettre écrite au nom de S. M., qu'elle ne
s'opposoit désormais à l'Election des Srs. Suard
& l'abbé de Lisle & qu'elle ne trouveroit point
mauvais qu'ils lui fussent proposés.

7 *Juillet*. On a dit dans son tems que la nouvelle Edition de l'Encyclopédie préparée à Paris
par le Sr. Panckoucke, avoit été enlevée & mise à
la Bastille, c'est-à-dire renfermée dans de vastes
emplacemens de cette citadelle. On prétend que
ce Libraire ayant eu l'indiscrétion de se vanter
qu'au moyen des présens faits à Madame la Marquise de Langeac, il comptoit bientôt obtenir de
M. le Duc de la Vrillière la liberté de son ouvrage. Le Chancelier instruit de ce projet, & qui

(158)

a dans la plus belle haine l'Encyclopédie & les Encyclopédistes & tout ce qui tend à éclairer le Royaume, sur lequel il voudroit ramener l'heureuse nuit de l'ignorance, a obtenu de faire murer les portes des dépôts en question, & même un second rempart à leur enclos, pour qu'aucune surprise ne puisse favoriser les desseins de ceux qui voudroient répandre ce livre.

11 *Juillet.* Quoiqu'on s'attendît bien que les fêtes chinoises annoncées avec une grande prétention sur l'affiche du Colysée, ne répondroient pas à l'idée sublime qu'en donnoient les Directeurs de ce spectacle, la curiosité toujours active dans ce pays-ci a entraîné vers ce lieu une quantité prodigieuse de monde, & l'affluence s'est trouvée encore plus grande que l'année derniere, lorsque Mlle. le Maure y chanta pour la premiere fois. Ce coup-d'œil d'environ six mille personnes, étoit sans doute la plus belle chose que l'on peut voir. Quant au reste, c'est une farce de Carnaval, digne tout au plus d'un Spectacle de Marionnettes, & le public a été indigné d'être rançonné, car on payoit le double, pour se voir jouer aussi indécemment. Qu'on s'imagine des Savoyards habillés de papier, des gourgandines vêtues en Reines & en Princesses, un cortege mesquin, & tout ce que peut offrir la mascarade la plus dégoûtante.

16 *Juillet.* 1772. Depuis longtems on parloit d'une nouvelle Comédie intitulée *le Dépositaire*, en cinq actes & en vers, envoyée par M. de Voltaire aux Comédiens. Il paroit que ceux-ci n'en ont pas eu la même bonne opinion que des *Loix de Minos.* On assure qu'ils l'ont rejettée:

elle paroît imprimée fous le vrai nom de fon auteur, & le public eft en état d'en juger.

18 *Juillet* 1772. Depuis l'hiver dernier, les filles
appellées *Raccrocheufes*, & qui venoient en plein
jour au Palais Royal exercer leur metier, avoient
été expulfées de ce jardin; mais elles y étoient
infenfiblement rentrées: elles récommençoient leurs
agaceries avec plus de liberté & d'impudence que
jamais, lorfqu'un nouvel événement vient de les
faire profcrire fans retour.

M. le Duc de Chartres fe promenoit dans fon
jardin; en paffant auprès d'une de ces filles il
s'ecria en fe retournant vers fa fuite: » Ah!
f......que celle-là eft laide! » .... L'amour-
propre de l'offenfée ne lui permit pas de refter
court à ce propos, qu'elle entendit très bien..... »
Ah! f.....» repliqua-t-elle : » vous en avez
v de plus laides dans votre ferrail. » Ce manque
de refpect auffi impudent n'eft pas refté impuni,
& le châtiment a réjailli fur l'efpece entiere : enforte qu'il n'y a plus que les filles d'Opéra, les
filles entretenues, celles qu'on appelle du haut
ftyle, qui puiffent fe montrer dans ce lieu. Ce
qui ne laiffe pas de l'attrifter beaucoup, car dans
le nombre de ces Raccrocheufes il y en avoit
de très jolies, de très bien vêtues, qui ornoient
la promenade, réjouiffoient les yeux & attiroient
les hommes... Aujourd'hui le Palais Royal, ex-
cepté les jours d'Opéra, n'eft plus qu'une vafte
folitude.

22 *Juillet*. L'Opéra eft fi délabré en voix
de haute-contre, qu'on eft allé enlever à la
Rochelle par Lettre de cachet un chantre de
cette ville, dont on avoit annoncé le bel organe.
Il eft arrivé, on le dit grand, bien bâti, d'une

figure affez noble , mais très gauche & ayant befoin d'être débourré avant de fe produire fur la fcene.

22 *Juillet* 1772. Des voleurs fe font établis aux environs de Paris & ont fait diverfes expéditions , dont quelques – unes méritent d'être rapportées.

Mrs. *le Preux* & *Guenet* , deux Médecins de la Faculté , ayant été mandés pour aller confulter chez un gros fermier des environs de Paris , ont voulu revenir , quoiqu'il fut nuit , & celui-ci les a ramenés avec fes chevaux. Ils ont été arrêtés dans leur chaife, n'ayant aucune arme fur eux ; on leur a demandé la bourfe ou la vie. L'un d'eux a donné la fienne , l'autre l'a jettée ; ce dont les voleurs l'ont fort réprimandé , en lui difant qu'il falloit être poli. Ils ont voulu avoir les bijoux , & fur leur négation d'en poff"der , ils les ont fait defcendre , prétendant qu'ils devoient avoir au moins des montres. Ils les ont fait déculotter , & ayant trouvé celle de l'un d'eux , ils lui ont fait des reproches fur fa mauvaife foi. Pendant ce tems on les dépouilloit de leurs boucles , porte-cols , &c. & fur ce que les Docteurs ont témoigné leur crainte de trouver d'autres voleurs & de ne pouvoir les fatisfaire , ceux-ci les ont raffurés & leur ont dit qu'ils pouvoient fe rendre en fûreté à Paris.

L'autre hiftoire , non moins fûre , eft plus plaifante. Une fermiere revenoit de vendre fes denrées : elle étoit à cheval fur une jument. Elle eft arrêtée par un autre homme à cheval , qui demande fon argent. Elle lui donne fa bourfe , prétendant n'avoir rien davantage. Il n'en

veut rien croire , il s'approche pour la vifiter :
elle avoit un fac de douze cens francs qui tombe
& s'éparpille ; il met pied à terre pour ramaffer
l'argent. La fermiere pendant ce tems pique &
s'en va tant qu'elle peut. Le cheval du voleur
étoit entier : il fent la jument , il s'échappe à
fon maître & court à toute force derriere elle.
La fermiere croyant être pourfuivie par ce quidam , n'ofe regarder derriere elle , & redouble
le galop. Elle arrive plus morte que vive, criant
au voleur & contant fon avanture. Le cheval
entre avec elle. Point de cavalier : on ne voit
que des facoches , dans lefquelles on trouve une
fomme d'argent beaucoup plus confidérable que
celle qu'on lui avoit volée.

  23 *Juillet* 1772. Les Spectacles de Mlle. Guimard continuent à fa maifon de Pantin. Elle y
a fait jouer hier une parade toute nouvelle, qui
a paru délicieufe à la Société , c'eft-à-dire extrêmement grivoife, poliçonne , orduriere. Vadé,
le Coryphée de ce genre , n'a jamais rien fait
de plus épicé. On fait que les fpectateurs de cette
affemblée ne font pas en général fort délicats :
ce font les filles de Paris, & les hommes attachés à cette efpece de compagnie , qui la forment. Ainfi tout eft analogue. Cependant des
femmes qui ne veulent point renoncer à la qualité d'honnêtes, & cependant rire, vont incognito à ces fêtes & s'y placent dans des loges
grillées ; mais tout cela n'eft que pour la forme , car on les déchiffre bientôt. A la fin
Mlle. Guimard & Dauberval ont danfé la fricaffée , pantomime qui couronnoit à merveille le
fpectacle.

  24 *Juillet.* La faculté de Théologie eft

très divisée à l'occasion de l'Abbé Xaupi., Sous-
Doyen qui, conjointement avec un autre Docteur, a décidé un *Cas de conscience* à lui proposé par des Curés du Diocese de Cahors, en
différend avec leur Evêque ; dont il résulteroit
qu'ils sont, ainsi que les premiers Pasteurs, d'in-
stitution divine, & ne dépendroient en rien de
l'ordinaire. On a dénoncé cette décision à la
Faculté comme erronnée. Elle s'est assemblée à
ce sujet le 15 de ce mois. On vouloit en ex-
clure l'abbé Xaupi, comme devenu partie ; mais
il a parlé avec une véhémence prodigieuse ,
quoique plus qu'octogénaire & il a défendu sa
cause si éloquemment qu'on n'a pu refuser de
l'entendre , & qu'on a nommé des Commissaires pour écouter tout ce qu'il auroit à dire en
sa faveur.

25 *Juillet* 1772. On écrit de Marseille que M.
le Comte de Sade, qui fit tant de bruit en 1768 ,
pour les folles horreurs auxquelles il s'étoit porté
contre une fille, sous prétexte d'éprouver des
topiques , vient de fournir dans cette ville un
spectacle d'abord très plaisant , mais effroyable
par les suites. Il a donné un Bal, où il a invité
beaucoup de monde, & dans le Dessert il avoit
glissé des pastilles au chocolat, si excellentes que
quantité de gens en ont dévoré. Elles étoient
en abondance , & personne n'en a manqué ;
mais il y avoit amalgammé des mouches can-
tarides. On connoît la vertu de ce médicament :
elle s'est trouvé telle, que tous ceux qui en
avoient mangé, brûlant d'une ardeur impudique ,
se sont livrés à tous les excès auxquels porte la
fureur la plus amoureuse. Le Bal a dégénéré
en une de ces assemblées licentieuses si renom-

mées parmi les Romains : les femmes les plus sages n'ont pu réfister à la rage utérine qui les travailloit. C'eft ainfi que M. de Sade a joui de fa belle-fœur, avec laquelle il s'eft enfui, pour fe fouftraire au fupplice qu'il mérite. Plufieurs perfonnes font mortes des excès auxquels elles fe font livrées dans leur priapifme effroyable, & d'autres font encore très incommodées.

26 *Juillet,* 1772. Le fameux procès de M. de Bombelles continue à occuper le Barreau & à exercer l'éloquence diferte des Avocats. Ceux-ci, après avoir appellé le public en foule pour les entendre, répandent aujourd'hui leurs plaidoyers par la voie de l'impreffion pour fe faire lire de ceux qui n'ont pu affifter à l'audience.

Le Sr. le Blanc, Avocat du Vicomte de Bombelles, établit dans la premiere partie du fien, que dans le cas même où il y auroit eu un mariage entre la Demoifelle Camp & le Vicomte de Bombelles, il feroit nul, 1°. par l'incapacité des perfonnes ; 2°. par le défaut des formes : il feroit funefte pour fa famille & pour elle, puifqu'il y auroit un délit caractérifé, qu'il faudroit punir par la rigueur des loix.

Dans la feconde partie, il établit la fauffeté du mariage & la gravité de l'impofture, 1°. en ce que les deux actes de célébration que la Demoifelle Camp apporte fuivant le rit Catholique, & fuivant le rit Proteftant, font controuvés l'un & l'autre ; 2°. l'inéxiftence d'un mariage quelconque eft démontrée par les précautions mêmes que la Dlle. Camp a prifes pour

paroître mariée , & par la poffeffion repfective
dans laquelle font reftées les parties.

Dans la 3e. partie , le Sr. Blanc détaille les
torts de la Dlle. Camp & les demandes du Sr.
de Bombelles contr'elle.

Ce Mémoire, affez fort de chofes, mais fec
& peu agréable pour les lecteurs frivoles , a donné lieu à une Replique de Me. Linguet, où 1º.
il répond aux reproches faits à la Dlle. Camp
par le Sr. de Bombelles.

2º. Il prouve la poffeffion d'état de la Dlle.
Camp.

3º. Il rapporte les titres de cette poffeffion.

Le rôle intéreffant que la partie de l'orateur
joue dans cette caufe , fournit aux grands mouvemens de fon éloquence ; & ce plaidoyer ,
quoique moins raifonné , moins preffant d'argumens , fait plus d'impreffion par le pathétique
& la chaleur qui y regnent.

26 Juillet 1772. Mademoifelle de Granville ,
une des courtifannes du jour les plus célébres ,
entretenue par M. de Jouville , Me. des Requêtes , a en fous-ordre M. le Chevalier de Guer.
Ces jours derniers il s'eft élevé une rixe entr'eux , au point que l'amant a défiguré cette
beauté de la maniere la plus outrageante. Cela
a fait un efclandre du diable dans le monde galant. La Dlle. eft actuellement entre les mains
des Efculapes , & cela a donné lieu à un plaifant de répandre au colyfée , aux fpectacles, aux
promenades & autres lieux publics, le bulletin
fuivant. Il faut pour mieux l'entendre , favoir
que les deux médecins, *Saint Leger* & *Souiller*,
font très renommés parmi les filles , & abfolument confacrés à leur fervice , ainfi que le Sr.

Recolin, très expert dans les maladies du *Sexe*, Chirurgien de Madame la Comteſſe Dubarri avant ſon élévation , & qui a conſervé cette qualité. Le Sr. *Bordeu* eſt un Docteur plus relevé que les premiers , mais Médecin en titre de Madame la Comteſſe.

„ Aujourd'hui 21 Juillet 1772 , nous souſſignés , médecins ordinaires conſultans de la Faculté d'Amathonte, Paphos, Cythere & autres lieux , nous étant tranſportés chez la Demoiſelle Granville , une des Prêtreſſes en titre de ces iſles, pour conſtater l'état où l'a réduite un amant furieux & jaloux , de ce requis par ladite Demoiſelle , avons conſtaté ce qui ſuit.

Ayant fait lever l'appareil mis ſur ſa face & ſur ſa gorge par Me. Recolin , chirurgien juré expert pour toutes les bleſſures d'amour , premier chirurgien de Vénus , notre reine & ſouveraine , nous avons trouvé Iᵒ. que ce viſage céleſte étoit dans un état méconnoiſſable & horriblement défiguré par des griffes infernales.

2º. Que le feu de ſes yeux qui lançoient des traits ſi ſûrs , étoit noyé dans une humeur abondante & viſqueuſe.

3º. Que ces foſſettes du menton & des joues , où les ris & les graces ſe plaiſoient à folâtrer , étoient abſolument détruites & couvertes d'un ſang caillé.

4º. Que ſa bouche , ſiege de la volupté , que ſes lèvres vermeilles , ci - devant meſure heureuſe de ſes charmes ſecrets , n'offroient en ce moment qu'une ouverture effroyable & délabrée.

5º. Que ſes tettons ſi blancs , ſi bien arrondis , ſi fermes , étoient meurtris , flétris , ramollis &

n'excitoient plus par leur attoùchement qu'une fenfation trifte & défagréable.

Mais après ce fpectacle douloureux , ayant vifité les autres parties du corps ; nous avons obfervé avec une grande confolation , qu'au moyen des faignées légeres & répétées le calme étoit rétabli dans les régions inférieures , que les feffes fphériques , rebondies, appétiffantes avoient auffi chacune leur petite cavité ou foffette , niches de l'Amour , qu'elles pourroient parfaitement fuppléer aux fonctions des tettons , fauf le danger pour le prophane d'être provoqué à une adoration erronée ; mais dont la Nymphe nous a déclaré avoir horreur : qu'au furplus , les cuiffes douillettes & potelées étoient bien propres à ramener au vrai culte ; que le ventre un peu élevé , blanc , élaftique, offriroit aux regards un coup d'œil féduifant , aux mains un tact doux & fuave, à la bouche des baifers raviffans ; que le tailli , chevelu, noir , épais , qui en ombrage la partie inférieure , contenoit mille jeux en embufcade ; que de nouvelles levres , une nouvelle forte de langue fuppléeroient aux baifers à la florentine , à ces titillations délicieufes , à ce prurit voluptueux , qui font l'amufement des paillards impuiffans ; qu'enfin rien n'empêchoit les mortels favorifés d'une foi vive & robufte , marchant droit & ferme dans les fentiers de la vertu , foutenus d'une grace conftante & efficace , de pénétrer jufqu'aux profondeurs du fanctuaire , & d'y faire tous les facrifices , toutes les libations, que leurs forces leur permettront. En foi de quoi nous avons délivré le préfent procès verbal , pour être répandu parmi les amateurs, pour annoncer que la Nymphe reprendra inceſſamment ſes fonctions ſur ſa chaiſe longue , & ſouffrira les aſſauts multipliés qu'on voudra lui livrer. (*Signé*) *Geilles de St. Leger , Soullier de Choiſi , Recolin.*

Vu par nous , premier Médecin de la Grande Prêtreſſe , & ſcellé de notre ſceau de cire jaune & verte. (*Signé*) BORDEU.

30 *Juillet* 1772. On a vu paroître avec tout le luxe typographique des livres attribués à Zoroaſtre, en trois volumes in-4°. ſous le nom de *Zenda Viſta.* M. Anquetil , Aſſocié de l'Académie de Belles-Lettres , a prétendu avoir rapporté ce tréſor d'après ſes découvertes , dans ſes voyages entrepris ſur les lieux : il a dépoſé les manuſcrits à la Bibliothèque du Roi & en a donné la traduction. Un anonyme l'attaque aujourd'hui , il aſſure que cette traduction eſt infidele ; que l'ouvrage n'eſt pas de l'auteur Perſan , & qu'il ne préſente que l'érudition faſtueuſe d'une imagination déréglée.

1 *Août* 1772. L'affaire de M. le Vicomte de Bombelles eſt une hydre qui repouſſe ſans ceſſe de nouvelles têtes. Il paroît actuellement un Mémoire pour un Curé de la paroiſſe de St. Simon de la ville de Bordeaux, qui ſe plaint d'être obligé de s'arracher à ſa retraite & de s'inſcrire en faux contre un prétendu Extrait de mariage entre la Dlle. Camp. & le Vicomte de Bombelles , qu'il aſſure n'avoir point ſigné , & dont il n'a eu connoiſſance que depuis l'étrange bruit qu'occaſionne le procès en queſtion.

Me. Belot. , Avocat de M. Linars , ce Curé , a mis ſa défenſe dans le plus beau jour : ſon Mémoire eſt plein de raiſon & de ſageſſe ; mais il a cru devoir cependant faire connoître aux juges l'a-

5 *Août* 1772. On a parlé d'un chantre de la Rochelle, enlevé par Lettre de cachet au Chapitre
de cette Ville, pour le préfenter fur la fcene lyrique. Le public étoit impatient de voir paroître ce
fujet, annoncé avec beaucoup d'emphafe, comme
une haute-contre de grande diftinction. On a appris enfin qu'on l'avoit fait débuter fur le théâtre
de Mlle. Guimard à Pantin, le jour où l'on donna
Madame Engueule, & qu'il avoit été décidé par
les amateurs qu'il ne pouvoit convenir; que fa
voix étoit magnifique dans le haut, mais n'avoit
point de bas. On a renvoyé ce chantre, qui
après avoir goûté des filles d'Opéra, répugnoit
beaucoup à retourner avec les cuiftres fes confreres.

6 *Août*. Il vient d'arriver de Ferney une
petite piece, ayant pour titre *le Chinois Caté-
chifé*. On peut dire que M. de Voltaire finit comme il a commencé; c'eft fon *Epitre à Uranie*,
plus vive, plus refferrée, plus gaie, & contenant dans un court efpace tous les myfteres de
notre fainte religion: c'eft un vrai Cathéchifme
très-orthodoxe, auquel nos théologiens ne peuvent
trouver à redire que la maniere plaifante & lefte
dont il eft traité en poëfie.

7 *Août*. L'affaire de M. de Bombelles a
enfin été jugée hier. L'affluence étoit immenfe, &
l'on avoit établi une garde nombreufe pour contenir cette foule. M. l'Avocat général Vaucreffon, dont on ne connoiffoit pas encore beaucoup
l'éloquence, a parlé & a été fort applaudi. Il a
conclu contre la Dlle. Camp, il a mulcté Me.
Linguet, il a exhorté les jeunes orateurs à ne le
point prendre pour modele, foit dans fon peu de
délicateffe à préfenter comme vrais des faits faux,

foit dans fon art dangereux de couvrir tout de fes farcafmes, & de traveftir en fatyres des plaidoyers faits pour défendre l'innocence, ou atténuer le crime, foit enfin dans fon audace effrénée à faire des apoftrophes indécentes au public, comme pour s'en faire un rempart & forcer les fuffrages des juges.

Il a été ordonné un délibéré fur le champ, qui a duré trois heures & a fouffert de grands débats. Le public n'a point defemparé, il eft refté dans la grand'chambre, dans la grand'falle & dans tou- tes les avenues du Palais.

Enfin Arrêt qui déboute la Dlle. Camp de fa demande, qui la condamne aux fraix & dépens envers la Dlle. Carvoifin, Dame de Bombelles & le Curé de Bordeaux; qui ordonne que l'en- fant fera mis en couvent pour être élevé dans la Religion Catholique Apoftolique & Romaine, aux fraix de M. de Bombelles, à raifon de 600 livres par an, pour lefquelles il fera tenu de faire un fonds de 12000 livres; qui condamne ledit Bombelles à 12000 livres de dommage & intérêts envers la Dlle. Camp, par forme de ré- paration civile, ce qui entraîne la contrainte par corps : fur le furplus met les parties hors de cour.

Les Mémoires de Linguet fupprimés, en ce qu'ils peuvent contenir d'injurieux aux différentes parties.

10 *Août* 1772. Meffieurs de l'Académie Fran- çoife n'ayant pas trouvé de piece de poéfie digne d'être couronnée cette année, le jour de la St. Louis, ont remis le Prix.

11 *Août. Madame* (on appelle ainfi la fille aînée de M. le Dauphin) reftée à Verfailles pendant le

Voyage de Fontainebleau, a reçu avec sa sœur une fête magnifique, donnée à St. Ouen, par M. le Prince de Soubise, où l'on a joué de petits jeux d'enfans, entr'autres *le gage touché*. M. l'Abbé de Voisenon, très-attaché à ce Prince, a voulu y servir un plat de sa façon ; il a fait les vers suivans :

Un jour ne sachant que faire

Le jeune Epoux de Psyché

Les Ris , les Jeux & leur Mere

Jouoient *au gage touché.*

L'Amour faillit ; pour son gage

On lui fit chercher longtems

Objet qui fût l'assemblage

Des graces & des talens.

Toute la troupe céleste

Crut faire peine à l'Enfant ;

Il est, dit-elle, un peu leste

Pour choisir bien sensément.

Mais le Dieu content dans l'ame

Parcourant tous les humains,

Jetta les yeux sur *Madame,*

Et chacun battit des mains.

13 *Août* 1772. Depuis quelques mois il a été question de faire un Canal en Bourgogne , qui communiquant à la Loire, faciliteroit l'exploitation des marchandises de cette province. Diverses compagnies ont paru se former pour tendre à ce but, & toutes ont échoué quand il a fallu réaliser les fonds nécessaires pour la confection de ce

Canal. Comme les avantages en font démontrés & que la Province a le plus grand intérêt à son exécution, on vient de faire imprimer un Mémoire pour engager les Etats à emprunter les fonds néceffaires pour cet objet. De gros capitaliftes Génois offrent deux millions, à quatre pour cent.

13 Août 1772. On rit beaucoup de voir Mlle. Guimard, cette Danfeufe de l'Opéra, ancienne maîtreffe du Prince de Soubife, & pour qui ce Seigneur continue à avoir une grande confidération, donner des permiffions de chaffe, comme une Dame d'importance. M. de Soubife, comme Capitaine des chaffes, lui accorde dans les plaifirs du Roi un canton, où elle fait chaffer pour fa table, & permet à fes amis d'aller. Les Danfeurs, les Chanteurs, les Acteurs de nos fpectacles briguent la faveur de cette nouvelle Diane, c'eft à qui d'entr'eux jouira d'un exercice fi attrayant, & dont la Nobleffe depuis longtems réclame le privilege exclufif.

13 Août. On imprime actuellement un manufcrit trouvé dans un vieux château, qui a jadis appartenu au célebre *Montaigne*; c'eft un Voyage d'Italie écrit de la propre main de ce Philofophe. Toute la Littérature eft dans l'attente d'un ouvrage auffi précieux.

17 Août. La foire St. Ovide vient de s'ouvrir hier, fuivant le nouveau réglement, à la place de Louis XV. Pour attirer davantage les curieux fans doute, on a enfin découvert le piedeftal du monument que la ville y a fait élever au Roi, qui eft abfolument terminé. On fait que cette compofition eft du célebre Bouchardon, mort avant qu'il

H 3

eût pu finir fon exécution, qui a été confiée au
Sr. Pigal.

Ce Piedeftal revêtu de marbre blanc veiné, eft
élevé fur deux marches. Tous les ornemens font en
bronze. On voit à fes angles quatre figures debout,
de dix pieds de proportion, repréfentant les quatre Vertus, la Force, la Juftice, la Prudence &
l'Amour de la Paix : les deux petits côtés de ce Piedeftal font ornés d'infcriptions entourées de branches de lauriers dorées : fur la face, qui regarde le
jardin des Thuilleries, on lit :

LUDOVICO XV.
OPTIMO PRINCIPI
QUOD
AD SCALDAM, MOSAM, RHENUM,
VICTOR
PACEM ARMIS
PACE
ET SUORUM ET EUROPÆ
FELICITATEM
QUÆSIVIT.

Sur la face qui eft à l'oppofite, vers les Champs
Elyfées, on lit :

HOC
PIETATIS PUBLICÆ
MONUMENTUM
PRÆFECTUS
ET
ÆDILES
DECREVERUNT ANNO
M. D. CC. XLVIII.
POSUERUNT ANNO
M. D. CC. LXIII.

Les grands côtés du piedeftal font décorés de trophées & de bas-reliefs ; l'un repréfente le Roi donnant la Paix à l'Europe : l'autre le repréfente fur un char de triomphe , couronné par la Victoire & conduit par la Renommée à des Peuples qui fe foumettent.

Cette compofition a effuyé beaucoup de critiques. Repréfenter le Roi à cheval , n'eft pas d'une invention neuve ni fublime ; celle de le faire fupporter par quatre Vertus en forme de Caryatides eft bizarre. Il paroît que le cheval eft en général la partie du Monument qui plaît le plus aux connoiffeurs. Le grand défaut c'eft qu'il eft peu proportionné au local , & que la Statue ne paroît que comme une mouche dans cette vafte plaine.

21 *Août* 1772. Il eft parvenu ici un 3e. volume de Lettres de Madame la Marquife de Pompadour, depuis 1756 jufqu'à 1762. Leur défaut d'enfemble , leurs négligences naïves , continuent à les faire regarder comme des larcins faits à différens portefeuilles. Il eft certain qu'elles ont un caractere d'originalité & qu'elles ne fentent nullement l'auteur. Il y a pourtant quelques faits d'une fauffeté trop manifefte pour que la feue Marquife les eût pu adopter. Il faut mettre ces inepties fur le compte de l'Editeur , qui aura peut-être été dans le cas de reftituer quelques paffages , ou tronqués, ou déchirés , ou illifibles. Au furplus, c'eft un problême à réfoudre aux Littérateurs , & plus encore aux gens de cour qui ont connu l'héroïne.

25 *Août.* Bernis eft un féjour délicieux , affecté , comme maifon de campagne , aux Abbés de St. Germain des Prez. M. le Comte de Clermont avoit encore embelli ce lieu , & l'avoit rendu propre aux fêtes les plus magnifiques & les plus

galantes. Il y a furtout un théâtre charmant, peu
analogue aux divertiffemens d'un Supérieur de Moines, mais très-convenable à ceux d'un Prince.

C'eft aujourd'hui M. le Prince de Marfan qui
loue cette maifon des Economats. Une fête qu'on
y a donnée pour le jour de la St. Louis, fon Patron,
a ramené le public de ce côté-là & lui a rappellé
celles de feu M. le Comte de Clermont.

Il y a d'abord eu Comédie ou plutôt Opéra Co-
mique : on a joué le *Tonnelier* & le *Maréchal*.
C'eft le Spectacle ordinaire, qui s'exécute par des
femmes de qualité & des Seigneurs de la com-
pagnie du Prince. Les femmes font Madame la
Comteffe de Turpin, Madame la Marquife de
Senneville : les hommes font M. le Marquis de
Villers, M. le Marquis de Toubeuf, Mrs. de
Bertillac, freres, M. le Marquis de Rohan, &c.
Tous ces acteurs & actrices jouent à merveille,
avec une aifance, un naturel, bien fupérieurs à
tous les efforts de l'art.

Après ce préambule, le Prince & fa fuite fe
font embarqués fur la *Bievre*, petite riviere qui
fait canal dans le Parc. A fon arrivée un député
du Fleuve, à la tête de fes Nymphes, eft venu
complimenter S. A. Elle eft entrée dans des
gondoles galamment décorées ; les boëtes, les
canons ont ronflé. Sa marche lente & majef-
tueufe étoit précédée de feux fur l'eau. Des Tri-
tons parcouroient la terraffe, & lançoient un
artifice agréable & neuf. Enfin le héros de la
fête eft entré dans un pavillon conftruit à la tête
du Canal, où il a foupé, après avoir reçu une
nouvelle harangue des Bergers & Bergeres de
ces cantons. Le tout a été accompagné d'une
mufique délicieufe.

Après le fouper, il y a eu Caffé : c'eſt un genre de divertiſſement inventé depuis quelques années, où ſous l'image naïve de ce qui ſe paſſe dans ces lieux publics, on ménage des ſcenes agréables & piquantes.

A côté du Caffé ſe ſont formé des Parades ingénieuſes, relatives aux circonſtances de la fête, & aſſaiſonnées de ces bons mots grivois qui ſont l'ame de ce genre de pieces.

Le public des environs & de Paris couvroit la terraſſe & rempliſſoit les boſquéts artiſtement illuminés. Au moyen de contremarques convenues on étoit admis dans l'aſſemblée, & l'on pouvoit aſſiſter à l'exécution de ces divers impromptus, où le goût des acteurs, toujours pris dans la compagnie du Prince, a développé leurs talens divers.

La fête a été terminée, ſuivant l'uſage, par un Bal très brillant, & compoſé de très jolies femmes.

27 Août 1772. Un procès d'une eſpece très ſinguliere doit ſe juger inceſſamment à l'Opéra. Une Dlle. *la Guerre*, fille des Chœurs, a été trouvée en flagrant délit dans une loge pendant une répétition. Ces répétitions ſont délicieuſes pour les amateurs, en ce que tout eſt confondu, tout eſt ouvert & qu'il y regne une liberté charmante. Le Préſident de Meſlay, de la Chambre des Comptes, eſt l'heureux mortel qu'on a ſurpris dans l'extaſe amoureuſe. Il eſt queſtion de décider quel genre de punition on infligera à l'Actrice. Le Sr. Rebel, Directeur Général, conſommé depuis longtems dans la juriſprudence du code lyrique, doit préſider à l'Arrêt, avec les Directeurs particuliers. On croit

H 5

qu'on appellera les matrônes les plus expertes de la troupe, mais qui n'auront que voix confultative. Cette affaire rappelle celle de Mlle. Petit, du même genre, qui fit tant de bruit, il y a nombre d'années, & dans laquelle il parut des *Factums* très plaifans.

27 *Août* 1772. M. de Voltaire a pris tellement à cœur l'affaire de M. le Comte de Morangiès, qu'il vient de répandre une feconde adition très augmentée de *l'Effai fur les Probabilités*, où il défend plus que jamais ce Maréchal de Camp.

29 *Août. Mémoires authentiques de la Comteffe de Barré, Maîtreffe de Louis XV, Roi de France, extraits d'un Manufcrit que poffede Madame la Ducheffe de Villeroi, par le Chevalier Fr. N. 1772 : traduits de l'Anglois.*

Tel eft le titre d'un nouveau pamphlet arrivé en cette capitale de Hollande & d'Angleterre, après lequel on court avec avidité, & qui ne contente pas les curieux à beaucoup près. Rien de fi plat, de fi dégoûtant que cette brochure, qui n'eft que du verbiage, pleine de lieux communs, & d'ailleurs indignement écrite. Le peu de faits qu'on y trouve, ne conviennent pas plus à l'héroïne qu'à toute femme publique, & il n'y a pas une feule anecdote qu'on puiffe regarder comme approchant de la vérité. Il faut compter bien étrangement fur la fotte crédulité du public, pour avoir l'audace d'imprimer une pareille rapfodie.

30 *Août.* Me. Linguet finit ainfi la Confultation de fon premier Mémoire pour Mlle. Camp, fur la validité d'un mariage contracté

en France fuivant les ufages des Proteftans, en date du 22 Novembre 1771.

» Peüt-être même le Légiflateur inftruit, par la difcuffion de cette caufe, des abus que nécef-fite la fituation des Proteftans, fe décidera-t-il à révoquer enfin publiquement une Loi terrible (celle qui invalide leurs Mariages) que les cir-conftances excufoient peut-être & qui n'auroit pas dù leur furvivre ».

Les Proteftans de ce Royaume enthoufiafmés par l'orateur s'étoient flattés de l'efpoir qu'il leur donnoit, & fembloient attendre la décifion du procès pour apprécier la faveur du gouver-nement à leur égard, fans faire attention que ce cas particulier ne les concernoit en rien, en ce que l'Avocat de la Dlle. Camp avoit pris le change & l'avoit fait prendre à fes lecteurs, puifqu'il n'étoit nullement queftion de favoir fi un mariage fait fuivant l'ufage des Proteftans feroit valide, mais feulement fi le mariage du Vicomte de Bombelles avec Mlle. Camp avoit été fait légalement, foit dans le rite Catholi-que, foit dans le rite Proteftant. Que l'Arrêt ne prononce rien à cet égard, finon que par fes difpofitions il indique que les Magiftrats n'ayant trouvé aucun acte de célébration du pre-mier mariage, l'ont regardé comme non exif-tant; ce qui argueroit fimplement de faux les actes prétendus produits au procès par les gens d'affaire de la Dlle. Camp. Cependant on écrit de Montauban & des autres lieux, où il y a beaucoup de familles proteftantes, que décou-razés de cette nouvelle plufieurs ont pris le parti d'émigrer d'un pays où elles ne peuvent jouir des droits les plus doux de la nature, & que ces malheureux emportent avec eux leurs talens, leur induſtrie & leur fortune, en maudiſſant leur ingrate patrie. Tant eſt dangereuſe dans les ſuites une éloquence fauſſe & mal dirigée, comme celle de Me. Linguet !

1 *Septembre* 1772. Les vers de M. de Voltaire pour le 24 *Auguſte* ou *Août* 1772, & qu'il a d'abord envoyés à Paris manuſcrits, ſont imprimés aujourd'hui. Il les a fait précéder de deux petits Pamphlets, à la ſuite deſquels ils viennent plus naturellement.

Dans le premier, qui roule ſur le procès de Mlle. Camp, M. de Voltaire, très louangeur contre ſon ordinaire, approuve l'Arrêt du nouveau tribunal, qu'il aſſure avoir été conſacré par le ſuffrage du public, ce juge ſuprême, qui, quoique ſans pouvoir, décide au fond en dernier reſſort. Il prétend que tout Paris a ſenti qu'une loi dure ne permettant pas en France à un Catholique de ſe marier à une Proteſtante par le miniſtere d'un prétendu Réformé, le mariage devoit être déclaré nul. Mais M. de Voltaire prend le change encore un coup, comme beaucoup d'autres ; l'Arrêt ne déclare point le mariage nul, il reconnoît ſimplement qu'il n'y a point de mariage, faute d'acte de célébration. C'eſt le ſeul point auquel les Magiſtrats ſe ſont tenus, & qui leur a fait éviter adroitement de prononcer entre Geneve & Rome.

Du reſte, l'auteur gémit enſuite ſur cette ſéparation funeſte, qui a privé la patrie d'environ ſept à huit cens mille citoyens utiles, & qui prolonge encore cent mille familles dans l'incertitude continuelle de leur ſort. Il ſemble applaudir à la néceſſité de la loi dans les tems de trou-

ble & de difcorde ; il la regarde déformais comme dangereufe & funefte ; il indique les raifons
de le croire & la poffibilité de la révoquer. Il
finit cependant par s'interdire modeftement de
toucher à une matiere fi délicate, il dit que cent
volumes ne valent pas un Arrêt du Confeil, &
il attend de la prudence & de la bonté du Gouvernement ce qu'on n'obtiendra jamais par des
argumens de théologie.

On connoît aifément quelles font les raifons
de la modération du critique dans ces réflexions,
mais on eft étrangement furpris de voir le même
fens froid, la même douceur dans le fecond
pamphlet, qui eft une réponfe à l'Abbé *Caveyrac*. On fait que ce dernier eft auteur d'une ancienne *Apologie de la Révocation de l'Edit de
Nantes & de la St. Barthelemi*. Apparemment
cet écrivain retiré à Rome y aura fait un fecond
traité fur la matiere, où il reproche à M. de
Voltaire de n'être pas de fon avis, & où il lui
attribue les *Mémoires de Brandebourg*, parce
que celui-ci les a donnés à beaucoup de perfonnes, comme fon ouvrage, & les a vendus à plus
d'un libraire comme fon bien.

Quand le zele du philofophe de Ferney fe feroit échauffé contre l'exécrable apologifte de la
St. Barthelemi, on l'auroit certainement par-
donné à un apôtre de l'humanité ; on ne peut
cependant que le louer de differter, au lieu d'in-
jurier : ce qui eft plus admirable encore, c'eft
qu'il fe contienne également dans fa propre querelle, & que fans repouffer l'outrage par l'outrage, la calomnie par la calomnie, il fe contente d'affurer avec une tranquilité ftricte que la
vérité & l'honneur l'obligent de dire, qu'il n'y

a perfonne en Europe à qui il ait jamais ni
prêté, ni donné, encore moins vendu l'*Hiftoire
de Brandebourg*, &c. Il la reftitue à fon augufte auteur, au Roi de Pruffe ; il ajoute qu'il
eft averé que ce Monarque eft le feul Hiftorien
de fa patrie, comme il en eft le Légiflateur &
le Héros. Il finit par demander humblement à
M. l'Abbé de Caveyrac non-feulement fon indulgence pour les Proteftans, mais encore pour
le Critique obligé de refufer fes opinions. Puiffe
ainfi M. de Voltaire en avoir déformais pour
les fiens !

3 *Septembre* 1772. Les Comédiens François repetent actuellement *Arminius*, tragédie du Sr.
Bauvin, que cet auteur, las d'être baloté par
les hiftrions, avoit pris le parti de faire imprimer, il y a plufieurs années ; ayant enfin trouvé
grace devant eux, il profite de la faveur & va
fe faire jouer.

4 *Septembre.* Le Pont de Neuilly eft aujour-
d'hui le monument qui attire l'attention des curieux & des phyficiens. La hardieffe de fon exécution le rend le plus beau pont de France. Il
a cinq arches, de 120 pieds chacune, & leurs
voûtes plattes conftruites à la maniere moderne
étonnent les connoiffeurs. Au furplus, il faut attendre que les ceintres en bois en foient levés,
pour mieux juger de cette belle machine. C'eft
en préfence de S. M. que doit fe faire l'opération : le jour eft indiqué au 22 de ce mois. M.
de Trudaine, Jntendant des finances chargé des
Ponts & Chauffées, doit y préfider, & donnera
au Roi une fête à cette occafion. Le chemin qui
précede & qui fuit, eft auffi admirable & digne
d'être comparé aux voies Romaines. M. Peron-

net , Ingénieur des Ponts & Chauffées , a fourni
les deffins , & a fuivi l'éreČtion du pont en
queftion. Tout ne fera pas encore fini , & il
s'agit aujourd'hui de faire refluer un bras de la
riviere , pour la faire couler fous ce pont élevé
dans une ifle ; & qui n'embraffe encore qu'une
partie de la Seine.

5 *Septembre*. 1772. Un parent de feue Madame
Doublet , cette virtuofe fi renommée parmi les
politiques , pour les Mémoires manufcrits qui fe
rédigeoient chez elle des événemens publics &
particuliers , continue ce Journal intéreffant. Dans
un de fes articles il eft tombé vertement fur le
Sr. Marin , & a fait fentir l'imbécilité de ce ré-
daČteur de la gazette de France , en adoptant
les contes qu'on lui a envoyés fur le prétendu
hydrofcope , & les inférant avec la plus grande
prétention , fe vantant même d'être le premier
auteur de nouvelles publiques qui en ait fait mention. On a renvoyé de Marfeille au Sr. Marin
le jugement qu'on portoit de lui fur cet objet :
il en a été outré , il s'eft plaint au Miniftre des
Affaires Etrangeres , il lui a fait accroire qu'on
dégradoit la gazette de France , en vilipendant
fon auteur , & comme il n'étoit guere poffible
d'attaquer le critique fur un travail auffi innocent , on a fait arrêter fon laquais dont il fe fervoit pour envoyer les nouvelles à fes amis &
on l'a fait mettre au Fort - l'Evêque , au fecret.
On a pris pour prétexte qu'il trafiquoit de ces nouvelles. Ce procédé indigne du Sr. Marin donne encore plus mauvaife idée de fon cœur & de fon petit
efprit. Il rappelle le principe du Grand Col-
bert , qui dans fes inftruČtions pour la Marine
avoit une fi méchante opinion des Provençaux ,

qu'il recommanda expreſſément de n'en employer aucun dans les grandes places de l'Adminiſtration & du Gouvernement.

5 *Septembre* 1772. Mlle. Du Thé eſt une des courtiſannes lés plus renommées aujourd'hui dans cette capitale. L'honneur qu'elle a eu de donner les premieres leçons du plaiſir à M. le Duc de Chartres, l'a miſe dans une grande vogue. C'eſt une blonde fadaſſe, d'une figure montonniere, qui n'annonce aucune pétulence, aucun eſprit, mais à la mode : c'eſt tout dire. Elle appartenoit en dernier lieu au Marquis de Genlis, qui marié à une des plus jolies femmes de la cour trouva plus doux de ſe ruiner avec cette fille. Celle-ci ſentant que les facultés de ſon amant baiſſoient, a pris le parti de le congédier. Milord d'Egremont eſt l'heureux mortel qu'elle veut bien admettre aujourd'hui à ſa couche, moyennant mille Louis pour la premiere nuit & mille écus par mois. Ces ſermens réciproques feront ſans doute bien exécutés, car tout Paris en eſt témoin, & c'eſt la nouvelle du moment.

7 *Septembre.* *L'Enfant Jéſus* eſt une communauté inſtituée par l'ancien curé de St. Sulpice, & établie ſur ſa paroiſſe, mais à l'extrêmité de Paris. Les places n'en ſont données qu'à des filles de condition, & jolies : c'eſt l'obligation qu'y mettoit le feu Sr. Linguet : ce qui avoit même fait dire que c'étoit *le Bordel des Evêques*, parce que ce Curé très patelin, très courtiſan, faiſoit manger ſouvent ces Meſſeigneurs avec quelques-unes de ces Dames, qu'il admettoit à tour de rôle à table. Il y avoit en outre dans cette maiſon des filles du

commun , pauvres ou orphelines , qu'on éle-
voît à toutes fortes de travaux champêtres &
domeftiques.

Madame de Marfan avoit imaginé pendant le
féjour de Compiegne de procurer à Madame &
à fa fœur un petit fpectacle , en les conduifant à
cette communauté. Elles y ont été reçues avec
tous les honneurs dûs à leur rang; on eft allé
au devant d'elles avec le dais , on les a régalées
de mufique , falut & bénédiction. Madame a été
enchantée de ces Dames , & a voulu leur donner une marque de fa fatisfaction , en les baifant
toutes à la joue , au nombre de 28 : Madame
Elifabeth ne leur a préfenté que fa main à baifer.

8 Septembre 1772. Il paroît une Déclaration du
Roi, qui établit une Commiffion Royale de Médecine pour l'examen des remedes particuliers &
la diftribution des eaux minérales; elle eft du 25
Avril dernier & n'a été publiée que depuis peu.
Le bien public eft l'objet de cet établiffement :
fuivant le préambule il eft queftion de prévenir
par une recherche exacte les abus énormes qui fe
commettent journellement dans cette partie & l'on
forme à cet effet une Commiffion de gens éclairés
fur ces matieres , qui préfideront à la vifite, à
l'examen & à la diftribution. Il paroît difficile
que ces frais n'entraînent une petite augmentation ,
qui fera fans doute fupportée volontiers par les
malades , trop heureux qu'on veille à la falubrité
des médicamens qu'on leur adminiftrera. La Commiffion annoncée fera compofée de Médecins ,
Chirurgiens, Apothicaires , &c.

8 Septembre. Il paroît un Poëme *fur le Jugement de Pâris* par M. Imbert , jeune homme
qui promet beaucoup & dont les vers font pleins

de graces & d'harmonie, où l'on trouve d'ailleurs de l'invention & du génie dans la compoſition. M. Piron, ce vieillard preſque nonagénaire, qui conſerve encore dans le froid de l'âge tout le feu de la plus verte jeuneſſe, toute la gaîté la plus aimable, s'eſt amuſé à faire une chanſon en parodie du même ſujet, ſur l'air du *Mirliton don daine, Mirliton don don*, qui fait fortune, & malgré les gravelures dont elle eſt pleine, plaît beaucoup aux Dames.

10 *Septembre* 1772. On parloit depuis quelque tems d'un ouvrage ſur *la Tactique* très recherché, très défendu, par l'adreſſe de l'auteur à y inſérer des choſes extrêmement fortes & hardies. Il en a percé enfin des exemplaires dans ce pays - ci: c'eſt un livre en deux volumes in 4°., ayant pour titre *Eſſai général des Tactiques, précédé d'un Diſcours ſur l'état actuel de la Politique & de la Science Militaire en Europe, avec le plan d'un ouvrage intitulé la France Politique & Militaire, dédié à ma Patrie.*

12 *Septembre* 1772. Chanſon ou Parodie, ſur l'air du *Mirliton don daine, Mirliton don don.*

I.

Moi qui jadis eus la gloire
De chanſonner pour Iris,
J'oſe entreprendre l'hiſtoire
Du Jugement de Paris,
    Sur le Mirliton, &c.

2.

Un jour la belle Cythere

Avec Junon & Pallas
Se lavoit dans la riviere
Le corps, la tête & les bras,
  Et le Mirliton, &c.

3.

Quand la Difcorde crotée
Vint pour fe laver auffi,
Junon toute tranfportée
Dit : retire-toi d'ici.
  L'affreux Mirliton, &c.

4.

La Difcorde en prit vengeance,
Savez-vous comme elle fit ?
Au milieu d'elles leur lance
Une pomme d'or & dit :
  Au beau Mirliton, &c.

5.

Junon qui toujours criaille
Veut s'en faifir tout de bon ;
Venus, lui dit la Grifaille,
N'eft point du tout de faifon,
  Pour le Mirliton, &c.

6.

Pallas dit d'un ton févere :

Tous vos plaisans Mirlitons
Ont toujours maille à refaire ;
On ne voit nulles façons
   A mon Mirliton &c.

7.

Dans la dispute elles virent
Pâris le jeune pasteur ,
Aussi-tôt toutes se dirent
Le drôle est bon connoisseur
   En beaux Mirlitons , &c.

8.

Le Berger aux trois Déesses
Fit ôter trois cotillons ,
Il vit trois paires de fesses
Et trois paires de tettons ,
   Et trois Mirlitons , &c.

9.

D'une pareille corvée
Pâris ne s'épouventa ,
Il alla , tête levée ,
Et tour à tour feuilleta
   Chaque Mirliton , &c.

10.

Junon promit la richesse

Au jeune berger Pâris ;
Pallas vanta la fageffe :
Mais qu'offrit Dame Cypris ?
 Rien qu'un Mirliton , &c.

II.

A cette douce parole ,
On vit le combat ceffer.
Ce Pâris étoit un drôle
Qui fe feroit fait feffer
 Pour un Mirliton , &c.

13 *Septembre* 1772. M. le Premier Avocat général projette de faire rayer Me. Linguet du
Tableau , à l'occafion de divers farcafmes que lui
a lancés directement cet Avocat en plein par-
quet. D'abord fur les reproches qu'il faifoit à ce
dernier de fes perfonnalités contre lui & M. de
Vaucreffon , fon confrere, Me. Linguet s'en eft
défendu , & M. de Vergès infiftant, fur ce que
perfonne ne s'y étoit trompé : » tant mieux ,
» a-t-il repris, c'eft une marque de la vérité de
» mes portraits. » M. l'Avocat général piqué au
vif lui a demandé s'il favoit à qui il parloit ?
» Oui, Monfieur, a-t-il répondu ; je parle à Me.
» Jacques de Vergès , Avocat Général du Parlement à *mon refus.* » Ce qui n'a qu'irrité davantage ce magiftrat, dont le reffentiment doit éclater
à la rentrée.

13 *Septembre.* Le théâtre de la Comédie
Italienne eft dans le plus grand délabrement. La
retraite décidée du Sr. Caillot, longtems en fuf-

pens , y occafionne une perte difficile à réparer.
Cet acteur, qui menaçoit de quitter depuis longtems , pour fe livrer à un commerce lucratif
qu'exerçoit fon frere mort, étoit retenu par le
goût décidé qu'il a pour fon métier & la forte
de confidération qu'il lui donnoit. D'une autre part,
la cupidité le domine beaucoup : il propofoit pour
fe dédommager du facrifice qu'il faifoit du côté
de la fortune, de lui donner un intérêt dans les
poudres ; la chofe n'ayant pas réuffi, il a quitté
abfolument, en promettant cependant de jouer
quelquefois dans l'hiver gratuitement & pour mériter de plus en plus les bontés du public. Mais
il eft à craindre qu'il ne fe rouille faute d'ufage,
ou que les repréfentations brillantes qu'il procu-
rera à fes camarades les jours où il paroîtra, ne
faffent tort aux autres & ne les rendent très médiocres.

Quoi qu'il en foit, malgré cette penurie de
fujets, le tripot a été fort intrigué à l'occafion
du début d'une Demoifelle *Colombe*, qui jufqu'à préfent attachée à ce fpectacle comme Actrice
de rempliffage & comme Danfeufe, état très-
fubalterne dans la Troupe, a débuté avec un
fuccès prodigieux dans *le Huron* & dans *Tom
Jones.* Toutes les femmes chantantes font enra-
gées de fa réuffite, & craignant avec raifon d'en
être bientôt éclipfées, cabalent auprès des Gentilshommes de la chambre pour empêcher qu'elle
ne foit reçue.

14 *Septembre* 1772. *Le Traité des Tactiques*,
dont on a parlé, eft de M. Guibert, Colonel
Commandant la Légion de Corfe, fils de M. de
Guibert, Maréchal de Camp & Cordon Rouge.
L'ouvrage n'eft pas merveilleux en lui-même,

& les gens du métier n'y trouvent rien de neuf ou de génie. La préface seule attire l'attention des curieux & présente des choses très repréhensibles aux yeux du Gouvernement, cependant, quoique l'auteur n'ait pas mis son nom à la tête de ce traité, il y a apparence qu'il ne s'en défend point, puisque tout le monde le nomme. On craint que sa hardiesse ne lui fasse tort.

15 *Septembre* 1772. Mlle. Duperey, cette charmante danseuse de l'Opéra, pleine de graces & de talens, qui s'étoit mise en couvent par dépit de n'avoir pu fixer le Sr. Dauberval qu'elle vouloit épouser, montre plus de fermeté qu'on ne croyoit dans son sacrifice : elle a déja le voile blanc. Envain Madame Texier, ainsi que son mari, dont elle passoit pour servir les plaisirs tour à tour, l'ont-ils haranguée successivement, afin de la détourner de son funeste projet, elle persiste, & la grace la rend invincible à toutes leurs séductions.

16 *Septembre.* On parle beaucoup d'un *Poëme sur le bonheur*, auquel M. Helvetius a travaillé presque toute sa vie, & qu'il avoit ébauché même avant son livre sur *l'esprit·* Il y a des choses fortes, qui ont fait prendre le parti à l'éditeur de faire imprimer l'ouvrage posthume de ce Philosophe en pays étranger. Il a profité de cette liberté pour y mettre une préface qu'on assure n'être pas moins hardie; ce qui fait rechercher le livre. Ce Poëme est d'ailleurs peu poétique, sans fiction, sans chaleur, sans enthousiasme : il est en 6 chants.

17 *Septembre.* Les amateurs ont assisté derniérement à une répétition de danse faite à l'Opéra. Il est question du pétit *Mont Gaultier,*

dont la mere, femme d'une Quinte de l'Opéra, eft maîtreffe du Sr. Veftris, & qui paffe pour être le fils de ce grand coryphée : c'eft lui qui préfide à fon éducation avec toute la tendreffe paternelle, & qui met la plus grande prétention à ce début. La mere y a auffi attiré beaucoup de monde, par l'honneur qu'elle a d'approcher de Madame la Comteffe Dubarri, qu'elle a connue autrefois en fociété, & qui ne l'a point oubliée dans fa gloire. On préfume infiniment des talens du jeune éleve.

18 *Septembre* 1772. L'Académie Françoife a nommé une Députation vers M. le Cardinal de la Roche-aymon pour lui demander une Abbaye en faveur de l'abbé Maury. Cet orateur, dimanche dernier, avoit préfenté fon difcours à fon Eminence, qui l'a très bien accueilli, lui a déclaré être prévenu de la démarche de l'Académie en fa faveur, être très bien difpofé & l'a retenu à dîner pour mercredi avec les Députés, jour auquel ils ont dû voir ce Prélat.

20 *Septembre* 1772. On parle beaucoup d'une opération de la pierre que vient de faire le frere Côme fur un chantre de la chapelle du Roi, qui a duré 33 minutes : ce que les gens de l'art regardent comme un événement unique. Le patient, quoiqu'âgé, mais fortement conftitué, n'a point fuccombé dans ce cruel fupplice & l'on efpere qu'il en reviendra.

24 *Septembre*. Le bâtard du Sr. Veftris qui a débuté dans la danfe le 18 de ce mois, n'eft pas le fils de la Dame Mont Gaultier ; celui-ci eft encore hors d'état de fuivre les traces de fon illuftre pere : c'eft un enfant naturel qu'il a fabriqué avec la Dlle. Allard. On doit juger quelles

heureufes

heureufes difpofitions doit avoir cet enfant, qui n'a pas 13 ans; il annonce la majefté de l'un, réunie aux graces & à l'enjouement de l'autre.

27 *Septembre* 1772. Les Comédiens François ont donné hier la première repréfentation des *Cherufques*, la nouvelle tragédie annoncée du Sr. Bauvin. L'auteur eft un pauvre diable du pays d'Artois, qui a été réformé de l'Ecole Militaire, où il étoit profeffeur, âgé de près de 60 ans & qui débute au théâtre. L'exemple de M. de Belloy l'a encouragé, & les Etats d'Artois ayant promis une penfion au poëte qui célébreroit un héros de cette province, le premier s'eft évertué, & a chanté *Arminius*, l'un des chefs de ce peuple, connu autrefois fous le nom de Cherufques.

Les Comédiens n'ayant paru jouer cette piece que par une pitié humiliante pour l'auteur & le lui ayant fait fentir durement, il en a réfulté un intérêt général de la part du Public en fa faveur; il étoit, on ne peut mieux, difpofé, & les deux premiers actes ont été applaudis avec une prédilection particuliere. Le 3e. acte n'a pas reçu les mêmes acclamations. Le 4e. a été foiblement foutenu. Dans le 5eme. Mlle. Veftris ayant paru le cafque en tête, & la pique à la main, cela a formé un coup de théâtre qu'on a trouvé admirable, & les battemens de mains n'ont point difcontinué jufqu'à la fin. On a demandé l'auteur avec une fureur fans exemple. Mais celui-ci effrayé des huées du 3eme acte avoit difparu & a eu la prudence de ne pas fe montrer. On a continué à crier *l'auteur!* au point qu'on n'a pu annoncer, & qu'on a eu beaucoup de peine à commencer la feconde piece.

Tome VI.   I

28 *Septembre* 1772. Le public plaisant a baptisé le nouveau débutant dans la danse à l'Opéra, du nom de *Vestrallard*. Ce qui caractérise sa double origine. On l'applaudit de plus en plus. Il est certain que c'est un prodige, dont il n'y a peut-être point d'exemple. Le pere se complaît merveilleusement dans les acclamations qu'on accorde à son bâtard, & dans l'excès de sa joie il en a témoigné sa reconnoissance aux Spectateurs par de très profondes révérences, qu'il est venu faire sur le bord du théâtre.

29 *Septembre*. Les Comédiens Italiens ont donné hier la premiere représentation de *Julie*, comédie nouvelle en trois actes & en prose, mêlée d'ariettes : les paroles sont du Sr. Monvel, jeune acteur de la Comédie Françoise. La Musique est du S. Dezaïdes, compositeur qui n'est encore connu par aucun grand ouvrage.

29 *Septembre*. M. de Voltaire, qui ne laisse passer aucune occasion de faire sa cour successivement à tous les Potentats, & qui saisit à merveille l'à propos du jour pour participer en quelque sorte à la célébrité des événemens & faire avec eux l'entretien public, vient d'adresser des vers au Roi de Suede à l'occasion de la derniere révolution de ce Royaume. Si l'on n'y trouve rien de bien philosophique, de bien hardi, on y lit au moins quelques beaux vers, dignes encore du chantre d'Henri IV ; les voici :

Jeune & digne héritier du grand nom de Gustave,
Sauveur d'un Peuple libre & Roi d'un Peuple brave,
Tu viens d'exécuter tout ce qu'on a prévu :
Gustave a triomphé sitôt qu'il a paru.

On t'admire aujourd'hui, cher Prince, autant qu'on
    t'aime,
Tu viens de reffaifir les droits du Diadême.
Et quels font en effet fes véritables droits ?
De faire des heureux en protégeant les loix,
De rendre à fon pays cette gloire paffée,
Que la Difcorde obfcure a longtems éclipfée,
De ne plus diftinguer ni *bonnets*, ni *chapeaux*,
Dans un trouble éternel infortunés rivaux,
De couvrir de lauriers ces bêtes égarées
Qu'à leurs difcuffions la haine avoit livrées,
Et de les réunir fous un Roi généreux.
Un Etat divifé fut toujours malheureux :
De la liberté vaine il vante le preftige,
Dans fon illufion fa mifere l'afflige,
Sans force, fans projets pour la gloire entrepris
De l'Europe étonnée il devient le mépris.
Qu'un Roi ferme & prudent prenne en fes mains les
    rênes,
Le Peuple avec plaifir reçoit fes douces chaînes ;
Tout change, tout renaît, tout s'anime à fa voix,
On marche alors fans crainte aux pénibles exploits,
On foutient les travaux, on prend un nouvel être,
Et les fujets enfin font dignes de leur maître.

30 *Septembre* 1772. On a donné de fuite les *Che-*
rufques lundi & mardi, fuivant les vœux du parterre, qui a paru protéger de plus en plus l'auteur, & maltraiter les comédiens. Ce dernier jour
on a apoftrophé publiquement les acteurs : on a

I 2

dit au Sr. Monvel qui eſt venu annoncer : » on
» eſt aſſez content de vous, mais dites à Molé
» qu'il apprenne mieux ſon rôle ; dites à la Veſ-
» tris que nous ſommes fort mécontens d'elle,
» qu'elle a très - mal joué. " Et ſur ce que l'orateur comique repréſentoit qu'il ne pouvoit ſe charger de faire des réprimandes de cette eſpece à ſes
camarades, on lui a repliqué de les faire venir.
Ce dialogue, qui ſe ſentoit un peu de l'ancienne
liberté de notre théâtre & de celle dont jouiſſent
encore les Anglois, étoit très - plaiſant, mais a
été bientôt interrompu par les alguaſils, qui ſont
venus impoſer ſilence. On aſſure qu'on a même
arrêté quelqu'un.

Les Comédiens cependant ainſi mulctés par le
public jettent les hauts cris contre l'auteur ; ils lui
reprochent d'avoir abuſé indignement de la com-
miſération qui ſeule leur avoit fait recevoir ſa piece,
d'avoir violé la convention ſuivant laquelle elle
n'avoit été reçue qu'à condition qu'elle ne ſeroit
jamais jouée, d'avoir même refuſé 1500 Livres
qu'ils lui offroient, s'il vouloit les diſpenſer de le
faire, lorſqu'il a exigé rigoureuſement ſon droit de
paſſer à ſon tour.

Quoi qu'il en ſoit, cette piece, miſérable en
elle-même, excite une grande ſenſation par la
guerre qu'elle occaſionne entre le Parterre & les
acteurs ; & l'auteur profite de cette diſſenſion pour
acquérir une célébrité qu'il n'auroit jamais eue par
ſon mérite perſonnel. On en a parlé à M. le
Comte d'Artois, qui s'intéreſſe pour lui, & il
paroît ſûr qu'il aura la penſion promiſe par les
Etats : elle eſt de 600 Livres. On n'exigeoit que
trois repréſentations, & elles ont eu déja lieu.

La quatrieme repréſentation a été renvoyée à

famedi , pour donner à Molé le tems de mieux fe recorder fur fon rôle.

30 *Septembre* 1772. M. de Voltaire vient de fe répondre à lui-même : après avoir fait le *Chinois Cathéchifé* , il fait parler celui-ci ; il fe fert de ce cadre pour étaler divers points d'antiquité connus de la nation chinoife, pour faire encore des plaifanteries fur notre fainte religion , & rire également & du peuple camard & du peuple chrétien.

1er. *Octobre.* On annonce un nouveau livre très - rare , intitulé *le bon Sens , ou les lumieres naturelles oppofées aux lumieres furnaturelles.* On affure que cet ouvrage eft encore mieux fait que tout ce qui a été compofé fur la matiere en queftion : on le dit fupérieur au *Syftême de la nature* , en ce qu'il eft plus refferré & plus dégagé des déclamations trop fréquentes dans celui-ci.

4 *Octobre.* Le Sr. Deftouches , ci - devant architecte de la ville , vient de mourir : il n'eft recommandable par aucun monument d'importance , mais par beaucoup de plans & furtout par celui d'une Eglife de Ste. Genevieve , qu'il avoit montré aux Religieux , & dont M. de Marigny avoit exigé la communication. On prétend que ce Directeur général des bâtimens qui favorifoit le Sr. Souflot , eut l'infidélité d'en donner verbalement une idée à celui-ci , qui d'après ces notions préliminaires a travaillé fon plan actuel. Les amis du défunt affurent que le fien eft bien fupérieur , que le Sr. Deftouches les avoit dans fon porte - feuille , comparés l'un & l'autre , & que vraifemblablement aujourd'hui , que par fa mort il ne craint plus la difgace de M. de Marigny, on les fera paroître.

4 *Octobre* 1772. Par le recenfement fait & connu du bien de M. Helvetius, à l'occafion du mariage de fes deux filles, qui doit avoir lieu inceffamment & fe faire double le même jour, il eft tiré au clair qu'il laiffe environ quatre millions de biens : ce qui prouve que ce Philofophe connoiffoit la maxime de Rouffeau :

> Et qu'un Philofophe étayé
> D'un peu de richeffe & d'aifance,
> Dans le chemin de fapience
> Marche plus ferme de moitié

Sa femme, (Mlle. de Ligneville) d'une des plus illuftres maifons de Lorraine & non moins philofophe que fon mari, a dit à la mort de celui-ci aux divers prétendans qui étoient fur les rangs, qu'ils fiffent, chacun pour fon compte, leur cour de leur mieux à fes filles ; qu'elle ne les gêneroit en rien, & que ce feroient elles-mêmes qui nommeroient leurs époux.

Au furplus, la Philofophie paroît l'appanage de toute cette famille, car deux fœurs de Madame Helvetius, comptant comme elle la nobleffe pour peu de chofe fans argent, ont auffi époufé chacune un Fermier général, l'une le Sr. la Garde, & l'autre le Sr. Baudon. Il eft vrai que la premiere eft devenue folle, d'une fureur utérine ; mais c'eft un petit contretems, auquel tout philofophe eft fujet.

15 *Octobre.* On dit que M. Desforges, ce chanoine d'Eftampes qui a la folie de vouloir voler dans les airs en cabriolet, ayant tenté de faire une petite répétition de fon projet dans fon jardin, eft

retombé sur le champ, & s'est dangereusement blessé. C'est le second tome de M. le Marquis de Bacqueville.

6 Octobre 1772. On rapporte un bon mot, dit le jour du déceintrement du Pont de Neuilly. A l'arrivée de S. M. les soldats & ouvriers seulement, gagés pour cela, ayant crié *vive le Roi*, ces acclamations n'ont été répétées par aucun des échaffauds, qui contenoient une immensité de spectateurs : ce qui faisoit un contraste très-remarquable, & dont en effet l'Ambassadeur de Naples a témoigné sa surprise à quelqu'un qui l'accompagnoit : *mais*, lui a-t-on répondu, *lorsque le Prince est sourd, les Peuples sont muets.*.

7 Octobre. On a arrêté différentes personnes à la Comédie Françoise le jour où les acteurs furent si publiquement humiliés par le parterre ; ensorte qu'aux représentations suivantes tout s'est passé dans une grande tranquilité, & les personnages humiliés ont pris leur revanche, en se moquant de fait de leurs censeurs & en jouant plus mal que jamais. Cependant les *Chérusques* vont, ou, pour mieux dire, se traînent, car ils ne sont nullement améliorés.

Le Sr. Molé, qui s'est donné les airs de faire attendre plusieurs heures à sa campagne d'Antony le pauvre auteur *Bauvin*, sans lui donner audience, sous prétexte qu'il alloit dîner en ville, & qu'il ne pouvoit l'écouter avant, a témoigné hautement dans le foyer sa surprise de l'injustice du Parterre à son égard : *comment*, a-t-il dit, *parce qu'un homme meurt de faim, il faut que nous nous donnions la peine d'apprendre de mauvais vers ?* On lui a répondu que sa réflexion étoit juste, mais qu'il devoit la garder pour lui ; que lorsque le public

I 4

vouloit bien avoir la charité de venir s'ennuyer à une tragédie, il étoit de son devoir de s'efforcer à la bien jouer, & surtout de ne jamais être insolent.

8 *Octobre* 1772. Les Demoiselles Verriere sont deux courtisannes du vieux Serrail, puisque l'une d'elles a appartenu au Maréchal de Saxe & en a eu une fille ; mais leur opulence, la société distinguée qui va chez elles, leurs talens, & l'habitude où elles sont de donner des spectacles, y attirent beaucoup de monde. C'est toujours quelque auteur en titre qui a la direction de leurs plaisirs. M. Colardeau, long-tems attaché à leur char, se trouve remplacé par M. de la Harpe. On y joue de tems en tems des pieces nouvelles, qui n'ont paru sur aucun théâtre. Dimanche dernier on y a donné *Julie*, comédie de M. Saurin, imprimée & non représentée. Elle a fait peu de sensation ; mais *l'Espieglerie*, petite piece en un acte, y a eu le plus grand succès : elle a paru d'une gaîté charmante, & le Sr. de le Harpe y a supérieurement bien joué. L'ouvrage est du Sr. *Billard du Mouceau*, le parrain de Madame la Comtesse Dubarri.

9 *Octobre*. Extrait d'une Lettre de Brest du 4 Octobre 1772.... M. le Comte d'Estaing s'est mis dans la tête de réaliser un ancien projet, de lester les vaisseaux avec de l'eau de mer, qu'on a toujours regardé comme chimérique, par le danger qui devoit en résulter nécessairement pour la santé des Equipages. En conséquence ce Commandant a fait remplir de ce liquide la calle du *Robuste*, vaisseau de 74 canons, & pour vérifier par lui-même ce qu'il en pourroit résulter de dangereux, il couche toutes les nuits à bord de ce bâ-

timent. Ce qui ne fera pas une expérience conscluante, quand même il n'en feroit pas incommodé ; car, premiérement, un seul homme peut échapper à une contagion, à laquelle mille autres n'échapperoient pas : en second lieu, le danger le plus grand de ces eaux stagnantes & croupies ne doit se manifester que dans les chaleurs : en troisieme lieu, le mouvemement continuel d'un bâtiment à la mer qui feroit balotter cette eau, & en détacheroit sans cesse des vapeurs & des exhalaisons, ne peut s'apprécier dans un port & dans un bâtiment tranquille : enfin, il est totalement différent de se trouver seul dans un pareil vaisseau & de renouveller continuellement son air, en débarquant dans la journée, que d'y passer plusieurs mois de suite, avec une multitude très-nombreuse d'hommes de toutes sortes de tempéramment, & dont il y a à parier qu'une partie est déja mal saine & infectée du scorbut.

On peut par cet exemple juger que ce Commandant est un ami des nouveautés, mais que sa tête n'est pas encore bien mûre, & que d'ailleurs ses raisonnemens ne sont pas extrêmement concluans. Toute la Marine se moque de son expérience, & personne n'a envie de faire la partie de plaisir d'aller coucher avec lui.

10 *Octobre* 1772. Il paroît que les Artésiens ont été comblés de joie de voir un de leurs compatriotes briller au théatre. On prétend que M. Beauvin est le premier homme de la Province qui ait l'honneur d'être joué sur la scene. Il y a cependant une Académie Littéraire à Arras, mais dont les membres s'occupent peu de la poësie.

12 *Octobre.* On parle beaucoup du testament

I 5

de Madame Fremin , qui vient de mourir d'une
maladie de langueur très-longue , mais qui en lui
laiſſant la tête libre lui a donné le tems de faire
ce dernier acte de la vie humaine avec tant de
ſoin , qu'il paſſe pour un chef-d'œuvre de cette
eſpece. Mais ce qui lui donne de la célébrité ,
c'eſt la curioſité que le Roi a eue de le lire , &
les éloges dont le Monarque a honoré la ſageſſe
de la défunte. Elle étoit parente du Sr. de la
Borde , premier valet de chambre de S. M. qui
l'amuſe & jouit auprès d'elle de la privauté la plus
flatteuſe , au point d'avoir la liberté de faire ſa
muſique dans le cabinet du Roi & ſous ſes yeux.
Le Roi lui ayant demandé de qui il étoit en deuil ?
& cette queſtion ayant été ſuivie de tous les détails
dans leſquels le Roi entre ſur ces matieres & qu'il
aime beaucoup , il a voulu voir ce fameux teſtament , où cette particuliere , très-riche , rappelle
tous ſes parents , tous ſes amis , toutes ſes connoiſſances & les pauvres ſur leſquels elle exerçoit ſa charité , & les comprend chacun dans leur
claſſe , avec une intelligence , une netteté , une divi-
ſion de ce cacul proportionnel , qui annonce un
eſprit vraiment géométrique.

14 *Octobre* 1772. *Les Voyages de Montagne* ,
dont on a retrouvé le manuſcrit , ſont dûs à
une de ces circonſtances heureuſes que le hazard
procure au moment où l'on y compte le moins.
Depuis 180 ans qu'il eſt mort on n'en avoit eu
aucune connoiſſance : on ſavoit ſeulement , par
ce qu'il dit dans ſes *Eſſais* , qu'il avoit voyagé.
M. l'Abbé Prunis , chanoine régulier de Chan-
celade en Perigord , parcouroit cette Province ,
pour faire des recherches relatives à une hiſtoire du Perigord , qu'il compile & digere. Il

arrive à l'ancien château de Montaigne, pof-
fédé par M. le Comte de Segur de la Roquet-
te, pour en confulter les archives. On lui permet de fouiller dans un vieux coffre rempli de
papiers, où l'on ne lifoit plus. C'eft dans cet
amas de manufcrits mis au rebut, qu'étoit le
tréfor en queftion. Ce manufcrit examiné fcru-
puleufement par des Erudits, a été reconnu pour
authentique, à raifon de l'écriture, du papier &
du langage, qui caractérifent à merveille la fin
du 16.e fiecle. Le ftyle a été jugé parfaitement
conforme à celui des *Effais*. Un tiers feulement
du manufcrit eft de la main d'une efpece de Secrétaire, qui parle de fon maître à la 3eme.
perfonne, & qui, fans doute, écrivoit fous fa
dictée : tout le refte, où Montaigne parle à
la premiere perfonne, eft écrit de fa propre
main. On peut voir ce manufcrit curieux chez
le Sr. le Jay, libraire, rue St. Jacques, qui
l'a acheté & offre de le montrer aux amateurs. Il propofe actuellement cet ouvrage par
foufcription.

14 *Octobre* 1772. Le Sr. de Mondonville, maître de mufique de la Chapelle du Roi, eft mort
la femaine derniere à fa maifon de Belleville.
C'eft une perte pour fon art, quoi qu'il ne fît
plus rien depuis longtems. Il avoit compofé plufieurs ouvrages pour le théâtre lyrique, & furtout *Titon & l'Aurore*, qui occafionna tant de
rumeur dans fon tems, & contribua beaucoup
à faire expulfer les Bouffons. Il excelloit pour
le chant d'Eglife, où il occupoit le premier
rang. Ses Motets ont fait longtems le fonds le
plus riche du Concert Spirituel. Lorfqu'il quitta
la direction de ce Spectacle, il les retira, mé-

content des offres de son succeffeur. Depuis il
s'eft arrangé & avoit paffé un Bail de neuf ans,
moyennant 27000 Livres, à condition de fournir lefdits motets toutes les fois qu'il en feroit
requis, d'en diriger l'exécution, de battre la me-
fure, &c. Contre l'ordinaire de fes confreres,
il étoit fi avare, qu'il eft mort fans médecin, ni
chirurgien, & faute de fecours.

15 *Octobre* 1772. Le 4 de ce mois le Sr. Defef-
farts a débuté aux François dans le rôle de
Lifimon du *Glorieux*, & dans celui de *Lucas*
du *Tuteur*. Il continue de repréfenter dans divers autres rôles dits à *manteau* & de payfan.
Cet auteur, homme très puiffant, a une voix
forte, & une bonne phyfionomie. Il eft bien
placé dans l'emploi auquel il fe deftine ; il met
beaucoup de franchife, de naturel & de vérité
dans fon jeu. Le Sr. Bonneval qui fe retire,
laiffera un vuide dans fon genre qu'il eft effentiel de remplir.

16 *Octobre.* On étoit fort empreffé de connoître l'auteur du livre *de la Félicité publique.*
Cet ouvrage parvenu depuis plufieurs mois dans
ce pays-ci, ne commence à fe répandre que
depuis peu & à faire une forte de bruit. On
fait aujourd'hui qu'il eft de M. le Chevalier de
Chatellux, qui s'étoit déja diftingué par quelques Comédies jouées en fociété avec fuccès,
mais qui dans le genre politique & de la morale déploie des talens bien fupérieurs. On lui
reproche cependant beaucoup de paradoxes & furtout un effentiel, fervant de bafe à tout fon
fyftême, favoir, que les Monarques de notre
génération font plus philofophes que les précédens, & les Peuples conféquemment plus heu-

reux ; en un mot , que la Politique eſt mieux entendue , & l'art des Gouvernemens moins imparfait : aſſertion préciſément contraire à celle de M. de Guibert dans ſon excellente introduction , qui elle ſeule vaut mieux que tout le traité en queſtion.

27 *Octobre* 1772. On étoit fort empreſſé de ſavoir quel étoit l'auteur de la préface du poëme *ſur le bonheur* de M. Helvetius , qui fait grand bruit. On l'avoit d'abord attribuée à Duclos , mais les connoiſſeurs l'ont jugée bien ſupérieure à tout ce qu'a fait cet Académicien , d'un mérite trop inférieur à ſa réputation : on a prétendu enſuite qu'elle étoit de M. Saurin , qui écrit en vers avec aſſez de hardieſſe & d'énergie , mais dont la proſe n'eſt point aſſortie à celle-ci : on a fait auſſi l'honneur au Baron d'Olbac de le nommer ! mais le jargon tudeſque de cet Allemand auroit ſubi en cette occaſion une métamorphoſe trop merveilleuſe : on a éclairci aujourd'hui que l'ouvrage eſt de M. le Chevalier de Chatellux , l'auteur de la *Félicité publique*.

18 *Octobre*. *La Réponſe du Chinois* , qu'on avoit attribuée à M. de Voltaire , eſt de M. de la Condamine. Ce n'eſt pas un petit honneur pour ce dernier , qu'on ait pu un inſtant prendre le change , & confondre ſa verve octogénaire avec celle du Vieillard de Ferney.

18 *Octobre*. Dans un ſouper de Virtuoſes donné chez l'auguſte Clairon , ſi connue par ſes talens au théâtre , ſi avide de célébrité , cette actrice laſſe de l'engourdiſſement du public à ſon égard , a voulu faire parler d'elle par quelque ſingularité remarquable. En effet , elle a

Imaginé de faire dans cette fête l'apothéofe de M. de Voltaire. On avoit placé pompeufement le bufte de ce grand homme au milieu de l'affemblée, & là le Sr. de Marmontel, le coryphée de la maifon, a préfenté une ode compofée en l'honneur du nouveau Dieu du Pinde. Mlle. Clairon l'a lue avec fon enthoufiafme le plus véhément, & l'affemblée a beaucoup applaudi.

M. de Voltaire a été bientôt inftruit de cette grande cérémonie; il en a témoigné fa recomoiffance par la réponfe fuivante:

Les talens, l'efprit, le génie

Chez Clairon font très affidus;

Car chacun aime fa patrie

Et chez elle ils fe font rendus

Pour célébrer certaine orgie

Dont je fuis encor tout confus:

Les plus beaux momens de ma vie

Sont donc ceux que je n'ai pas vûs,

Vous avez orné mon image

Des lauriers qui croiffent chez vous;

Ma gloire en dépit des jaloux

Fut en tous les tems votre ouvrage.

M. de Voltaire rend ainfi le change à Mlle. Clairon, en affurant qu'elle a beaucoup contribué au fuccès de fes dernieres tragédies : obligation qu'il lui a en effet, ainfi qu'au Sr. le Kain.

19 Octobre. Entretiens libres des Puiffances

de l'Europe *fur le Bal général prochain*, avec cette Epigraphe : *qui poteft capere capiat.* C'eft un livre récemment arrivé d'Angleterre, recueil d'énigmes qui ne valent pas la peine qu'on pourroit fe donner de les déchiffrer. On n'y trouve ni faits, ni anecdotes, ni efprit, ni méchanceté, ni plaifanterie. Il n'eft ni politique, ni comique, ni fatyrique ; en un mot, c'eft un de ces ouvrages très plats qui ne fe débitent qu'à la faveur du galimathias dont l'enveloppe l'auteur, & de la fingularité qu'il affiche. Deux eftampes dont il eft enrichi, font ce qu'il y a de mieux dens le livre, quoique l'une fignifie peu de chofe, malgré la clef qu'on en donne : l'autre eft un amphigouri, que le diable ne comprendroit pas.

20 *Octobre* 1772. Il vient de nous arriver deux nouveaux pamphlets de M. de Voltaire ; le premier a pour titre : *la voix du Curé fur le procès des ferfs du mont Jura.* Il faut fe rappeller le procès des habitans de St. Claude contre les Chanoines de ce lieu, ci-devant Bénédictins, qui vouloient les empêcher de réclamer contre la fervitude où ils les opprimoient fuivant leurs prétendus droits, par lefquels ils les regardoient comme efclaves *Main - Mortables.* Ce mot vient, fuivant l'Ecrivain, de ce qu'autrefois, lorfque les maîtres n'étoient pas contens des dépouilles dont ils s'emparoient dans les chaumieres de ces malheureux après leur mort, ils les faifoient déterrer ; on coupoit la main droite à leurs cadavres ; & on la préfentoit en cérémonie aux Seigneurs, comme une indemnité de l'argent qu'ils n'avoient pu ravir à leur indigence.

Ils font efclaves dans leurs biens & dans leurs perfonnes ; s'ils demeurent dans la maifon de leurs peres & meres , & s'ils y tiennent avec leurs femmes un ménage féparé, tout le bien appartient aux moines à la mort des premiers , fans que les maîtres foient obligés de payer les dettes des défunts.

Si un étranger vient habiter un an & un jour dans cette contrée barbare , il devient efclave des moines , ainfi que les autres habitans ; s'il acquiert enfuite une fortune dans un autre pays, elle appartient aux moines , ils la révendiquent au bout de l'univers par le droit de pourfuite.

Si ces moines peuvent prouver qu'une fille mariée n'ait pas couché dans [la maifon de fon pere la premiere nuit de fes nôces , mais dans celle de fon mari, elle n'a plus de droit à la fucceffion paternelle : dans les cas douteux , on lance des monitoires , pour faire venir à révélation du fait.

Il paroît par ce Mémoire , qu'un droit auffi barbare qui a déja reçu des atteintes par divers Arrêts du Parlement de Befançon & entr'autres par celui du 22 Juin 1772, n'eft pas encore radicalement détruit ; ce qui excite de nouveau le zele & l'enthoufiafme de M. de Voltaire , qui s'explique aujourd'hui par l'organe du curé.

Il eft affreux en effet que des moines , au nombre de 20 environ , réduifent à l'Efclavage 12000 Citoyens, d'autant que , d'après une differtation fur l'abbaye de St. Claude , fes chroniques, fes légendes, fes chartes, fes ufurpations, & les droits des habitans de cette terre , leurs

titres font fuppofés, & des faux, faits au 12eme
& 13eme fiecle, fuivant les jurifconfultes les plus
éclaircis.

Le Philofophe de Ferney, après avoir raifonné
dans le premier article de cet ouvrage, fe livre
à fon imagination exaltée, donne une vifion à
fon curé, lui fait apparoir Jéfus-Chrift, & tenir
à l'Homme Dieu une converfation très plaifante
& peu de la gravité du Mémoire, avec le Pere
Célerier de ces moines.

Dans le 3e. article, l'auteur fait intervenir
quelques nouveaux Chanoines depuis la féculari-
fation de 1742, qui n'étant point imbus des maximes tyranniques de leurs prédéceffeurs & de
leurs anciens, confentiroient volontiers à l'extinction de leur droit barbare, mais qui n'étant point
en plus grand nombre, gémiffent fur la dureté
de leurs confreres.

On trouve dans ce petit écrit le même genre
d'éloquence de l'auteur en faveur de l'humanité,
joint au même efprit fatyrique contre les moines, l'églife & la religion.

Le fecond ouvrage a pour titre : *Lettre de M.
l'Abbé Pinzo, au furnommé Clément XIV, fon
ancien camarade de college, qui l'a condamné
à une prifon perpétuelle, après lui avoir fait demander pardon d'avoir dit la vérité.*

On voit par cet argument combien le Saint
Pere doit être mal équipé par M. de Voltaire,
qui n'en recevra pas certainement un Bref auffi
flatteur que celui que lui adreffa Benoît XIV.
On ne fait qui peut l'avoir ulcéré contre fa Sainteté, mais on ne peut la maltraiter plus durement
qu'il le fait. Le prétendu Abbé Pinzo lui rappelle
fa baffe extraction, lui reproche fon ambition,

fon hypocrifie & fa cruauté. M. le Maréchal de
Biron ne fera fans doute pas content de s'y
trouver turlupiné ; mais apparemment que M. de
Voltaire ne le craint pas, ayant pour lui M. le
Chancelier.

21 *Octobre* 1772. Le jeune *Veftr'allard*, après
avoir été l'objet des complaifances & de la joie
de fes pere & mere, eft aujourd'hui un objet
de fchifme entr'eux. La Dlle. Allard le réclame,
& veut l'avoir fous fa domination : le Sr. Veftris
lui reproche de l'avoir négligé jufqu'à préfent,
de lui avoir laiffé le foin & les frais de fon éducation ; ce qui annonceroit qu'elle ne veut s'en
emparer que pour toucher fes bénéfices. De-là
un grand procès, que leurs partifans cherchent
à éviter.

22 *Octobre*. Les artiftes, toujours jaloux
les uns des autres, fe déchaînent aujourd'hui
contre le nouveau Pont de Neuilly & le critiquent dans toutes fes parties. Ils n'en aiment
point les piles arrondies, qui, fuivant eux, font
mefquines & reffemblent à de petites jambes
fous un corps coloffal : ils prétendent d'ailleurs
qu'elles ne rompent pas le fil de l'eau auffi
bien que les carnes tranchantes, & ne lui donnent pas conféquemment cette rapidité néceffaire
pour paffer plus fûrement fous les arches. Ils
veulent auffi que l'échappement de la vive-ar-
rête du ceintre & fon évafement en ôtent toute
la grace. Ils en critiquent jufques à la lége-
reté, en difant qu'un pont doit être un monument folide, noble, impofant, & non élégant & agréable ; enfin ils fe plaignent qu'on
en ait furbaiffé les arches, tandis que rien n'y
obligeoit. Cette cenfure part, au gré des gens

de goût & des connoisseurs impartiaux, plutôt d'un esprit d'envie que d'une intelligence bien raisonnée.

23 *Octobre* 1772. On peut se rappeller un trait inséré dans les Gazettes, il y a quelque tems, sur l'Empereur regnant, qui se plaît à voyager incognito & à connoître ainsi la vérité qu'on déguise trop souvent aux Souverains. Ce trait de justice concerne une pauvre femme, qui se plaignit des vexations qu'elle éprouvoit de la part de certains traitans, &c. M. le Blanc a imaginé de composer un Drame sur cette anecdote, ce qu'il a exécuté. Il est intitulé *Albert*; il a trois actes: les Comédiens le repetent à présent, & doivent le donner incessamment.

24 *Octobre.* C'est après-demain lundi qu'on doit jouer la piece nouvelle dont on a parlé: elle est annoncée sous le titre d'*Albert premier*, ou *Adeline*, comédie en trois actes & en vers. Si elle réussit, elle sera jouée vraisemblablement à Fontainebleau.

26 *Octobre.* Le nouvel acteur de la Comédie Italienne prend avec fureur: au plus bel organe du monde, il joint une figure noble & intéressante; il fera bientôt oublier le Sr. Caillaud, si ce succès continue.

27 *Octobre.* La comédie d'*Albert premier*, ou d'*Adeline*, annoncée pour hier, & dont on parloit avec beaucoup d'emphase, n'a point eu lieu; elle a même disparu tout-à-fait de dessus l'affiche. On prétend qu'elle a été arrêtée à la police. Il est étonnant que les Comédiens qui ont été ainsi dans le cas de frustrer le public dans son attente, par leur négligence à remplir cette formalité avant d'afficher une piece, s'y laissent pren-

dre si souvent. Celle-ci étoit d'autant plus dans le cas de cette précaution préliminaire , que prêtant à beaucoup d'allusions sensibles , & étant une critique indirecte du gouvernement actuel , elle pouvoit aisément trouver des observations & des difficultés. La Secte des Economistes est en déroute de l'avanture & jette les hauts cris.

27 Octobre 1772. M. de Voltaire vient de répandre encore de *Nouvelles Probabilités en fait de Justice* , où il fait un dernier effort pour les faire pencher du côté du Comte Morangiès. Il se sert de son arme ordinaire , & couvre le plus qu'il peut de ridicule les adversaires du Maréchal de camp. Sa partialité ordinaire éclate plus que jamais dans cet écrit , & pour cette fois l'apôtre de l'humanité paroît absolument vendu à la faveur. Cette défense est beaucoup plus foible que les premieres , & l'orateur finit par insinuer que le Comte de Morangiès pourroit bien perdre au fond , quoi qu'il n'eût tort que dans la forme : mais il prétend que son honneur sera toujours intact aux yeux des honnêtes gens , & que ses adversaires en gagnant n'en seront pas moins couverts d'infamie.

28 *Octobre*. L'Académie Royale de Musique a remis hier sur son théâtre des Fragmens , composés de *l'Acte de Pygmalion* , de celui de *Tyrtée* , un des Actes des *Talens lyriques* , & de celui du *Devin de Village*. Ces morceaux rebattus , mais toujours agréables au public , lorsqu'ils sont bien exécutés , l'ont été si mal qu'ils ont été hués.

28 *Octobre*. On écrit de Brest que le Comte d'Estaing a été attaqué de coliques violentes , qui l'ont déterminé à rompre son expérience , & à ne

plus coucher à bord du vaiffeau qu'il avoit faif lefter d'eau de mer ; enforte qu'il fe détache de tout projet à cet égard.

28 *Octobre* 1772. M. Piron ayant effuyé depuis peu une chûte , qu'il dit plaifamment être la plus grave qui ait été faite depuis celle d'Adam , ne s'eft pourtant fait aucun mal ; elle a donné lieu à la faillie fuivante de fa part, qu'on peut regarder comme une efpece d'épitaphe :

> J'acheve ici-bas ma route ,
>
> C'étoit un vrai caffe-cou ,
>
> J'y vis clair, je n'y vis goute ;
>
> Je fus fage , je fus fou ;
>
> A la fin j'arrive au trou
>
> Que n'échappe fou ni fage ,
>
> Pour aller .... je ne fais où :
>
> Adieu , Piron , bon voyage.

29 *Octobre.* Il paroît une *Epitre à Horace* de M. de Voltaire , de près de 300 vers. Le Philofophe Poëte François tâche de s'y rendre digne du Poëte Philofophe Romain : il femble lui avoir dérobé fa lyre. Cette nouvelle production eft pleine de graces, d'imagination, de raifon & de fel.

30 *Octobre.* Les ouvriers employés aux travaux & réparations du Colyfée ont tellement remué auprès de M. le Lieutenant Général de Police , que celui-ci a menacé les Entrepreneurs apparens de les faire conftituer prifonniers , s'ils ne fe mettoient en regle vis-à-vis d'eux. ... Ceux-ci qui avoient éludé jufques-là d'annoncer les pro-

priétaires utiles, ont enfin déclaré qu'ils n'étoient que prête-noms. Trois Matadors de la finance sont les vrais chefs de l'affaire : ce sont les Srs. *Dangé*, *de Peyre*, & *Mazieres*, trois Fermiers généraux ; au moyen de quoi les pauvres diables sont rassurés & comptent être payés sûrement.

30 *Octobre* 1772. La piece d'*Albert Premier* semble proscrite sans retour. Madame la Dauphine avoit demandé qu'elle fût jouée à Fontainebleau, mais le Ministere s'y est opposé, & c'est de la cour qu'est émané, à ce qu'on assure, la défense de la donner à la ville.

31 *Octobre.* Les Comédiens Italiens doivent donner aujourd'hui le *Billet de Mariage*, comédie en trois actes mêlée d'ariettes ; les paroles sont de M. Desfontaines, la musique est de M. de la Borde, cet auteur de musique infatigable, qu'aucun échec ne décourage. Des Epigrammatistes annoncent déja plaisamment que le *Billet de Mariage* pourroit bien être un *Billet d'Enterrement.*

31 *Octobre.* M. le Marquis de Chauvelin, tour-à-tour négociateur & guerrier, se repose aujourd'hui au sein de la paix & des arts : à l'olive, au laurier qui couronnent son front, il joint le myrthe. Ami de son Roi, il en partage les plaisirs : quelquefois il se dérobe au tumulte de la cour & vient se réjouir au milieu de sa famille. C'est dans une de ces fêtes qu'est éclose la piece de vers suivante.

On jouoit à la campagne au gage touché. M. Léonard eut pour punition l'obligation de faire sur le champ un Conte des Fées ; il fit cet impromptu, un des plus galans & des plus heureux qu'on puisse trouver.

Conte des Fées, par M. Léonard , à Madame la Marquise de Chauvelin, en jouant au gage touché.

Il étoit une Fée auffi douce que belle ,
    Les arts formoient fes attributs ,
    On voyoit marcher auprès d'elle
    Et les talens & les vertus ;
Mais des graces furtout elle étoit le modele ,
On admiroit fa voix , fon fouris , fon regard ,
Cet air de fuir l'éloge & d'oublier fes graces ,
    D'attirer comme par hazard ,
Et fans l'avoir voulu , tous les cœurs fur fes traces.
Elle avoit un époux , l'ornement de fa cour ,
    Grand guerrier , profond politique ,
Poffédant l'art de plaire , autant que la tactique ,
Et qui fervoit la Gloire , Apollon & l'Amour.
Une autre Fée (1) encor habitoit ce féjour ,
Elle joignoit alors au feu du premier âge
De la maturité le folide avantage :
Tel eft dans fon état le midi d'un beau jour...
Des enfans dignes d'eux ajoutoient à leur gloire...
Mais qu'entends-je , une voix au moment où j'écris ,
Semble me dire : arrête ! ami , tu t'es mépris ;
On te demande un conte & tu fais une hiftoire.
    Ma Mufe a manqué fon objet.

———————————————————

(1) La mere de Madame de Chauvelin.

Mais fur votre indulgence eft-ce à-tort que je
compte ?

C'eft bien votre faute , en effet ,
Si ce récit n'eft pas un conte.

1er. Novembre 1772. On fait la divifion qui regne à l'Opéra entre Mlle. Heinel & le Sr. Veftris ;
elle eft telle que ces deux coryphées ne veulent
point danfer enfemble. Cependant à Fontainebleau
Madame la Dauphine ayant defiré voir un pas de
deux danfé par eux, ils n'ont pu s'y refufer & ils
l'ont exécuté délicieufement. Les Directeurs ont
voulu profiter de cette circonftance pour en étayer
les *Fragmens* qu'ils viennent de remettre , & ils
ont inféré ce pas de deux dans les Ballets. Mais
cet accouplement a tellement déplu à Mlle. Heinel,
que dès le commencement du pas elle a fait fem-
blant de fe donner une entorfe , & s'eft retirée.
Du moins c'eft une malice dont on l'accufe. Ses
partifans affurent que fon accident eft vrai : mais
il paroît que le public n'en eft généralement pas
la dupe. Les Directeurs font outrés de leur côté
& veulent faire révoquer le congé que cette Danfeufe avoit obtenu pour aller paffer fon hiver en
Angleterre.

3 Novembre. *Le Bon Sens* ou *Idées Naturelles oppofées aux Idées Surnaturelles.* Tel eft
le titre d'un livre annoncé depuis quelque tems &
divifé en 206 paragraphes. C'eft un vrai catéchifme d'athéifme , mais ufuel , à la portée de tout le
monde , des femmes , des enfans, des gens les
plus groffiers & les plus ignorans : & c'eft en cela
qu'il eft à craindre qu'il ne faffe beaucoup de pro-
félytes & ne foit infiniment plus dangereux que les
traités

traités savans sur cette matiere. L'auteur ne se sert que de raisonnemens très-simples, d'apologues sensibles & propres à dévoiler efficacement l'inconséquence & l'absurdité prétendues de toutes les Religions, même du Deisme & du Théisme. Les prêtres vont être plus furieux que jamais, d'autant qu'on y fait voir qu'ils sont les seuls intéressés à maintenir le monde dans une éternelle enfance, si l'on excepte les Despotes, dont les intérêts mieux entendus encore les engageroient à chercher une base plus solide & plus glorieuse à leur puissance. Cet ouvrage est écrit purement, mais sans enthousiasme, & d'un style assorti au plan du Philosophe. Il est diffus & se repete souvent, comme tous ceux qui se méfient de l'intelligence de leurs lecteurs & veulent inculquer leurs idées profondement & d'une maniere imperturbable.

4 Novembre 1772. *Jean Hennuyer, Evêque de Lizieux : Drame en trois actes.* C'est un nouvel ouvrage arrivé tout recemment d'Angleterre & qui mérite une discussion particuliere.

4 Novembre. Quoi qu'on ait renoncé à finir le Louvre de longtems & qu'on ait pris le parti d'enlever les débris des échaffauds qui tomboient en pourriture, on s'occupe pourtant de quelqu'embellissement extérieur. On fait déblayer la place en face de la Colonnade, on la dégage de toutes les petites échoppes qu'on y avoit établies, & l'on se propose, quand le sol sera bien nivellé, bien égal, d'y mettre des gazons, qu'on encadrera ; ce qui formera un coup d'œil agréable, & laissera toute la facilité de voir le point de vue de ce bel édifice.

5 Novembre. Le propos indiscret, n'est

qu'un petit pamphlet d'une feuille : c'eſt un Commentaire d'une phraſe de M. le Duc de la Vrillière aux Députés des Etats de Bretagne. Ce Miniſtre , lors de l'approche de leur ouverture , leur écrivit pour les prévenir que s'ils s'occupoient du rappel du Parlement, les Etats feroient caſſés dans trois jours. On fait voir toute l'indécence de cette menace , également contraire aux droits des Peuples & à la légitime autorité du Monarque.

7 *Novembre* 1772. M. de la Borde fait répéter actuellement à l'Opéra ſon *Adele de Ponthieu* , nouvelle tragédie lyrique , qu'il eſt queſtion de jouer. Comme cet ouvrage eſt dans le grand genre , & qu'on le juge de beaucoup au deſſus des forces du compoſiteur , on ne doute pas qu'il n'échoue une ſeconde fois. Ses amis en tremblent pour lui.

8 *Novembre*. L'Académie Royale des Sciences vient de donner ſon approbation à l'invention nouvelle d'un *poële hydraulique , économique & de ſanté ,* qui par un bain-marie combiné ſagement avec les matieres combuſtibles , tempère la chaleur ſeche du bois par la chaleur humide de l'eau bouillante ; en forte qu'il en réſulte un air mollement imprégné de vapeurs douces très-ſalubre , & une grande épargne ſur la dépenſe. La Faculté de Médecine a auſſi applaudi à cette découverte , & par un décret qu'elle a rendu à ce ſujet , annonce tous les avantages qui en réſultent pour ceux que les poëles ordinaires incommodent.

9 *Novembre*. Il eſt des gens qui regrettent la piece du *Billet de Mariage* & prétendent qu'elle pourroit reparoître avec avantage. Elle roule ſur

une anecdote affez finguliere de la vie du Pere du Roi de Pruffe. Ce Monarque , qui aimoit les hommes de grande taille , ayant rencontré à la chaffe une payfanne jeune , très - grande & bien faite , eut l'idée de la marier au plus bel homme de fes Gardes ; il donna un billet à cette villageoife , fous le prétexte d'une commiffion pour le Colonel qui les commandoit. Il lui mande de marier fur le champ , avec une dot , celle qui lui remettroit fon billet , au vigoureux grenadier qu'il défignoit. La jeune perfonne , arrêtée par quelqu'autre objet , qui ne connoiffoit pas le Roi , ne tenant pas grand compte de la Lettre , en chargea une vieille payfanne. L'ordre de S. M. étoit précis & l'officier n'ofa prendre fur lui de différer. Il fit ce bizarre accouplement , dont le Prince rit beaucoup à l'éclairciffement. On fent effectivement qu'il y avoit un parti excellent à tirer de cette plaifante avanture.

10 *Novembre* 1772. Un des livres contre la religion le plus dangereux par fon adreffe, fa logique & fon érudition, c'eft fans contredit *l'Examen des Apologiftes de la Religion Chrétienne*, attribué au fçavant Freret. On vient d'imprimer des *Recherches fur les Miracles* , qu'on fuppofe émanées de lui & qui ne tendent pas moins que celui-là à la deftruction du Chriftianifme , en l'attaquant dans une de fes parties effentielles , dans fon état le plus propre à en impofer au vulgaire crédule.

L'auteur quelconque du nouveau traité établit, 1°. Que l'on a foutenu de tout tems dans l'églife que les Miracles ne prouvoient point par eux-mêmes la vérité du parti dans lequel ils s'étoient faits. K 2

2°. Que la principale preuve d'une Religion véritable devoit être à la portée de tous les hommes.

3°. Qu'il est très-difficile de conftater les Miracles.

4°. Que les monumens, les fêtes & la tradition ne prouvent pas la vérité des Miracles.

5°. Qu'on prend fouvent pour Miracles des chofes très-naturelles.

6°. Que l'imagination produit fouvent des chofes extraordinaires, que l'on prend pour des Miracles.

7°. Qu'on ne fauroit trop fe défier de l'impofture en matiere de Miracles.

8°. Qu'il faut fe mettre en garde contre la crédulité des prêtres & des peuples en matiere de Miracles.

9°. Que les Payens, les Juifs, les Mahométans & prefque toutes les Sectes Chrétiennes ont foutenu qu'il fe faifoit dans leur parti des Miracles qui prouvoient pour eux.

D'où le Philofophe conclut, qu'il faudroit que, pour qu'une religion fût reconnue pour vraie, qu'elle eût des preuves bien plus claires & plus fenfibles que celles tirées des Miracles, qui, comme il le démontre, ou ne prouvent rien, ou prouvent également pour toutes les religions de la terre.

On ne peut qu'admirer l'art avec lequel l'auteur de ce traité emprunte fes armes de chez fes adverfaires mêmes, & les combat par leurs propres raifonnemens. Du refte, même fimplicité de ftyle, même clarté, même fens froid, que dans l'*Examen des Apologiftes*, &c, ce qui feroit affez préfumer que cet écrit fort en effet de la même plume.

11 *Novembre* 1772. Les ennemis du Sr. Souflot, architeéte de la nouvelle Eglife de Ste. Genevieve, triomphent en ce que voilà l'année des travaux qui expire, fans que la coupole foit encore élevée. Celui-ci ne paroît point ému de ces rumeurs : il dit qu'il a voulu prévenir un inconvénient très-ordinaire en France aux édifices modernes, & dont on voit un exemple fenfible dans l'églife de St. Sulpice ; c'eft que, lorfque l'effentiel eft fini, on retire les fecours néceffaires pour les embelliffemens, & l'ouvrage refte imparfait. Il a donc préféré de faire terminer les ornemens extérieurs pour ne faire fa coupole qu'à la fuite. D'autres veulent qu'il ait fenti la force des objeétions de fon adverfaire, le Sr. Patte, & qu'il s'occupe férieufement à chercher les moyens de parer aux inconvéniens qu'il lui annonce comme démontrés géométriquement.

12 *Novembre.* Le Drame de *Jean Hennuyer*, en trois aétes & en profe, eft dans le goût de la piece de *François Second*, de M. le Préfident Hénault, c'eft-à-dire qu'il roule fur des faits hiftoriques & en embraffe une grande quantité, quoique compris fous une feule époque, qui eft le *Maffacre de la St Barthelemi* du 24 Augufte 1572, & en cela il eft infiniment plus régulier que le modele, puifque l'auteur y a confervé les trois unités. On voit par le fond de ce riche Drame, combien il doit être auffi fupérieur aux autres de la même efpece joués fur la fcene, tels que le *Fils naturel*, le *Pere de famille*, par le grand intérêt qui en fait le pivot. Des fituations romanefques & invraifemblables ne peuvent approcher

K 3

de celles que nous préfente un plan établi d'après des détails qu'on trouve dans tous les Mémoires du tems. Le mérite du poëte confifte donc, non dans l'invention, mais dans l'art de les avoir rapprochés & adaptés à un fujet fimple & unique. Du refte, fes caracteres font bien tragiques : on y trouve des oppofitions, des repouffemens, & les ombres néceffaires pour les faire reffortir. Point de hors-d'œuvre, d'incident étranger, ou ridicule : la piece marche & parvient à une cataftrophe heureufement déterminée, après avoir fait paffer le lecteur par les diverfes révolutions dont eft fufceptible le cœur humain.

Il paroît au furplus que ce Drame n'eft qu'un cadre intéreffant, dont l'Ecrivain s'eft fervi pour amener plus naturellement & en action quelques Differtations vives fur la réfiftance qu'on doit oppofer aux ordres du Souverain, quand ils répugnent au bon fens, à l'humanité, à la nature, à la religion ; pour faire fentir l'abfurdité d'une obéiffance aveugle & paffive, comme les Defpotes l'exigent, & comme voudroient la faire adopter les apôtres du Miniftere actuel ; pour inculquer, au contraire, cette force d'inertie fi effentielle & fi efficace dans les tems critiques & orageux.

On conçoit par cet expofé combien l'ouvrage doit être rare & profcrit : il eft précédé d'une préface vigoureufe, écrite avec beaucoup d'énergie, où l'on répand des vérités dures à entendre aux Rois, mais falutaires & qu'on ne fauroit trop divulguer. Le ftyle du Drame eft plus fimple, quoique d'un coloris fort & rembruni dans les morceaux qui l'exigent, & fur-tout dans la defcription du maffacre de la St. Bartehlemi.

13 *Novembre* 1772. Mlle. Dubois, qui depuis

long-tems étoit à la Comédie Françoise, comme
n'y étant point, puisqu'elle ne jouoit presque plus,
a satisfait enfin au desir de ses camarades & a déclaré qu'elle se retireroit. Elle est dans la plus amere
douleur de la mort de M. Gauthier, son amant ;
elle l'affiche avec toute l'affectation digne de son
état de Comédienne, & ne veut point le céder
aux illustres desespoirs des Preville, des Hus, des
Allard, des Peslin, &c. Elle est depuis ce tems
renfermée dans l'intérieur de son appartement, elle
se refuse à tous les genres de dissipation & à voir
qui que ce soit. Comme cette actrice a la tête très-
foible, ses amis craignent que ces vapeurs excessi-
ves ne la lui tournent tout-à-fait.

14 Novembre 1772. On annonce un tableau de Raphaël d'Urbin, qu'un arracheur de dents, brocan-
teur, intriguant, &c. nommé le Roy de la Fau-
diniere, a acheté dans une vente pour moins d'une
pistole & qu'il veut vendre cinquante mille écus. Il
prétend prouver l'origine de ce tableau du grand
maître en question, par la gravure qui en a été
faite dans le tems & qu'il a aussi retrouvée par un
hazard heureux. En effet, il ne paroît pas douteux que le sujet pareil n'ait été traité par Raphaël ;
mais celui-ci est-il l'original ? n'existe-t-il dans
aucun des Cabinets de tableaux de l'Europe ? n'a-
t-il pas péri dans des circonstances desastreuses,
ou n'est il pas ignoré en quelque coin comme
l'étoit le tableau d'aujourd'hui ? Ce sont des questions qu'il s'agit d'éclaircir. Au reste, le posses-
seur ne semble pas craindre l'examen des curieux
& des artistes. Après avoir restitué ce trésor dans
toute sa beauté, il l'a enrichi d'un cadre superbe;
il l'a intitulé *Raphaël d'Urbin*, de son autorité,

& il le montre fans difficulté à tous les amateurs, qui veulent l'aller voir.

15 *Novembre* 1772. On fait actuellement les Repétitions d'*Adele de Ponthieu* à l'Opéra. La ceſſation des ſpectacles à Fontainebleau va mettre les acteurs en état d'exécuter inceſſamment celui-ci. Le Sr. de la Borde s'eſt fait étayer pour la muſique de quelques artiſtes & ſur-tout du Sr. le Berſon. On n'épargne rien pour la magnificence extérieure, & les Menus devoient prêter les habillemens de *la Tour enchantée*, Spectacle donné pour le mariage de Madame la Dauphine, & dont la richeſſe frappe d'étonnement tous les ſpectateurs.

17 *Novembre*. La Lettre écrite au Roi par la Nobleſſe de Normandie eſt noble, ferme & reſpectueuſe ; elle y expoſe dans toute leur étendue l'infraction des droits de la Province, l'excès du Deſpotiſme ſous lequel elle gémit, & qui s'appéſantit journellement ſur la tête des citoyens, mais elle en rejette toute l'iniquité ſur les abus d'un miniſtere oppreſſif, & ſur l'obſeſſion où il tient le Monarque. C'eſt donc à ſa Juſtice éclairée qu'elle a recours pour remédier à ſes maux : elle n'invoque que S. M. contre S. M. même.

L'article de l'exil des Princes y eſt traité fort adroitement & de façon à devoir les intéreſſer à concourir à cette Requête par de nouvelles inſtances qu'ils auroient faites par écrit, ſorte de moyen de parvenir au trône qui ne leur eſt pas interdit.

Cependant, c'eſt contre un acte de liberté auſſi naturel, auſſi légitime, que l'on ſévit de la fa on la plus abſolue & la plus mépriſante. Un nommé

Chenon , Commiffaire au Châtelet de Paris , &
le Sr. d'Emmery , Exempt de Police , fi fameux
pour les Captures , ont été envoyés feuls & fans
autre appareil de Magiftrats & de défenfe , ils
vont de château en château & forcent chaque
Gentilhomme à fe rétracter , ou lui fignifient une
lettre de cachet qui le dépayfe & l'exile en un
lieu , qu'ils rempliffent fuivant leurs inftructions.
La douceur avec laquelle cette miffion s'exécute,
& l'exiftence de ces deux individus qui dans des
tems plus orageux auroient difparu pour toujours
depuis long - tems , font une preuve bien fenfible de la foumiffion de cette Nobleffe qu'on punit
comme turbulente.

18 *Novembre* 1772. On trouve dans le fecond
volume de *l'Hiftoire Politique du Commerce des
Européens dans les deux Indes* , page 179 &
fuivantes , imprimée il y a deux ans , une prédilection littérale & entiere de la Révolution arrivée en Suede. Cette anecdote finguliere a frappé
les curieux & l'on eft à même de vérifier la chofe.

19 *Novembre.* Avant - hier Mlle. *Virginie* ,
nouvelle débutante à l'Opéra pour remplir les
rôles de Mlle. Arnoux , a chanté pour la premiere fois un morceau féparé. L'emphafe avec
laquelle on l'avoit annoncée , avoit engagé beaucoup d'amateurs à s'y rendre. On a trouvé fa
voix affez onctueufe : mais elle eft fi gauche fur
la fcene , qu'elle a déplu généralement ; cependant on ne peut encore rien prononcer définitivement fur fon compte.

20 *Novembre.* Un nommé *Dupré* , à force
de combinaifons chymiques , avoit retrouvé l'invention , du *feu gregeois* , c'eft-à-dire de ce feu
qui fe développe dans l'eau & n'en acquiert que

K 5

plus d'activité. Le Gouvernement , auquel il avoit offert son secret, avoit eu la sagesse de ne vouloir pas employer ce funeste moyen de multiplier la destruction de l'humanité , & lui avoit fait en même tems une pension pour qu'il ne le vendît à aucune Puissance. L'inventeur moderne vient de mourir , & l'on craint qu'on n'ait trouvé dans ses papiers des renseignemens sur son art détestable ; on a pris toutes les précautions possibles pour prévenir les suites d'une telle promulgation.

21 *Novembre* 1772. Une contestation est prête à s'élever entre M. le Prince de Nassau (Mailly, car il n'est pas reconnu Prince en Allemagne) & Mlle. Fleury , une des impures très renommée qui excite actuellement les hommages de Nosseigneurs. Celle - ci a vécu longtems avec M. le Prince de Nassau : il l'a quittée grosse, il en est venu un enfant, dont elle a déclaré à l'église pour pere le Prince en question : il a en conséquence été baptisé sous son nom. Celui - ci absent a été fort allarmé de cet événement ; il a fait des démarches pour se faire rayer de l'acte baptistaire, & comme cela n'est pas possible , il est en instance pour l'exiger en justice. On ne doute pas qu'il ne perde: l'usage constant de ce pays - ci étant qu'une fille , même publique , ayant pour elle la notoriété de l'habitation préalable , en soit crue sur sa simple déclaration; ce qui donne au bâtard le droit d'exiger ensuite en justice une pension alimentaire de son pere.

L'enfant devoit être tenu par Mlle. Arnoux & par M. de Segur. Mais la première étant aux Eaux de Spa , lors des couches de Mlle. Fleury , le dernier n'a paru que par procuration. Ce qui lui a évité une rixe avec le Prince de Naſſau , qui lui attribuoit ce mauvais tour.

25 *Novembre* 1772. Il y a une grande fermentation dans le tripot comique à l'occaſion du Sr. Molé , qui dans un comité des hiſtrions a dit des choſes dures à la Dame Preville. Son mari a pris fait & cauſe pour elle ; ils ont porté des plaintes aux Gentilshommes de la chambre: on a exigé que l'inſolent fît des excuſes à l'inſultée: ce ſuperbe perſonnage s'y eſt refuſé , & a préféré de demander ſa retraite ; il doit quitter à Pâques. Les amateurs du théâtre eſperent que cela ſe raccommodera d'ici - là ; *querelles de Vilains ne durent pas d'ordinaire* , & le Sr. Molé ſentira le danger de perdre ainſi huit à dix mille livres de rentes pour un faux point d'honneur.

27 *Novembre.* M. le Comte de Lauraguais, abſent depuis plus d'un an de France , eſt à la veille d'y revenir. Avant qu'il prît ce parti il a engagé M. le Duc ſon pere à en demander l'agrément au Roi. S. M. a répondu à cet égard d'une façon très indifférente. Il paroît que le Mémoire de ce Seigneur, dont on a rendu compte & qui auroit dû naturellement lui faire tort , n'a produit aucune ſenſation à la Cour. Il eſt bientôt tombé dans l'obſcurité, & il n'a ſervi qu'à prouver que ſon auteur n'entendoit pas même le mauvais latin des Capitulaires de Charlemagne.

28 *Novembre.* Le Sr. Thierrot eſt mort depuis peu de jours âgé de 76 ans. Il avoit l'honneur d'être depuis longtems le Correſpondant Littéraire du Roi de Pruſſe ; il s'étoit même acquitté de cette fonction , lorſque ce Monarque n'étoit

K 6

que Prince Royal. C'eſt un homme de Lettres qui n'avoit rien produit, mais puiſſamment riche des productions des autres, il avoit la tête meublée d'une quantité d'anecdotes extrêmement curieuſes & qu'on craint de perdre, parce qu'il n'écrivoit rien, ſe fiant beaucoup à ſa mémoire. Il étoit bibliographe & ſe connoiſſoit très bien en livres.

On lui fait le reproche d'avoir été l'eſpion de M. de Voltaire, c'eſt-à-dire d'avoir entretenu une correſpondance réguliere avec ce grand poëte, où il lui rendoit habituellement compte des ouvrages qui paroiſſoient contre lui, lui déſignoit ſes ennemis, le mettoit ſur leur piſte, & lui fourniſſoit tous les matériaux néceſſaires pour exercer ſes vengeances implacables. Ce rôle, qu'on auroit pu attribuer à l'amitié intime dans laquelle il avoit vécu avec le Philoſophe de Ferney, ſeroit inexcuſable, ſi, comme le prétendent les accuſateurs du défunt, il ne l'eût joué qu'à titre de très humble ſerviteur de M. de Voltaire & de ſon gagiſte.

29 *Novembre* 1772. On eſt plus content à l'Opéra de Mlle. *Virginie* : dès la ſeconde fois de ſon apparition ſur la Scene, elle y a eu l'air beaucoup moins gauche, & chaque jour elle fait des progrès dans ſon jeu, qui annoncent ſenſiblement ſon intelligence : ſa voix plaît beaucoup auſſi. Mlle. Arnoux, qui cherche à ſe faire regretter, doit paroître dans l'Opéra de M. de la Borde, annoncé pour mardi prochain, 1 Décembre.

29 *Novembre*. On ſait que *l'Amoureux de quinze ans*, eſt une piece faite à l'occaſion du mariage de M. le Duc de Bourbon avec Mlle.

d'Orléans. Mrs. Laujon & Martini, auteurs de cet ouvrage & qui femblent avoir envie de mettre en Opéra Comique toute la vie de ces Auguftes Epoux, en ont fait une feconde à la naiffance du Duc d'Enguien: elle a été jouée à Chantilly avec le plus grand fuccès ; elle a pour titre *le Nouveau né*, & l'on affure que c'eft lui qu'on repete aujourd'hui aux Italiens.

30 *Novembre* 1772. Les Comédiens François repetent actuellement la tragédie *des Loix de Minos* de M. de Voltaire. La bonne opinion qu'on en avoit répandue d'abord ne fe foutient pas, & l'on dit aujourd'hui cette piece très médiocre.

30 *Novembre.* Des Etrangers fe propofent de donner ici un Spectacle à machines, confidérable, qui repréfentera le jugement dernier. Comme c'eft un Spectacle pieux, la Police leur avoit permis de conftruire leur théâtre dans l'Eglife de la Coûture Ste. Catherine, qui eft inhabitée & qu'il a même été queftion de démolir pour former un marché dans cet emplacement. Mais quand il a fallu avoir la permiffion de M. l'Archevêque pour la tranflation des cadavres qui font en ce lieu, le Prélat n'a jamais voulu y confentir ; il s'eft même recrié fi fortement contre le fcandale, que la Police a été obligée de rétracter fon ordre, & de faire défenfes aux Entrepreneurs de continuer leurs travaux. Ceux-ci, qui ont déja fait beaucoup de frais, plaident au Confeil, tant pour avoir un autre local que pour obtenir une indemnité. Le motif fecret du Prélat eft, que cette Eglife appartenoit aux Genovefains, qu'on a tranfmis à la maifon profeffe des Jéfuites ; qu'il ne défefpere point du retour de ces Peres & qu'il veut toujours laiffer aux ufurpateurs un lieu pour fa re-

tirer & faire place aux anciens poſſeſſeurs.

Les Dévots, qui n'entrent point dans la politique profonde & rafinée de M. l'Archevêque,
ſont ſurpris qu'un Prélat auſſi religieux ſe ſoit
oppoſé au Spectacle Saint dont on a parlé. Ils
auroient été fort aiſes de trouver une occaſion
de jouir ſans péché d'un tel divertiſſement, qui
peut-être auroit édifié les prophanes & ramené
inſenſiblement ces tems heureux du théâtre en
France, où l'on jouoit ſur la ſcene les Myſte-
res de la Paſſion. Les gens de goût, d'un autre côté, gémiſſent qu'on ait ſongé un inſtant à
laiſſer s'établir ſolidement une farce puérile, ca-
pable de nous replonger dans une barbarie ſu-
perſtitieuſe, dont nous ſommes à peine échappés.

1er. *Décembre* 1772. Hier à la Comédie Françoiſe, un inſtant avant que la grande piece com-
mençât, un particulier s'eſt levé dans l'orcheſtre
ſur la banquette où il étoit aſſis, & ſe tournant
vers le parterre, il lui a demandé un moment
d'audience. La nouveauté du ſpectacle a ſuſpendu
l'attention générale: il a dit qu'il ſe nommoit
Billard, qu'il étoit fils d'un bourgeois Secrétaire
du Roi, Receveur des Tailles; qu'entraîné par
l'amour des Lettres il étoit venu à Paris pour y
préſenter aux Comédiens une piece de ſa façon,
intitulée *le Suborneur*, piece approuvée par quantité de connoiſſeurs, mais rejettée par les hiſto-
riens; que depuis il avoit inutilement tenté auprès d'eux tous les moyens de la leur faire accepter: qu'indigné de ces refus multipliés, il avoit
enfin déclaré une guerre ouverte à leur mauvais
goût, qu'il les avoit traités tous en général &
chacun en particulier avec tant de mépris, qu'il
ne ſe flattoit plus de rien obtenir de tels juges,

devenus ses ennemis : mais qu'il en appelloit au Parterre assemblé ; qu'il alloit lui lire sa Comédie, & que s'il la jugeoit digne de ses suffrages, il attendoit de sa bonté qu'il forceroit par ses acclamations l'aréopage comique à l'accepter. Il se mettoit en devoir de lire son *Suborneur*, lorsqu'un Sergent est venu lui mettre la main sur le collet ; il a tiré un instant son épée, qui lui a été arrachée & on l'a conduit au corps-de-garde. Pour éviter le tumulte on a commencé sur le champ le *Comte d'Essex*, & la tragédie a été écoutée fort tranquillement ; mais entre les deux pieces le Sr. Molé étant venu pour annoncer, on ne l'a point laissé parler. Il ne s'est élevé qu'un cri du parterre, pour redemander l'auteur du *Suborneur*. L'acteur confus s'est retiré : le bruit ne faisant qu'augmenter, on a fait entrer 30 hommes de garde dans le parterre ; on en a arrêté plusieurs, & cela a fait une scene très tumultueuse.

Le Sr. Billard cependant étoit au corps-de-garde, qui vouloit lire sa piece aux soldats & les faire juges de son procès : on l'a traité comme un fol & il a été conduit à Charenton.

1 *Décembre* 1772. On a fait une plaisanterie assez méchante sous le nom de l'abbé Lilas, où l'on tourne en dérision l'auguste cérémonie de l'inauguration du Buste de M. de Voltaire, exécutée au mois de Septembre chez Mlle. Clairon. Cette facétie est attribuée à M. Dorat, maltraité précédemment par M. de Voltaire & que son attachement au Sr. Freron rend ennemi né du parti Encyclopédique & de tous ses adhérens.

2 *Décembre*. Quoiqu'on fût assez générale-

ment perfuadé que le nouvel Opéra n'auroit aucun fuccès, le public s'y eft rendu avec un empreffement extraordinaire, moins pour la chofe
même que pour l'acceffoire des décorations & des
habillemens.

Dans un Avant-propos affez bien écrit, M.
de St. Marc, auteur du Poëme, annonce que
le defir de voir fur la fcene la pompe & les
ufages refpectables de la Chevalerie, fans aucun
mêlange fabuleux, a fait naître l'idée de cet
Opéra.

Rien en effet de plus fimple que le fujet.
Guillaume, Comte de Ponthieu, a pour fille
Adele. Il la donne en mariage à *Alphonfe*,
Chevalier Etranger, parce qu'il ignore la paffion qu'elle a pour *Raymond de Mayenne*, parent du Comte & fimple Ecuyer. Celui - ci
apprend que l'époux futur d'Adele a conçu des
foupçons fur la vertu de cette Belle; il en prend
la défenfe & offre de la foutenir dans un combat fingulier : ce qui donne lieu d'éclaircir l'a-
mour fecret dont il brûle à fon tour pour la
Princeffe. Il eft vainqueur & époufe l'héroïne.

Malgré cette fimplicité d'action, cet Opéra en
trois actes feulement, offre beaucoup de fpectacle, mais roulant entiérement fur les cérémonies
de la Chevalerie, dont le Poëte a emprunté les divers détails de l'excellent ouvrage, où M. de Ste.
Palaye traite à fond cette romanefque & curieufe
matiere.

Dans le premier acte s'éleve la querelle entre
les deux contendans & le défi fe donne.

Dans le fecond Raymond eft armé Chevalier par le Comte, avec tout l'appareil du cérémonial néceffaire, pour qu'il puiffe paroître

contre Alphonfe, déjà revêtu de ce grade important.

Le 3e. préfente les divers préparatifs du combat,
ce qui le précede, le combat même & le triomphe
du vainqueur.

Pour qu'un tel Opéra eût eu le fuccès défiré,
il auroit d'abord fallu de la part du poëte un art
fingulier pour jetter de l'intérêt dans les fcenes,
y répandre la fenfibilité de l'amour, qui eût con-
traflé avec les efforts généreux de l'honneur &
de la gloire, & remplir par un dialogue tendre
tour à tour & fublime le vuide du fujet. Il eût
enfuite fallu qu'un muficien en état de manier les
grandes paffions eût fecondé le premier de tout
fon talent, & eût foutenu l'ame dans les tranfports où le poëte l'auroit exaltée; qu'il eût tem-
péré ces grands mouvemens par des airs de fym-
phonie chantans & agréables, qui euffent de tems
en tems donné du repos au fpectateur. Rien de
tout cela : le poëme eft d'une féchéreffe, d'un froid,
d'un dur, d'une platitude qu'on ne peut rendre :
la mufique eft un cahos non débrouillé, où tous
les modes fe trouvent confondus, qui ne fait
éprouver que des demi-fenfations, où le favant
eft fouvent à côté du trivial, le moderne auprès
de l'ancien ; mélange bizarre, qui repugne également aux diverfes efpeces de fpectateurs.

Les décorations même manquent d'optique,
& le combat dont tout l'appareil eft vraiment
impofant, n'a pas foutenu l'effet qu'il avoit commencé de produire par la maniere gauche & burlefque dont les champions fe font efcrimés.

De tant de chofes il n'eft donc à louer que les
habillemens & les Ballets : les premiers font riches
& galans ; quant aux feconds, nos éloges ne peu-

vent tomber que fur l'exécution. Nous avons dit
que les fymphonies étoient fans agrément & des
plus médiocres.

Comme l'on annonce à la tête de l'ouvrage les
Srs. *de la Borde* & *Berton* pour les Compofi-
teurs de la Mufique; que tout y eft tellement
confondu qu'on ne diftingue aucune maniere, on
ne peut favoir à qui attribuer la chûte de cet
Opéra, fi complette au furplus que chacun peut
s'en attribuer fa part.

3 *Décembre* 1772. M. de la Harpe doit faire
paroître inceffamment une *Réponfe d'Horace à
M. de Voltaire :* comme elle eft annoncée avec
beaucoup de prétention, la Littérature eft dans
l'attente de cette brochure importante. Pour
la faire defirer davantage, l'auteur a eu la cruauté de n'en laiffer prendre copie à qui que ce
foit.

3 *Décembre.* C'eft mardi prochain que
doit fe faire l'ouverture du théâtre de ville de
Mlle. Guimard , à fa nouvelle maifon de la
chauffée d'Antin, appellée *le Temple de Terp-
ficore.* Cette annonce excite la curiofité des amateurs & c'eft une fureur pour avoir des billets.
On doit jouer *la Partie de chaffe d'Henri IV ,*
& *la Vérité dans le vin.* Ce font des acteurs
de la Comédie Françoife qui doivent exécuter
la premiere piece. Envain M. le Maréchal
Duc de Richelieu s'étoit oppofé à cet abus &
avoit arrêté avec les autres Gentils - hommes
de la Chambre qu'il n'auroit pas lieu, M. le
Maréchal Prince de Soubife & le Sr. de la
Porte qui ont l'oreille du Roi & qui font les
principaux tenans de cette Danfeufe , ont fait
donner aux Comédiens un ordre de S. M.

qui annulle celui des Gentilshommes de la Chambre.

4 Décembre. On ne sauroit rendre tout le mal qu'on dit du nouvel Opéra ; le Poëme est si mauvais que les acteurs même n'y peuvent déployer aucun jeu , & la musique si baroque , que le chanteur n'y trouve rien à exprimer. Mlle. Arnoux qui a un talent si décidé pour la scene , a été obligée de s'en tenir aux attitudes & à faire les beaux bras , son rôle n'étant susceptible d'aucune onction ; & le Sr. le Gros , qui n'est point acteur , n'a pu dédommager par la beauté de son organe dans un chant où il ne se trouve rien pour le faire valoir,

5 Décembre. L'Epitre d'Horace à M. de Voltaire est fort au dessous de l'idée que les Partisans de M. de la Harpe en avoient donnée ; elle est également indigne & de celui qu'il fait parler & de celui auquel il parle. Il auroit fallu , pour bien exécuter le projet , par un art fort au dessus des forces de l'auteur , y répandre cette aimable philosophie du Poëte Romain , sa délicatesse à louer , sa finesse à censurer , & surtout éviter ce ton dur , ce style injurieux & grossier , ces personnalités directes , dont son héros lui a donné le modele , & qu'il a trop imité. On est surpris que la Police ait toléré dans cet écrit , qui se vend publiquement , une pareille licence , bien digne de son animadversion.

5 Décembre. Les arts viennent de faire une perte considérable en la personne du Sr. Vassé , Professeur de l'Académie Royale de Peinture & de Sculpture : on doit d'autant plus le regretter actuellement , qu'il laisse imparfait un grand mo-

nument dont les modeles faifoient defirer la ter-
minaifon. Il étoit chargé du Maufolée du Roi
Staniflas, qui s'exécutoit en marbre dans fon
attelier : il devoit être placé à Nancy dans l'églife
de Bon Secours, en face de celui de la Reine
de Pologne.

Il exécutoit encore en marbre un autre monument relatif au cœur de la feue Reine, qui
doit être placé dans la même Eglife, felon l'intention de cette Princeffe.

7 *Décembre* 1771. Le Sr. Roëttiers le fils,
Académicien de l'Académie Royal de Peinture
& de Sculpture, Graveur général des mon-
noyes de France, vient de mourir. C'eft un
artifte qui n'eft pas moins digne d'être regret-
té que le Sr. Vafté. Il étoit même plus unique dans fon genre : fes Médailles étoient des
bas-reliefs admirables. On peut le voir tout
recemment dans celle frappée en mémoire de
la cérémonie du déceintrement du Pont de
Neuilly.

9 *Décembre*. Lundi dernier la Comédie Françoife a encore été fort orageufe : le Sr. Pon-
theuil faifant le rôle d'Achille dans l'*Iphigenie*
de Racine, défagréable au public & comme
mauvais acteur & comme Eleve de Preville,
aujourd'hui fa bête noire, depuis l'hiftoire du Sr.
Billard, dont il a caufé la folie par fon impertinence outrée envers lui, a été hué dès qu'il a
paru : à chaque couplet nouveaux fiflets. Il s'eft
échauffé, a perdu la tête, & a apoftrophé le
public en le fuppliant de l'écouter avant de le
juger. On a d'abord eu égard à fa fupplique,
mais en général il a été très vexé dans tous les
endroits où il manquoit : on l'a cependant ap-

plaudi dans que'ques autres. Malgré cela , le Supérieurs intimidés par la fcene de Marfeille , qu'on avoit apprife ce jour-là & par la fermentation qui regne depuis quelque tems dans le Parterre , ont fait revenir cet acteur fur le théâtre , faire des excufes au public , très plattes , très entortillées & plus indécentes que fon premier propos : cela pourtant a paffé.

9 *Décembre*. Le Spectacle de Mlle. Guimard s'eft ouvert hier , malgré les nouveaux efforts de M. l'Archevêque de Paris. Pour contenter en partie ce Prélat, on a fupprimé la piece de *la Vérité dans le vin* , & l'on a dit le quolibet que Monfeigneur ne vouloit pas qu'elle fortît du tonneau , plus que du puits. On y a fubftitué une farce en Pantomime , intitulée *Fig. malion*, c'eft-à-dire une parade faifant la parodie de cet acte. La falle a paru de la plus grande élégance. C'eft en petit celle de Verfailles. Il y a des loges ouvertes & des loges grillées. Elle contient environ 500 perfonnes. L'Affemblée étoit charmante par la quantité de filles du plus joli minois & radieufes de diamans : en hommes la compagnie étoit très bien compofée : deux Princes du Sang s'y font trouvés , M. le Duc de Chartres & M. le Comte de la Marche.

9 *Décembre*. On commence à déferter *Adele de Ponthieu* , & non fans lâcher le petit mot pour rire : on dit *que c'eft un Opéra de cinq marcs , qui ne pefe pas une once.*

16 *Décembre* 1772. Une meffe en mufique exécutée le 4 de ce mois aux Petits Peres pour le repos de l'ame de Mondonville, excite une grande fermentation parmi les amateurs & gens à ta-

lent de cette efpece. Elle eft de la compofition du Sr. Floquet, jeune homme qui donne les plus grandes efpérances ; mais il faut voir s'il les foutiendra.

17 *Décembre.* Il paroît un *Teftament Politique de M. de Silhouette*, ancien Contrôleur général des finances. Cet écrit, s'il fut réellement forti de la plume de ce Miniftre, auroit pu être aufli piquant qu'intéreffant ; mais ce n'eft qu'une rapfodie d'idées très communes fur l'adminiftration des finances & fur les moyens de rendre à la France une prééminence qu'elle a perdue par une deftinée attachée aux grands Empires. L'auteur, tel qu'il foit, n'a pas faifi en grand cette immenfe machine de notre gouvernement, comme l'auroit conçue un vrai génie plein de fa matiere, pour tracer de-là un plan économique & indiquer les voies propres à conduire à la réforme des abus invétérés : fi quelqu'un avoit pu réuffir dans un tel projet, c'étoit certainement l'homme illuftre, dont on a emprunté le nom & qui n'a fait que paroître un inftant au Miniftere des Finances.

17 *Decembre* 1772. M. Billard eft forti de Charenton, il eft exilé à Nancy dans le fein de fa famille ; il n'a point été au Fort-l'Evêque, comme on l'avoit dit ; il paffa la nuit du jour de fon avanture chez un Infpecteur de Police, dont il fe vengea comme il put, en lui faifant effuyer plufieurs lectures de fa piece : il fut de-là transféré le lendemain à Charenton, où il a été peu de jours. Les Comédiens & furtout le Sr. Preville font bien contens d'être débarraffés de ce cruel ennemi.

21 *Décembre* 1772. Mlle. Heinel a danfé vendredi dernier pour la derniere fois de l'hiver, elle va en Angleterre faire fa tournée & fa récolte.

21 *Décembre.* On a parlé plufieurs fois du Sr. Guilbert de Préval, Médecin de la Faculté de Paris, du fpécifique qu'il prétend avoir pour préferver au milieu des plus grandes lubricités de la contagion des Maladies Vénériennes, ainfi que des expériences qu'il en a faites fur fa perfonne fucceffivement en préfence du Duc de Chartres, du Comte de la Marche, &c. La Faculté a décidé qu'une telle proftitution publique d'un de fes membres, étoit deshonorante & infame; en conféquence elle a rendu un Décret, qui défend audit Sr. Guilbert de Preval de fe préfenter aux affemblées & ordonne qu'il fera rayé du tableau. Le Décrété contefte ce droit à la Faculté, & lui intente un procès en réparation d'honneur, &c.

23 *Décembre.* La Dlle. Guimard ayant danfé dans un petit Ballet que Madame la Comteffe Dubarri a donné, a reçu du Roi une penfion de 1500 Livres. Cette légere faveur a été acceptée à caufe de la main dont elle vient, car on fent que ce n'eft qu'une goutte d'eau dans la mer; il y aura de quoi payer le moucheur de chandelles des Spectacles de cette illuftre courtifanne.

24 *Décembre.* Un Peintre Doreur de l'Académie de St. Luc occupe aujourd'hui la fcene & donne matiere aux rieurs. Il s'agit de cocuage, comme l'on s'imagine aifément. Il accufe fa femme d'adultere : après avoir fait éprouver à cette victime de fa rage, tout ce que peut en-

fanter de vexations la jaloufie la plus effrénée, il a traduit cette malheureufe en juftice & l'a fait décréter de prife de corps. Elle réclame aujourd'hui, elle attaque en fubornation les témoins, & répand un Mémoire où l'on trouve un plan figuré des lieux, théâtre prétendu du crime de l'accufée & du deshonneur de l'époux, & le défenfeur en tire la démonftration phyfique de l'impoffibilité du fait. Ce Mémoire eft plaifant, & pour faire plus de bruit n'auroit befoin que d'être decoré de noms d'acteurs plus illuftres.

14 *Décembre.* 1772. Mlle. Raucoux a débuté hier aux François dans la tragédie de *Didon* : elle fait le rôle de cette Reine, c'eft pour la premiere fois qu'elle paroiffoit. On ne peut exprimer la fenfation qu'elle a faite, & de mémoire d'homme on n'a rien vu de pareil. Elle n'a que feize ans & demi : elle eft faite à peindre, elle a la figure la plus belle, la plus noble, la plus théâtrale, le fon de voix le plus enchanteur, une intelligence prodigieufe : elle n'a pas fait une fauffe intonation; dans tout fon rôle, très difficile, il n'y a pas eu le plus léger contrefens, pas même de faux gefte. Un peu de roideur & d'embarras dans les bras, eft le feul défaut qu'on lui ait trouvé. Elle a ravi généralement. Elle eft éleve du Sr. Brizard, & a appris 19 rôles en fix mois. C'eft un vrai prodige, propre à faire crever de dépit toutes fes concurrenes les plus confommées.

25 *Décembre.* Il paroît un *Eloge de Racine*, par M. de la Harpe. On y voit vifiblement que fon but a été de mettre ce grand Poëte au

deffus

deſſus de Corneille, pour mettre enſuite M. de Voltaire au deſſus de Racine.

26 *Décembre* 1772. La Dlle. Guimard devoit donner jeudi, veille de Noël, une ſeconde repréſentation ſur ſon nouveau théâtre, & profiter de la vacance générale des autres Spectacles; mais M. l'Archevêque a eu gain de cauſe entier cette fois-là: elle a reçu défenſe de jouer.

27 *Décembre*. Le début de Mlle. de Rocour a été encore plus brillant hier que la premiere fois. La foule qui s'eſt rendue pour la voir, a été telle, qu'on a été obligé de la laiſſer ſe déborder juſques dans l'orcheſtre des Muſiciens & ſur le théâtre. Quant à l'extérieur, on ne lui trouve d'autre défaut que d'être un peu trop grande & d'avoir la tête trop-petite pour ſon corps; elle n'a pas non plus les bras beaux: mais tous les moyens de l'intelligence & de l'ame ſont à ſa diſpoſition, & elle les fait valoir déja au plus haut degré. Deux cabales puiſſantes s'élevent contr'elle: les deux Sainval, qui ſentent toute leur infériorité, & Mlle. Veſtris qui ſe voit déja balancée par ce jeune ſujet, excitent tous leurs partiſans à atténuer le triomphe de leur rivale. Il paroît impoſſible qu'elles réuſſiſſent.

Le public eſt ſi ſatisfait du Sr. Brizard, dont Mlle. Raucour eſt l'Eleve, qu'à chaque fois il demande cet acteur pour annoncer, & le comble de ſes applaudiſſemens.

Mlle. Raucour, après avoir joué trois fois dans *Didon*, doit jouer ſucceſſivement à trois repriſes les rôles d'*Emelie* dans *Cinna*, & d'*Idamé* dans *l'Orphelin de la Chine*.

28 *Décembre*. Le Sr. Baujon, Banquier

de la Cour, eſt fort engoué de la nouvelle actrice. Quoique ce lourd financier n'ait jamais été
homme de lettres, il veut préſider aux leçons
de cette jeune débutante, & fait faire les repétitions chez lui. On préſume qu'il en veut plus
à la perſonne qu'au talent. On ſouhaite fort
qu'elle dégraiſſe un peu ce Turcaret, aujourd'hui
le Plutus à la mode, & qui a penſé être pendu
en 1748.

29 *Décembre* 1772. *Les trois Siecles de notre*
Littérature, ou tableau de l'Eſprit de nos Ecri-
vains depuis François Ier. juſqu'en 1772, *en*
forme de Dictionnaire, occaſionnent un grand
ſcandale parmi nos auteurs ; ils prennent parti
pour ou contre, ſuivant la cabale dont ils ſont.
Le but de cet ouvrage paroît être de dénigrer
tous ceux qui ſe ſont rangés ſous les drapeaux de
M. de Voltaire, & qu'on connoît ſous le titre
de Parti Encyclopédique. Mrs. Diderot & d'Alembert s'y trouvent extrêmement maltraités : tant
en leur nom qu'au nom de leur Secte, ils ont
été porter des plaintes au chef de la Librairie
qui a toléré & tolere la vente du livre. M. de
Saitines leur a demandé s'ils étoient attaqués
perſonnellement dans leurs mœurs & dans leur
vie ? Ils ont répondu que oui, puiſque l'on prétendoit que les conſéquences les plus funeſtes,
les crimes les plus atroces, pouvoient dériver
de leurs principes. Le Lieutenant de Police n'a
point cru que cette accuſation fût dans le cas
d'être écoutée, & il les a renvoyés, en leur
conſeillant de ſe juſtifier & de défendre leur
doctrine.

Quoique cette diatribe volumineuſe ſoit généralement attribuée à l'Abbé Sabbatier, on ne

doute pas qu'il n'ait eu des coopérateurs en méchanceté : le Sr. Paliffot très profond dans cet art
paffe pour n'avoir pas été d'un foible fecours à
l'auteur en nom.

*30 Décembre 1772. L'Hiftoire Philofophique &
Politique des Etabliffemens & du Commerce
des Européens dans les deux Indes*, dont on a
parlé plufieurs fois, répandue ici depuis longtems
& dont on a même renouvellé l'édition, vient
enfin d'attirer l'attention du gouvernement. Il
paroît un Arrêt du Confeil du 19 Décembre,
qui le fuprime, de l'avis de M. le Chancelier,
comme introduit de l'Etranger en France ; at-
tendu que S. M. a reconnu qu'il contenoit des propofitions hardies, dangereufes, téméraires & contraires aux bonnes mœurs & aux principes de la
religion, &c.

*31 Décembre. Le Fermier & les Chiens :
Fable Politique.*

Un gros Fermier qu'on appelloit Martin,
Riche en troupeaux, de commerce facile,
Près de Paris avoit fon domicile :
Plus que de droit le fexe féminin
Le gouvernoit & quelquefois le vin ;
A cela près c'étoit un honnête homme,
Tel, qu'à Paris, à Vienne, ou dans Rome
On n'en eût pu rencontrer de meilleur.
Douze grands Chiens, des méchans la terreur,
De la maifon gardoient les avenues.
Pour s'y gliffer il n'étoit point d'iffues
Dont les détours ne leur fuffent connus ;

L 2

A chaque instant ils y faisoient la ronde ;
Un guet bien sûr, & des cris assidus.
Cela déplut, non au propriétaire,
Mais aux valets, mais à la basse cour :
Tous ces gens-là n'aiment pas le grand jour,
Ni l'œil du chef, ni rien qui les éclaire.
Le premier plan fut de forcer les Chiens
A tout souffrir, à tout voir sans rien dire ;
Pour cet effet ils prirent les moyens
Que l'industrie en pareil cas inspire :
On les flatta d'abord pour réussir,
Mais ne tirant de-là nul avantage
On crut devoir au bâton recourir,
Et tous les jours on en faisoit usage.
Un vieux valet d'une inflexible humeur
Les assommoit dès que sa fantaisie
Ne contenoit à son gré leur furie ;
Il redoubloit, quand, mordant le voleur
Qu'il honoroit de toute sa faveur,
Ils caressoient l'honnête homme & le sage
Qui du Fermier conservoit l'héritage.
Comme l'on vit, que l'on ne pouvoit gagner
Des surveillans d'un pareil caractere,
Auprès du maitre, afin de s'en défaire
On résolut de les calomnier.
Ce n'étoit pas une besogne aisée :
Dans la maison étoit un Intendant,
D'une vertu rigide & consommée
Qui parloit d'eux avantageusement ;

Non , difoit-il , on ne peut pas connoître
De meilleurs chiens. Heureux cent fois le maître
Qui réunit pour garder la maifon
Des furveillans d'une étoffe pareille ;
Ils font braillards ; mais toujours la raifon
Conduit leurs dents & dirige leur veille ;
L'homme intriguant , le larron , l'affaffin
Tentent en vain d'échapper à leur vue :
Si vous vivez , refpectable Martin ,
C'eft à leurs cris que la gloire en eft dûe.
On peut juger qu'avec un protecteur
Si généreux , & fi bon connoiffeur ,
On n'avoit pas à craindre pour la vie
De ces bons chiens. Auffi pour l'écarter
On fit un jour ce que la calomnie
A de plus noir , ce que peut inventer
L'ame aux forfaits la plus déterminée.
Ce n'eft pas tout , une proftituée ,
Dont le fermier adoroit les appas ,
Qui l'endormoit tous les foirs dans fes bras ,
Pour l'écrafer fe mit de la partie.
Pendant un tems le fermier chancella ,
Mais la manœuvre étoit trop bien ourdie :
De la maifon un foir on le chaffa
Avec éclat , avec ignominie.
Certain marand , efprit vil & rampant ,
Un orgueilleux fans honneur , fans naiffance ,
Laid de figure & que les chiens fouvent
Avoient jadis houfpillé d'importance ,

Fut indiqué par le fot comité
Et fur le champ par Martin accepté
Pour occuper auprès de lui la place
Que le premier avoit dans la maifon.
Ne faut jamais augurer rien de bon,
D'avantageux, quand un fripon remplace
Une ame honnête : on va dans un inftant
En préfenter un exemple frappant.
Notre coquin met d'abord en ufage
Pour s'affermir plus efficacement
L'art dangereux du faux patelinage
Qu'il poffédoit fupérieurement ;
Puis, quand il eut gagné la confiance
Et qu'il fe vit dans fon pofte affuré,
Dans un clin d'œil tout fut dénaturé ;
Il immola les Chiens à fa vengeance :
Il en plaça d'autres, que dès l'enfance
Le fcélérat lui-même avoit formés.
Ces nouveaux Chiens toujours accoutumés
A ne flatter que gens de fon efpece,
Près du frippon dépouilloient leur rudeffe :
Pour le feul Sage ils réfervoient leurs dents.
Ainfi dans peu tous les honnêtes gens
Furent bannis : chofe prefqu'incroyable
Et vraie encor, quoique peu vraifemblable ;
Hormis un feul ; on chaffa les parents.
Depuis ce tems cette maifon remplie
Jufques alors de fujets vertueux,
Ne reçut plus que de vils malheureux

Et qu'une horde aux crimes enhardie.
Mal en avint au bon homme Martin,
On fit entrer un soir un affassin
Qui ne trouvant ni chien, ni sentinelle,
Le poignarda dans les bras de sa belle.

Morale.

Ceux qui voudront le prendre pour modele
Auront un jour un sort pareil au sien.
Ne fréquentons que des hommes de bien ;
Avec le fourbe auffitôt qu'on se lie
On compromet son honneur & sa vie.

L'AN MDCCLXXIII.

1 *Janvier* 1773. M. le Duc de Bourbon sera sûrement reçu Cordon - Bleu aujourd'hui. Tout est disposé pour la cérémonie. C'est M. Bertin, le Ministre, Grand Tréforier de l'Ordre, qui doit faire les fonctions de Prevôt & Maître des cérémonies, à la place de M. d'Aguesseau qui a la goutte. En conséquence, cet Officier, peu stylé au cérémonial, en a fait des répétions tous ces jours-ci.

C'est à l'occasion de cette cérémonie qu'on a dit le joli bon mot, en réponse à la question sur le retour du Prince de Condé à Versailles : Qu'y est-il allé faire ? — *Ses preuves.*

1er. *Janvier.* Il vient d'arriver d'Angleterre en cette capitale un Livre ayant pour titre : *les*

Efforts de la liberté & du patriotisme contre le Despotisme du Sr. de Maupeou, Chancelier de France, ou Recueil des Ecrits patriotiques pour maintenir l'ancien Gouvernement François. Ce Recueil paroît fortir des mêmes preffes que celui dont on avoit annoncé le premier volume. Mais les Editeurs fe font réformés, ont pris un plan meilleur, l'ont étendu davantage, & ils ont déja produit trois volumes contenant les morceaux les plus intéreffans. Ils ont mis à la tête une préface raifonnée fur les divers ouvrages qu'ils ont ramaffés, fur leur but, & ils annoncent d'avance une fuite qui ne fera pas moins curieufe. Cependant on trouve encore bien de défauts dans cette compilation, & elle ne peut effrayer quelqu'un qui feroit tenté d'en faire une plus parfaite, & voudroit y donner les foins néceffaires. Au furplus, les Editeurs avertiffent que ce n'eft pas fans péril qu'ils ont ofé fe livrer à ce travail épineux, vû les perfécutions que pouvoit exciter contre eux l'homme dangereux que ces ouvrages concernent fpécialement.

2 *Janvier* 177. La Secte des Economiftes, pour mieux propager fa doctrine, avoit établi un Journal peu connu, qui porte le nom d'*Ephémérides du Citoyen.* Cet ouvrage ne pouvoit gueres durer, vu la nature monotone, infipide & ennuyeufe des productions dont il s'alimentoit. Auffi vient-il de prendre fin. Les auteurs rejettent cet abandon fur la difficulté d'avoir des coopérateurs, par la gêne & les entraves que leur donne continuellement le Miniftere. Ce livre pouvoit renfermer des vues utiles, mais tellement noyées dans un fatras de raifonnemens fcientifiques & abftraits, qu'il falloit un courage héroïque pour les y démêler.

Janvier 1773. On vient de nous envoyer de Londres des *Observations* imprimées, sur les Déclarations des Cours de Vienne, de Pétersbourg & de Berlin, au sujet du démembrement de la Pologne, avec des Notes historiques & politiques, ayant 50 pages *in-8°*. L'auteur s'y éleve avec force contre la conduite de ces trois Puissances. Il démontre, ou veut démontrer, que leur invasion n'est fondée que sur des motifs frivoles & des principes insoutenables; qu'elle est l'ouvrage de la force & de la violence, une usurpation manifeste, une injustice criante, & qu'elle présente au-reste de l'Europe les conséquences les plus allarmantes; que la cause de la Pologne est celle de toutes les Nations & particuliérement des puissances du second ordre, qui tomberont les unes après les autres sous le joug de ces trois premieres, si elles ne se liguent promptement pour se garantir de leur chûte.

4 *Janvier*. La nouvelle Actrice a continué son début dans l'*Emilie* de *Cinna*. Quoique ce rôle ne prête pas autant que celui de *Didon* au développement du talent, elle en a montré autant qu'il étoit possible, & n'est pas moins admirée. Les cabales redoublent d'activité & surtout celle de Mlle. Vestris. Ce qui a donné lieu à un bon mot à la derniere représentation de *Cinna*. Un chat s'est trouvé dans la Salle, & a fait des miaulemens fâcheux; un plaisant s'est écrié: *je parie que c'est le chat de Mlle. Vestris.*

5 *Janvier*. On fait assez volontiers à la fin de l'année des *Noëls* sur la cour, qui roulent sur les anecdotes galantes ou politiques qui se sont passées durant son cours. Un plaisant vient d'en mettre au jour, de cette espece, qui, s'ils ne

L 5

font pas bien piquans par leur tournure, ferviront de pieces hiftoriques pour conftater quelques faits auxquels ils ont rapport.

6 Janvier 1773. Il court une pafquinade relativement à la future expulfion des Jéfuites, dans laquelle il y a du fel & de la fineffe. On fuppofe que le Pape préfente à divers Souverains de l'Europe le Général des Jéfuites, en leur difant: *Ecce homo !*

A quoi les Princes répondent, favoir :

Le Roi de Portugal.	*Tolle , curcifige.*
Le Roi d'Efpagne.	*Reus eft mortis.*
Le Roi de France.	*Vos dicitis.*
La Reine de Hongrie.	*Quid enim malè fecit ?*
L'Empereur.	*Non invenio in eo caufam.*
Le Roi de Pruffe.	*Quid ad me ?*
La République de Venife.	*Non in die fefto , ne fortè tumultus fieret in populo.*
Le Roi de Naples & l'Infant Duc de Parme.	*Nos legem habemus , & fecundum hanc legem debet mori.*
Le Roi de Sardaigne.	*Innocens ego fum à fanguine ejus.*
Le Pape replique.	*Corripiam & emendatum eum vobis tradem.*
Le Général des Jéfuites.	*Poft tres dies refurgam.*
Tous les Ordres Religieux.	*Jube ergo cuftodiri fepulcrum ejus ufque in diem tertium , ne fortè veniant Difcipuli ejus , & furentur eum , & dicant plebi: furrexit à mortuis , & erit noviffimus error pejor priore.*
Le Pape répond.	*Ite , cuftodite , ficut vos fcitis.*

6 Janvier 1773. La nouvelle Actrice a joué hier à la cour, & a produit la même senfation qu'à la ville. Sa Majefté en a été fi contente, qu'elle a décidé qu'elle feroit reçue fans difficulté.

7 Janvier. Les amateurs de l'Opéra ont vu avec peine le départ de Mlle. Heinel, pour l'Angleterre. Ils en font d'autant plus affligés qu'il paroît que c'eft fans retour. Le fort confidérable qu'elle doit trouver dans ce Royaume, ne peut être compenfé par celui qu'on lui fait ici. On ajoute que le genre de plaifir qu'elle aime eft une raifon puiffante pour l'y retenir. Son goût pour les femmes y a de quoi fe fatisfaire de la façon la plus attrayante, & quoique Paris fournilfe bien des *Tribades*, on veut que Londres lui foit fupérieur.

8 Janvier. Les Philofophes du jour, vulgairement appellés *Encyclopédiftes*, font fort allarmés de la prépondérance que femble acquérir conftamment le parti des dévots. Ils ont d'autant plus d'intérêt de redouter leur attaque, que tout annonce la faveur accordée par le gouvernement à leurs adverfaires. Ce ne peut être que par la fuggeftion de M. le Chancelier, ou du moins fous fes aufpices, que l'Univerfité de Paris vient de propofer pour fujet du prix, fondé par J. B. Coignard, qu'elle doit diftribuer cette année : *Non magis Deo quàm Regibus infenfa eft ifta quæ vocatur hodiè Philofophia* : affertion fulminante, accufation cruelle, dont on ne doute pas que ces Meffieurs ne fe juftifient complettement dans une défenfe publique. Leur attachement connu au parti patriotique eft un grief encore plus grand que leur

L 6

irréligion prétendue, prétexte feulement à la guerre qu'on leur fufcite.

8 *Janvier* 1773. La fureur du public pour voir la nouvelle Actrice des François redouble chaque jour. Elle a joué, dans *Mithridate*, le rôle de *Monime* avec un fuccès plus extraordinaire encore. Mais ce qu'il y a d'incroyable, c'eft qu'à fes talens fublimes elle joigne un cœur pur, au point de fe refuser aux propofitions les plus féduifantes. On prétend qu'un amateur lui offre jufqu'à 100,000 livres pour fon pucelage.

9 *Janvier*. Les Directeurs de l'Opéra ont remis jeudi fur leur théâtre *La Reine de Golconde*, ce qui n'eft pas une nouveauté & ne leur attirera pas une grande quantité de spectateurs. Ils fe difpofent à remettre aussi pour les grands jours inceffamment le fameux *Caftor & Pollux*. Il eft à craindre qu'à force d'ufer cette reffource, qui eft leur derniere, ils ne laffent enfin le Public & ne s'en privent.

10 *Janvier*. Le Roi a fait à Mlle. de Raucour la faveur de refter à la Comédie pendant tout le tems de la repréfentation de *Didon*, où elle jouoit. Cette circonftance a été d'autant mieux remarquée, que S. M. n'aime point le spectacle en général, & furtout la tragédie. Elle a eu la bonté de la préfenter enfuite à Madame la Dauphine, fous le nom de la Reine *Didon*. Elle l'a agréée, comme on a dit, pour entrer dans la troupe des Comédiens François, & a ordonné qu'on lui donnât 50 Louis pour marque de fa fatisfaction. Mlle. de Raucour a emporté aussi les fuffrages de Madame Dubarri. Cette belle Comteffe lui a demandé ce qu'elle aimeroit mieux, ou de trois robes pour fon ufage, ou d'un habit de théâtre ?

L'Actrice a répondu, que puisque la Comtesse lui en laissoit le choix, elle préféroit l'habit de théâtre, dont le Public profiteroit aussi.

10 *Janvier* 1773. Les Comédiens Italiens doivent donner demain la première représentation d'une Comédie nouvelle, mêlée d'ariettes, intitulée : *Le Bon fils.* On la dit composée d'après un Conte de M. Marmontel, dont le livre est aujourd'hui la mine féconde où puisent tous nos faiseurs d'Opéra comiques. La musique est du Sr. Philidor : on la dit si savante que plusieurs chanteurs n'ont pu l'exécuter, & qu'il a été obligé d'y faire des changemens ; ce qui en a retardé la représentation.

11 *Janvier.* La Faculté de Médecine est fort mécontente de l'Arrêt du Conseil qui a nommé une Commission pour l'examen des remedes particuliers, en ce que les membres de ce Tribunal étant composés de Médecins, de Chirurgiens & d'Apothicaires, son honneur se trouve compromis par ce mélange, tel qu'indépendamment de la concurrence des voix avec ces deux especes d'Artistes, que la Faculté regarde comme ses subalternes ; ceux-ci sont dans le cas, en se réunissant, de l'emporter continuellement sur elle par la pluralité des suffrages. En conséquence elle doit faire des représentations au Roi, & elle trouve très-mauvais que ses membres y aient pris place & que son Doyen en ait accepté la Présidence.

12 *Janvier.* Les Lecteurs du Roi au College Royal prétendent s'agréger à l'Université de Paris. Ils soutiennent qu'ils doivent avoir part au partage des rentes, faisant partie du produit de ses Messageries, fixé aujourd'hui au 28me. du Bail des Postes. M. M. de l'Université, au contraire, combattent leur assertion, & la Nation de Normandie

vient de rendre public un Mémoire à confulter & Confultation fur la propriété des Nations qui compofent la Faculté des Arts en l'Univerfité, de leurs Meffageries & fur la deftination de leur produit.

13 *Janvier* 1773. La fureur pour aller voir la nouvelle Actrice augmente à tel point qu'il n'y a pas de jour où plufieurs perfonnes ne foient eftropiées au guichet des Billets de Parterre. Il s'eft établi à cet égard un agiotage fi confidérable, que plufieurs fe vendent auffi cher & même plus cher que les billets d'orcheftre, & qu'on les a vus monter jufqu'à 12 livres. Lundi dernier, la cabale qui la protege, lorfque l'Acteur eft venu annoncer, a d'abord demandé le Sr. Brizard. Celui-ci arrivé, on ne l'a point laiffé ouvrir la bouche, on a crié fortement : *Une Repréfentation au profit de la nouvelle Actrice.* Le Sr. Brizard a été obligé de fe retirer. L'intervalle a été très-long. Enfin le comité des Comédiens tenu fur cette demande s'eft féparé, & un troifieme Acteur eft venu dire au public que les Acteurs étoient très-difpofés à fatisfaire fon vœu ; mais que toutes leurs délibérations étoient foumifes aux Gentilshommes de la Chambre, & qu'ils ne pouvoient rien arrêter fans leur attache. On s'eft contenté de cette raifon, & la fermentation a ceffé. On croyoit qu'aujourd'hui il y auroit tumulte, mais la garde redoublée a effrayé les mutins.

14 *Janvier.* Les Comédiens Italiens ordinaires du Roi ont donné lundi la premiere repréfentation de la Comédie nouvelle du *Bon fils*, avec le premier titre d'*Antoine Maffon.* Elle eft en un acte & en profe, mêlée d'Ariettes. Les paroles font d'un certain Abbé *Le Monnier*, qui a traduit le *Térence*, mais ne s'entend en rien au théâtre.

Indépendamment des vices de construction , la forme n'a aucunes beautés : il n'y a pas une scene qui vaille quelque chose. Les ariettes même sont détestables. La musique du Sr. Philidor n'a pu compenser tant de défauts , & si le *Bon fils* n'est pas absolument tombé, il n'est gueres possible qu'il aille bien loin.

15 *Janvier* 1773. La vertu de la nouvelle Actrice se soutient contre les assauts multipliés qu'elle reçoit. Il est vrai qu'elle est fortement étayée par la brutalité du pere, qui lui a déclaré qu'il lui brûleroit la cervelle si elle fornicoit.

16 *Janvier.* M. Clément , ce Critique infatigable, qui , nouvel Erostrate , ne veut s'illustrer que par les dévastations & les ruines, paroît s'attacher décidemment à M. de Voltaire, comme à l'homme le plus digne de la guerre qu'il respire. Il entreprend une Critique générale & détaillée des Œuvres les plus importantes de cet auteur illustre, & il lui adresse un cartel , dans une premiere Lettre qu'il vient de faire imprimer , où il lui déclare sa résolution. Cette épitre , qui est un chef-d'œuvre de Littérature polémique , roule sur les manœuvres de toute espece de M. de Voltaire, pour déprimer sans relâche nos grands maîtres, & pour s'élever sur les débris de leurs trophées. Elle se lit avec d'autant plus de plaisir , que l'observateur s'est abstenu d'y répandre ce fiel qui révolte les honnêtes gens, & qu'accumulant les faits en abondance, il écrase son ennemi par les preuves les plus convaincantes, en lui rendant justice sur ses productions précieuses , en le louant, en l'exaltant , en le divinisant avec presqu'autant d'enthousiasme que ses partisans. Il est à souhaiter

que les autres Lettres foient écrites du même
ton, dont M. l'Abbé *Guenée* a donné un exemple fi admirable dans les *Lettres Critiques*,
compofées fous le nom de quelques Juifs, &
dont on a longtems ignoré l'auteur véritable.

17 *Janvier* 1773. Les Comédiens François ont
reçu à penfion la nouvelle Actrice, n'y ayant
aucune des 23 parts vacante. Ils lui ont donné
1,800 livres, quoique la petite Sainval ait cent
Louis. Cette diftinction injurieufe indigne le Public. Quant à celle-ci, elle fe difpofe à reparoître
inceffamment; ce qui va redoubler la fureur des
Spectateurs, s'il eft poffible, pour voir lutter ces
deux rivales.

17 *Janvier*. M. Piron fe meurt & paroît
fans reffource. Il eft attaqué d'une maladie de
l'uretre, qui ne permet pas d'avoir la moindre
efpérance. Il conferve toute fa tête & le feu qu'il
a toujours eu.

17 *Janvier*. Il fe publie au palais un Mémoire très-curieux par la nature de la caufe. Il
roule fur l'appel comme d'abus d'un mariage
contracté par un mari pendant la vie d'une pré-
miere femme, qu'il avoit fait condamner comme adultere, & fur les effets que peut produire
cette condamnation rendue par contumace contre
la femme, quoique réfidente dans le lieu où fe
tenoit la Jurifdiction. Cette malheureufe, ainfi
condamnée en 1725, fut enfuite enfermée à la
Salpêtriere & y refta huit ans. Elle en fortit
alors; elle paffa en Saxe; elle eut le bonheur
de plaire à la feue Reine de Pologne, qui la
conduifit dans ce Royaume. Elle y fut chargée
de l'éducation de la Palatine Podlachy, & enfuite de celle des Princes & des Princeffes fa

blonosky. Libre de rester en ce pays-là , la guerre & la peste qui dévastent depuis tant d'années ces malheureuses contrées , l'ont obligée d'en sortir. Revenue en France, elle a appris que son mari, qui l'avoit accusée d'adultere , s'en étoit lui-même rendu coupable, & qu'il avoit joint à ce crime celui d'abuser de la bonne foi d'une seconde femme & de la sainteté du sacrement : qu'il avoit supposé la mort de la premiere & s'étoit remarié ; que par le contrat il avoit disposé des biens de la prétendue défunte en faveur de sa nouvelle épouse, & étoit mort au mois de Janvier 1762.

Suit une consultation en faveur de cette Veuve , *le Danois de Boishamand* , en date du 11 Décembre , qui désigne le genre de procédure qu'elle doit tenter.

18 Janvier 1773. Un Livre venu de l'Etranger , & réimprimé ici avec permission , fait un bruit terrible aujourd'hui , & excite l'animadversion du Ministere. Il est intitulé : *Réflexions philosophiques sur le Systéme de la Nature, par M. Holland.* Le Sr. Riballier , Syndic de la Faculté , lui a donné une approbation très-longue , où en dégradant beaucoup le livre critiqué , il éleve aux nues la Critique.

Cependant , en discutant l'ouvrage , on a trouvé deux endroits très-répréhensibles. L'un est le portrait d'un Monarque , athée dans sa conduite , & superstitieux dans ses pratiques , qu'on a voulu être susceptible d'une allusion très ressemblante au Roi. L'autre est une assertion très détaillée sur les effets du Despotisme , & sur le droit que les excès donnent dans certains cas aux peuples de s'élever contre , & de lui impofer un frein.

On fent que le Gouvernement n'a pu tolérer un ouvrage fi dangereux dans fes principes & fi criminel dans fes allufions. Il eft arrêté avec le plus grand foin , & les amis du Sr. Riballier craignent qu'on ne févisse contre ce Cenfeur.

18 *Janvier* 1773. Un prêtre , & le curé de St. Roch , fur la jparoiffe duquel eft M. Piron, s'étant fucceffivement préfentés chez le moribond, ont été reçus tous deux par ce plaifant avec la même gaîté qu'il a répandue fur toute fa vie. Le premier l'ayant appellé *fon cher frere*, il lui a dit qu'il n'en avoit jamais eu qu'un , qui étoit mort ; que c'étoit une f. . . . . bête , & lui a demandé fi c'étoit en cette qualité qu'il comptoit le remplacer ? Quant au Pafteur , il ne l'a pas moins mal mené & celui-ci défefpere d'en tirer parti.

18 *Janvier.* On cite un trait qui feroit beaucoup d'honneur à Madame Geoffrin , s'il étoit vrai. On raconte que deux Seigneurs Ruffes ayant paru fort engoués de deux tableaux que cette Dame avoit achetés à la vente de feu Vanloo , elle leur avoit déclaré qu'ils ne lui avoient coûté que 4,000 livres ; qu'elle ne vouloit point s'en défaire ; que cependant , s'ils en étoient fi paffionnés, peut-être à force d'argent fe laifferoit - elle tenter. On ajoute que ces Etrangers ayant acquiefcé à la fomme de 50,000 livres , Madame Geoffrin ayant retiré fes 4,000 livres d'achat , avoit envoyé le furplus à la veuve du Peintre.

20 *Janvier.* Mlle. Raucour continue à faire

la plus grande senfation & à être la matiere des propos de Paris. On rapporte que l'autre jour un homme eft entré dans fa loge, lui a déclaré qu'elle devoit juger à fon âge & à fa figure qu'aucun motif de concupifcence ne l'attiroit près d'elle ; qu'il n'étoit guidé que par un fentiment profond, par une admiration vive pour fes talens ; qu'il la prioit de ne pas trouver mauvais que dans fon enthoufiafme il lui donnât de foibles marques de fa reconnoiffance, par un petit tribut qu'il apportoit fur fa toilette, & à l'inftant il y a mis deux rouleaux de cent Louis chacun. L'Actrice lui a répondu fort honnêtement, que fa démarche étoit faite avec trop de nobleffe & trop de graces pour qu'elle héfitât à accepter fon bienfait. Il paroît que ce particulier a difparu fur le champ, fans fe faire connoître, car on eft aujourd'hui à conjecturer quel il peut être.

21 *Janvier* 1773. On fe rappelle *la Profeffion de foi politique de M. le Vicomte d'Aubuffon*, dans laquelle il annonçoit un projet de fa compofition pour la reftauration de l'Etat & l'amélioration des Finances. Il paroît aujourd'hui dans un gros volume in 8°. ayant pour titre : *l'Ami des François*. Il y a apparence que toutes les idées de ce Spéculateur ne font pas dans le cas d'être adoptées par le Gouvernement, puifque l'ouvrage eft très-clandeftin & très-cher. Quand on l'aura lu, on pourra en raifonner plus pertinemment.

22 *Janvier.* M. Marmontel a fait une pièce de vers fur l'incendie de l'Hôtel-Dieu. Cet ouvrage n'eft encore connu que des enthoufiaftes & des amis de l'Auteur, enforte qu'on ne peut

gueres s'en rapporter aux éloges qu'ils en pu-
blient. Cet Académicien compte le faire imprimer : il a déclaré que le profit qui pourroit réfulter de la vente de fon Epitre, étoit deftiné
pour fécourir cet hôpital; & que c'étoit ainfi qu'il
faifoit fon aumône.

22 *Janvier* 2773. Dans le Confeil tenu dimanche, concernant les projets pour la nouvelle
Salle de la Comédie Françoife, celui dont on
a parlé depuis longtems, a été adopté, foit pour
l'emplacement, foit pour l'édifices. Il n'en a pas
été de même du moyen des finance. Sur la difcuffion des requêtes de divers particuliers qui ont
préfenté des Mémoires, relativement à leurs intérêts perfonnels, qu'ils prétendoient fe trouver
compromis, on a jugé que pour les contenter,
il falloit que la ville fe chargeât des fonds &
de leur adminiftration. Enforte que l'avantage le
plus confidérable de ce projet, qui étoit de
l'exécuter fans qu'il en coûtât rien au Roi, ni
aux Comédiens, ni à la ville; fans que les
Propriétaires des terreins ou maifons en fuffent
léfés, puifqu'on donnoit des dédommagemens
& par de-là, fe trouve anéanti. Cependant,
S. M. a déclaré qu'elle vouloit que le Sr. Liegeon, Architecte, auteur des Plans, fût chargé
de les fuivre.

23 *Janvier*. Un plaifant a exprimé en vers
les difficultés qu'on éprouve journellement à la
Comédie, pour y avoir place, lorfque Mlle. de
Raucour joue; il lui a adreffé à ce fujet un
rondeau, genre de poefie antique qu'il a ra-
jeuni pour cette Actrice, dans lequel en ne s'af-
ferviffant pas exactement aux regles, il y a
mis la chofe la plus effentielle, ce qui en

fait l'ame , une certaine naïveté maligne : Le voici :

A vous claquer quand tout Paris s'empreſſe ,
Moi ſeul encor n'y ſuis point parvenu :
Déjà trois fois étouffé dans la preſſe ,
J'ai vu la grille & n'ai rien obtenu ,
J'entends vanter vos talents , votre grace ,
De votre jeu l'on m'a peint la chaleur ,
Et comme un autre , obtenant une place ,
J'euſſe employé ma main de bien bon cœur
          A vous claquer.

Je ſçais qu'on peut , en triplant l'honoraire ,
Humaniſer les traitans du Parterre :
Mais payer triple enfin m'a retenu.
Euſſiez-vous cru, jeune & faite pour plaire ,
Qu'on regrettât d'employer un écu
          Pour vous claquer ?

23 *Janvier* 1773. M. Piron a été enterré hier....
C'eſt ſans doute une très-grande perte pour la
Littérature. Quoiqu'il ne fît rien depuis longtems , il contenoit au moins le faux-goût, &
s'oppoſoit à ſes progrès : il formoit quelques
gens de Lettres qui s'étoient rangés ſous ſes
étendards , & dès-lors s'affichoient pour ennemis de M. de Voltaire , car il y avoit une
haine irréconciliable entre ces deux hommes célébres. Un des plus grands regrets de M. Piron
en mourant a été de ne pas ſurvivre à ſon ad-
verſaire. Il étoit cependant le plus âgé ; il avoit

plus de 80 ans : il étoit prefqu'aveugle. Il avoit été élu de l'Académie Françoife, mais M. l'Evêque de Mirepoix avoit cru devoir s'oppofer à la réception de l'auteur de l'*Ode à Priape*. On lui avoit obtenu une penfion de cent piftoles fur la Caffette du Roi. C'eft l'homme le plus fertile en bons mots qui ait peut-être jamais éxifté. On ne l'a jamais trouvé court, & dans la vieilleffe où il étoit parvenu, il avoit encore la ripofte vive & heureufe.

24 *Janvier* 1773. Il paroît une fuite du *Syftéme de la Nature*, fous le titre de *Syftéme focial, ou Principes naturels de la morale & de la politique, avec un Examen de l'influence du Gouvernement fur les mœurs. Trois volumes.* On attribue cet écrit au même auteur du premier, c'eft-à-dire à feu M. *Muftel*, dont on ne craint pas de réveler le nom depuis fa mort.

25 *Janvier.* L'Arrêt qui fupprime le Livre des *Réflexions philofophiques fur le Syftéme de la Nature*; eft du 17 de ce mois. Il énonce vaguement les motifs, & ne les fait porter que fur des propofitions qui ne font pas conformes aux principes de notre Religion & de notre Politique. Voici les morceaux qui ont attiré l'attention du Gouvernement.

Page 15 & fuivantes, de la Premiere Partie, l'auteur dit . . . . . . » un homme a droit de faire » une chofe, lorfqu'en la faifant il n'agit point » contre fon bonheur réel & durable. La même » maxime a lieu par rapport à une fociété, qui » eft alors envifagée comme une perfonne mo-» rale. . . . . .

» Le Defpotifme, qui ne connoît d'autre loi » que la volonté capricieufe & momentanée

» du Souverain, eſt en contradiction avec tous
» les intérêts du corps politique. Le peuple
» qui ſe met en devoir de le ſecouer, ne riſque
» jamais rien, parce que l'eſclavage eſt aſſuré-
» ment le dernier degré de la miſere. Non-ſeu-
» lement il a le droit de ne point recevoir cette
» forme de Gouvernement, il a encore celui
» de la détruire, s'il a le malheur d'y tom-
» ber. . . . . .

» Pour nous rapprocher de la theſe de notre
» auteur, ſuppoſons qu'un Souverain abuſe du
» pouvoir que les Loix lui accordent, & qu'au
» lieu de l'exercer pour le bien de ſes Sujets,
» il s'en ſerve pour les opprimer, la Nation
» doit-elle ſe ſouſtraire à une autorité ſi mal
» employée? Je réponds qu'il y a fort peu de
» cas où, tout bien peſé, il ſoit du véritable
» intérêt du peuple de le faire. . . . . . Mais ſi
» le gouvernement eſt inſupportable, s'il tend
» à la ruine de la liberté & du bonheur pu-
» blic, s'il eſt manifeſtement dégénéré en ty-
» rannie, alors il eſt de l'intérêt de la nation
» de réprimer efficacement les violences du Sou-
» verain, non pas en le deſtituant. . . . . . mais
» en lui donnant un Conſeil, par exemple, ou
» un Tuteur, qui gouverne en ſon nom. . . . . .
» Je conviens avec l'auteur, que nulle ſociété
» ſur la terre n'a pas voulu conférer irrévo-
» cablement à ſes Chefs le droit de lui nuire.
» Je dis plus : Nulle ſociété ſur la terre n'a
» jamais donné ce droit contradictoire à per-
» ſonne. . . . . . .

» Il eſt inconteſtable que les Souverains ne
» tiennent leur autorité que du conſentement de
» la Nation. . . . . . Dans un Etat où, par la

» Constitution, le Souverain est tenu de con-
» férer avec son Conseil sur l'administration pu-
» blique, il est clair qu'outre la Divinité, il y a
» des hommes sur la terre légitimés à lui de-
» mander compte de sa conduite."

Page 174 de la Seconde Partie, l'auteur dit.....
« Un Prince, esclave de ses passions & qui,
» plongé sans cesse dans un tourbillon de dis-
» tractions, n'a ni le tems ni la volonté de se
» replier sur soi-même, est aussi peu Athée
» que religieux; il n'est pas même homme:
» c'est un être perverti, un frénétique, qui n'a
» point de systême, parce qu'il passe sa vie
» dans un délire continuel. Il croit en Dieu par
» préjugé & malgré lui, mais il fait tous ses
» efforts pour en éloigner l'idée. Lorsque dans
» les angoisses de sa conscience bourrelée, la
» voix du cœur & les préjugés de l'enfance re-
» prennent quelque force, il passe d'une espece
» de vertige & de démence à l'autre: il tâche
» de se réconcilier par des pratiques futiles, &
» souvent par des forfaits, avec une Divinité
» qu'il ne connoît pas. Dans le cours de ses
» injustices & de ses débauches il pense à l'éter-
» nité, comme un criminel pense au gibet & à
» la roue. Sa dévotion est celle d'un malfaiteur
» qu'on va exécuter. "

25 Janvier 1773. L'Académie Royale de musique remet demain sur son théâtre Castor &
Pollux, avec des embellissemens du côté des
décorations, des habits & de l'appareil extérieur.

26 Janvier 1773. On écrit de Ferney, que M.
de Voltaire, quelque dégagé qu'il soit de la matiere, a cependant encore des velléités charnel-
les;

les ; qu'il a recours quelquefois au fecret du bon Roi David pour prolonger fa vieilleffe, & qu'il admet à fa couche de jeunes filles. On ajoute que depuis peu, s'étant trouvé l'imagination exalée, il avoit tenté d'en venir à l'acte ; mais que cet effort prodigieux lui avoit procuré un évanouiffement confidérable, ce qui avoit allarmé toute fa maifon. On affure qu'heureufement cet accident n'a pas eu de fuites.

27 *Janvier* 1773. Les détails de la mort de M. Piron font précieux, & par l'homme qu'ils concernent, & par le piquant qu'il favoit mettre à toutes fes réparties. On a dit qu'il avoit mal reçu le Curé de St. Roch. Ce dernier lui ayant objecté les divers écrits fcandaleux qu'il pouvoit avoir à fe reprocher, l'autre lui répondit qu'il croyoit avoir facilement expié tout cela par fon *de profundis* & autres ouvrages de dévotion. Sur quoi le Pafteur faifant l'étonné, comme s'il n'eût rien fait en ce genre: » Eh, mordié ! » lui repliqua-t-il, M. le Curé, eft-ce que vous » n'êtes fait que pour fouiller dans mes ordu- » res ? "

Depuis, fa niece, nommée *Nanette*, lui ayant fait des repréfentations fur la néceffité de fatisfaire aux cérémonies d'ufage: » tù fais bien, » dit-il, que je n'ai jamais aimé à mentir ; al- » lons, qu'il vienne, mais qu'on me donne mon » grand *Widercome.* " gobelet énorme dans lequel il buvoit, comme s'il eût voulu faire paffer ce calice par quelque chofe de plus à fon goût.

Cette niece étoit mariée, à l'infçu de fon oncle, à un nommé *Capron*, Violon ; & quoique cet hymen fût fait depuis longtems, elle s'imaginoit que M. Piron l'ignoroit abfolument. Il

Tome VI. M

difoit de tems en tems : » J'en rirai bien après
» ma mort, Nanette a le paquet. » Elle étoit
en effet nantie d'un Teftament , dans lequel il
dit : » Je laiffe à Nanette, &c. *femme de Ca-*
» *pron, Muficien.* » Ce qui prouve qu'il n'ignoroit pas la fupercherie, & qu'il avoit eu la géné-
rofité de ne rien diminuer de fes fentimens pour
fa niece.

Toute l'Académie Françoife a été invitée à
fon enterrement, & par une indécence qui a
indigné tous les Gens de Lettres, aucun de ces
Meffieurs ne s'y eft trouvé.

C'eft le Sr. Bret qui eft chargé de ramaffer les manufcrits de ce grand homme, de les
rédiger & de donner l'Edition de fes Oeuvres
pofthumes.

La plus curieufe, fans doute, feroit un *Piro-*
piana, c'eft-à-dire le Recueil de tous les bons
mots & faillies qu'il a dit en fa vie. Mais il faudroit, pour préfider à ce travail, un homme chaud
comme l'auteur, & M. Bret n'eft rien moins
que tel.

28 Janvier 1773. *Les Loix de Minos*, tragédie de M. de Voltaire, que les Comédiens
François annonçoient, & devoient donner inceffamment, fans le fuccès éclatant de la nouvelle Actrice, viennent d'être imprimées fous
ce titre, ou *Aftérie.* On en conclut que la
tragédie ne fera pas jouée. L'intrigue eft un
réchauffé de plufieurs autres du même genre,
& furtout des *Guebres*, du même auteur. Mais
ce qui doit en dégoûter abfolument, c'eft la
foibleffe du coloris, où l'on ne retrouve en
rien le grand poëte, dont c'étoit la partie brillante.

29 *Janvier* 1773. L'Actrice nouvelle commence à faire de petits soupers, qui, à ce qu'on espere, la conduiront à ce qui s'enfuit. Elle a exprimé fa reconnoiffance envers le Sr. Brizard dans de petits vers qui font tenus fecrets, ce qui n'en fait pas bien augurer. On affure pourtant qu'ils ne font pas mauvais. Du refte, elle eft bien en fociété; elle a de la gaieté & des faillies.

Elle a joué plufieurs fois à la cour, où elle plaît de plus en plus & furtout au Roi. Madame Dubarri la goûte beaucoup auffi, & y prend un intérêt affez vif pour l'avoir exhortée à être fage.

30 *Janvier.* Le *Syftéme Social* eft divifé en trois parties. L'auteur établit dans la premiere, les principes naturels de la morale : dans la feconde, ceux de la politique ; & dans la troifieme, il expofe les caufes & les remedes de la corruption dans les fociétés. Il prétend que tous les principes de la morale découlent de la nature de l'homme, de fes befoins & de fes rapports avec fes femblables ; que les anciens n'ont point eu d'idées fixes & fûres de ces principes ; que les modernes, avec leurs fpéculations myftiques, fpirituelles & inintelligibles, les détruifent, les font méconnoître, & que les hommes ne les connoîtront bien & ne fe regleront par eux, que lorfqu'ils renonceront à toute efpece de fuperftition. Il veut que les principes naturels de la politique ne foient & ne doivent être que les corollaires de ceux de la morale ; que les motifs d'intérêt perfonnel qui doivent porter chaque individu à travailler à fe ménager un bonheur folide & durable, en fe conciliant l'eftime & l'affection de fes femblables, doivent déterminer les gou-

M 2

vernemens, quelles que foient leurs formes, &
par rapport aux peuples gouvernés, & par rapport aux nations étrangeres. D'où il fuit qu'une
nation n'eft heureufe qu'autant que fon gouvernement eft jufte envers elle & envers fes voi-
fins. Enfin l'auteur prétend que tous les vices qui
infectent la fociété, naiffent de l'ignorance où
font les peuples & les Souverains de ce qui conduit au véritable bonheur, à la vraie gloire; que
le remede aux maux qui couvrent la furface du
globe eft dans la connoiffance de la vérité; que
la vérité n'eft nuifible qu'aux fripons & aux méchans. Il annonce qu'elle frappera, tôt ou tard,
les oreilles du plus grand nombre, & que fon
regne s'établira un jour fur les ruines du menfonge
& de la fuperftition.

Ce traité porte l'empreinte d'une ame énergique & courageufe. On y trouve un génie
profond, accoutumé à remonter des effets
aux caufes, & à comparer leur influence fur
les êtres fenfibles. Il eft écrit d'un ftyle noble & facile : il refpire des fentimens d'humanité
& d'affection fociale, qui intéreffent & qui atta-
chent.

Dans la troifieme partie, on trouve un chapitre intitulé : *de la félicité domeftique*, qu'il feroit à fouhaiter que tous les hommes appriffent
par cœur. C'eft un tableau touchant & fublime
de la douceur que goûtent deux ames honnêtes,
fenfibles & éclairées, deux époux enchaînés par
les liens d'un heureux hymenée.

30 *Janvier* 1773. L'opéra de *Caftor & Pollux*
a été reçu avec le même empreffement que par
le paffé. On a pris des précautions pour empê-
her que la foule ne fût trop grande au par-

terre , & prévenir les malheurs arrivés à la
derniere reprise de ce spectacle. Trois sentinelles,
à cinq heures, s'emparent des deux entrées du
parterre , & les barrent avec leurs fusils croisés;
ensorte qu'il n'est plus possible d'y entrer : ce
qui produit un autre inconvénient , dont il résulte
des vuides qui pourroient être occupés.

31 *Janvier* 1773. Le fameux Avocat Linguet, qui
l'année derniere a occupé le barreau si longtems , est actuellement dans un silence morne.
Cependant une malheureuse avanture qui lui est
arrivée récemment avec une fille de l'opéra, a
ranimé son éloquence mordante , & il répand
une Lettre de sa façon à cette prêtresse de Vénus,
où il se plaint amérement d'elle. Voici cette
Épitre.

Lettre écrite le 7 *Janvier* 1773 , *à Mlle.* Landu-
mier, *dite* la Caille , *ancienne figurante de l'O-
péra, par un de ses derniers adorateurs.*

"En vérité , ma belle voisine , vous êtes trop
généreuse ! vous vous êtes mise en mouvement
le 29 du mois dernier sur votre bergere , pour
me donner mes étrennes. Elles sembloient être
de la façon de l'amour. Je ne sais si elles auroient
pu être autrement tournées de celle de la haine.
Ce qu'il y a de sûr, c'est que je me serois bien
gardé de les recevoir, si j'en avois connu la valeur.
Mais ce n'est que le huitieme jour que je me
trouve instruit ; & s'il est heureusement encore
tems de me débarrasser de votre présent , il ne
l'est malheureusement plus de refuser.

Quand Appollon rencontroit des beautés re-
belles , il les métamorphosoit en arbres, char-
gés de feuilles bien vertes & de fruits bien jau-
nes. Je ne suis pas une beauté ; je n'ai été que

M 3

trop docile, & cependant mon chirurgien m'affure qu'il y aura avant peu du verd & du jaune
dans mon affaire. Je ne voudrois pas pour cela
devenir fouche, comme la jeune Daphné, mais
j'enrage de grand cœur de ne l'avoir pas été du
moins un jour.

Je fais à préfent à quoi m'en tenir fur la
maladie de M. D..... Je vois les raifons qui
vous ont écartée de moi à mon retour & rete-
nue auprès de lui dans ces momens fi délicats.
Nous étions tous étonnés de vous voir devenue
fi fédentaire auprès d'un homme fur qui vous
m'accordiez, à moi indigne, toutes fortes de
préférences. Je fens maintenant le principe qui
vous conduifoit. Le pauvre d..... avoit une
inflammation au... bas ventre : il étoit tout naturel qu'étant auffi un peu enflammée devers ces
parties-là, vous lui ferviffiez de garde. Les
rafraîchiffemens devoient s'étendre, comme l'incendie que vous lui aviez caufée ou fimplement
partagée ; que vous en fuffiez la fource ou le
dépôt, il falloit bien que le tout devînt commun. C'étoit une économie très-fage de ne féparer ni les maux ni les remedes.

Mais qu'avois-je befoin d'être fourré dans ce
bûcher infernal ? Moi, qui n'apportois que le
feu le plus pur & le plus doux ; moi qui com-
mençois à m'habituer à une privation, dont je
n'accufois que votre inconftance ; moi que le plus
tendre amour conduifoit à vos pieds ! Quand vous
avez eu la cruauté de m'y rappeller, hélas ! c'eft
avec bien du plaifir que je lui ai offert mes facrifices ; mais je ne croyois pas en être la victime !

Ma toute aimable, je ne veux plus du culte
de ce Dieu-là, quand vous en ferez la prêtreffe.

Vous traitez trop rudement les cierges qu'on lui préfente : on vous les confie pour les éteindre, & vous les expofez à fondre goute à goute.

Je n'ai plus qu'une curiofité, c'eft de favoir comment fe fera trouvé de fon voyage, le bon ami *Gourbil* ? de quels remedes fe fert le complaifant l'*Esc* . . .? & où en font tant d'honnêtes gens qui, féduits comme moi, par l'agrément de votre figure & la folidité apparente de vôtre caractere, ignorent combien peut devenir dangereufe la confolatrice d'un Magiftrat liquidé, ont conçu, comme moi, des defirs pour vous, & ont eu probablement, comme moi, part à vos largeffes. Je les plains, s'ils en ont tiré le même fruit.

Je vais, comme eux, travailler fourdement à me délivrer de ce fruit funefte. La derniere propofition que je hafarderai jamais, c'eft de vous le rendre, fi vous en êtes curieufe, avant que je m'en défaffe.

Adieu, ma divine. Voilà bien du changement en deux jours : n'eft-il pas vrai ? Mais c'eft ainfi que vont les événemens de la vie, comme vous me l'écriviez fi tendrement, il y a un mois, en m'annonçant une retraite dont je ferois heureux que vous ne fuffiez jamais fortie. Vous devez être à préfent plus convaincue encore de la vérité de cet axiôme. Cette lettre eft bien différente de la derniere, mais c'eft que mon . . . bas ventre eft auffi diablement changé ; ce que je déplore bien triftement. Bon jour : je vous embraffe du plus loin qu'il m'eft poffible, & je fuis, &c. "

31 *Janvier* 1773. Un inconnu a fait offrir à la nouvelle Actrice douze mille francs de penfion,

M 4

tant qu'elle refteroit fage, & fi elle ne vouloit pas l'être, il a demandé la préférence & lui en a offert 24,000 Livres. On ne dit point encore quel parti elle a pris : on veut feulement que le quidam n'ait été que le porteur de parole de M. le Duc de Bourbon. Si cela eft, il eft à préfumer que fa vertu aura peine à tenir contre un Prince du Sang.

31 *Janvier* 1773. On a parlé de la fête exécutée chez Mlle. Clairon, pour l'inauguration du Bufte de M. de Voltaire. Un cauftique a fait à cette occafion les vers fuivans, qui ont été peu répandus jufqu'à préfent. On les attribue à M. Dorat, qui les nie cependant, à caufe du héros.

Vers de l'Abbé Lilas, Ex-Jéfuite, à M. de Voltaire, au fujet de fon apothéofe chez Mlle. Clairon.

Grand peintre, aimable fage & fublime écrivain,
Toi, qui fais tour à tour nous inftruire & nous plaire;
   C'en eft fait, ta gloire eft entiere,
Te voilà le héros d'un fouper libertin :
Chez une courtifanne, un laurier clandeftin,
   A couronné ta tête octogénaire ;
Et tu mets de moitié, dans ton brillant deftin,
   Une émérite de Cythere.
Pour elle, en vérité, c'eft avoir trop d'égard ;
   L'augufte Clairon, qu'on oublie,
   Voudroit bien, pour comble de l'art,
Des honneurs immortels efcamotter fa part,

Et couvrir Fretillon du manteau d'Athalie :
Vivre dans l'avenir est, dit-on, sa folie.

Voilà pourquoi la Belle, à tout hazard,
Sur ton char de triomphe arrogamment s'appuie ;
Elle espere qu'un jour, au Temple d'Uranie,
Son Buste, avec le tien, sera mis en regard.
Limite enfin, crois-moi, l'orgueil de la Princesse,
Car, entre nous, ceci passe le jeu ;
Ton apothéose intéresse,
Mais chez nos bons plaisans on la critique un peu ;
Et le renom de la Déesse,
A te parler sans fard, décrédite le Dieu.

1er. *Février* 1773. Plusieurs Littérateurs, offen-
sés du ton tranchant & despotique de l'auteur
des trois Siecles, ont déchargé leur bile dans
diverses sortes d'ouvrages. M. d'Aquin un des
plus maltraités, a fait les deux Epigrammes suivantes.

Certain jour, chez Pigal, en contemplant Voltaire,
Je disois : Qu'a donc mis le fameux statuaire
Sous les pieds de notre Apollon ?
Et pourquoi lui fait-on écraser du talon
Ce masque hideux, dont la bouche effroyable,
Semble ouverte pour aboyer ?
Est-ce l'Envie ? Est-ce le Diable ?
Quelqu'un cria dans l'attelier :
Oh ! ce n'est rien ; c'est l'Abbé Sabbathier.

M 5

Autre.

Mons Sabbathier, ta fotte paperaffe ,
Pour quelques mois te donnera du pain ;
L'ami, je vois, à ta burlefque audace,
Que tu crains moins le bâton que la faim.

2 *Février* 1773. *Pieces philofophiques.* Tel eft
le titre d'un nouveau Recueil contenant diverfes
matieres, traitées en effet philofophiquement. On
y trouve *la Parité de la vie & de la mort ;
Dialogues fur l'ame ; J. Brunus Redivivus*, ou
Traité des erreurs populaires.

3 *Février.* Moliere eft mort le 17 Février
1673. Deux auteurs ont imaginé de célébrer
l'année féculaire de ce trifte événement par
une comédie relative à ce grand homme. On
doit les jouer fucceffivement l'un & l'autre.
C'eft à quoi les comédiens fe difposent aujourd'hui.

3 *Février.* C'eft M. Rigoley de Juvigny qui
eft chargé de l'edition des Œuvres de Piron. C'eft
un intrigant fubalterne qui n'eft homme de Lettres que par air, & n'eft gueres plus propre à
ce travail que M. Bret. Celui-ci a feulement un
Recueil d'anecdotes qu'il fe propofe de mettre
au jour.

4 *Février. Sermons préchés à Touloufe, devant Mrs. du Parlement & du Capitoulat, par
le Révérend Fere A. Pompée de Tragopone,
Capucin de la Champagne Pouilleufe.* Ce Recueil confifte en deux Sermons, accompagnés
d'un grand nombre de Notes, dont la plûpart

font fort étendues. Elles paroiffent deftinées à mettre dans tout fon jour le goût fanguinaire que l'auteur prétend être infpiré aux Hébreux & aux Chrifticoles, par les textes anciens des ouvrages de leurs Légiflateurs.

Quant aux Sermons, ce font deux Capucinades, telles que les Capucins n'en font point. On y expofe la marche & l'efprit de l'Ancienne & de la Nouvelle Alliance, de maniere à en donner une idée auffi ridicule que révoltante : idée que l'on prétend puifée auffi dans l'efprit de l'Ancien & du Nouveau Teftament, dans les écrits des Peres, Grecs & Latins, & dans les faits confacrés par l'hiftoire.

On trouve à la fuite de ce difcours des Lettres écrites par un parent de *Jean Calas*, à un des fils de celui-ci, qui s'étoit fait Catholique. Elle préfente un tableau touchant & détaillé de l'accufation, de la procédure & du meurtre de ce pere infortuné, dont l'hiftoire a fait tant de bruit.

5 *Février* 1773. Le Sr. Caron de Beaumarchais annonce une Comédie de fa façon, intitulée : *Le Barbier de Séville*. Elle eft tirée du Théâtre Efpagnol ; elle eft fort gaie ; c'eft même une farce de carnaval, qu'il eft queftion de nous donner le mardi-gras. Cet auteur veut, dit-on, nous dédommager de toutes les larmes qu'il nous a fait répandre par fes drames lugubres & romanefques.

5 *Février*. La jeune Sainval n'eft point découragée par les fuccès de la nouvelle actrice, & quoiqu'elle n'ait pas, pour enlever les fuffrages, les mêmes moyens, du côté de la taille, de la figure & de la voix, qu'a fa rivale, elle

M 6

ne craint point de paroître immédiatement après elle. Elle jouera demain dans *Inès de Castro.* C'est, il est vrai, son triomphe.

5 *Février* 1773. Un des membres de la Faculté de Théologie a dénoncé à la Sorbonne, *l'Histoire philosophique & politique du Commerce & des Etablissemens des Européens dans les deux Indes,* attribuée à l'Abbé Raynal. Elle a nommé des Commissaires pour procéder à l'examen de cet ouvrage, & tout annonce qu'elle se dispose à le juger avec la plus grande sévérité.

5 *Février.* L'Abbé le Monnier, auteur du *Bon fils,* est Chapelain de la Ste. Chapelle. Il a pris un nom postiche, & sur les imprimés on lit : par *M. de Vaux.* Cependant, comme il est notoirement connu pour le pere de cette mauvaise piece, le Chapitre est furieux contre ce suppôt prévaricateur, & l'Archevêque de Paris exige, dit-on, qu'il soit destitué de sa place. Ce seroit acheter bien cher la honte d'avoir produit une aussi détestable drogue.

6 *Février.* Le Sr. *le Mire*, Graveur, vient de graver une Estampe sur le partage de la Pologne, intitulée : *le Gâteau des Rois.* A ce titre allégorique on juge que c'est une caricature satyrique, mais noble & décente. Elle est composée de quatre figures, toutes très ressemblantes. Elles tiennent entre elles la Carte du Royaume en question. L'Impératrice des Russies est au coin de la gauche ; de ses deux mains elle embrasse une grande partie de ces Etats, & regarde le Roi de Pologne, dont la couronne chancele sur la tête, & qui semble demander grace à sa protectrice. A la droite de la Carte, sont l'Empereur & le Roi de Prusse, qui

de leur côté paroiffent caufer très-férieufemenc fur ce qu'ils veulent s'approprier. Le dernier, du bout de fon épée touche Dantzig, &, par ce gefte expreffif, annonce le principal objet de fes vœux. Le Sr. *le Mire* a mis fon nom au bas de cette Eftampe, qui fera en vente inceffamment. Ce qui fait préfumer qu'il a au moins une permiffion tacite du Gouvernement pour la diftribuer.

On a oublié de dire qu'une Renommée plane au deffus de ces têtes couronnées. Elle embouche fa trompette, & part pour aller annoncer à l'Europe cette nouvelle intéreffante. L'Eftampe eft belle, nete & précife ; le plan eft bien conçu, & tout y eft très-expreffif.

6 Février 1773. Mlle. Clairon ne pouvant vivre ici avec quatorze mille livres de rentes, fe difpofe à paffer en Alemagne & à aller jouer la Comédie chez un Margrave pendant un certain tems. Elle économifera fes revenus dans cet intervalle, & pourra augmenter fon capital, de façon à revenir ici plus en état de figurer : ce qu'elle aime beaucoup. Les étrangers vont être à même de juger des talens de cette *Emérite de Cythere.*

7 Février. La Dlle. Sainval, la jeune, a repris aujourd'hui fes débuts dans la tragédie d'*Inès de Caftro,* où elle a fait le rôle d'*Inès.* On ne peut rendre l'affluence de monde qu'y a attiré la curiofité des amateurs pour faire fur le champ la comparaifon de ce talent avec celui qui venoit de fe manifefter avec tant d'éclat. Il faut avouer que la Dlle. de Raucour fait un tort irréparable à celle-ci. Elle a les moyens extérieurs à un fi haut degré, que la Dlle. Sainval ne femble plus qu'une foubrette auprès d'elle. Elle a pourtant reçu des applaudiffemens , mais elle n'a pas eu cette unanimité de fuffrages qui annoncent les vrais tranfports d'admiration. Il eft à craindre que la foule ne diminue beaucoup inceffamment.

7 *Février* 1773. L'Univerfité de Paris a propofé , comme on a dit , pour fujet du difcours Latin qui doit remporter le prix cette année : *non magis Deo quàm Regibus infenfa eft ifta quæ vocatur hodie philofophia.* Cette affertion effrayante pour les Philofophes modernes a excité l'éloquence de leur coryphée : M. de Voltaire a pris le contre-pied , dans un difcours de 19 pages d'impreffion , qu'il publie fous le nom de Me. Belleguier , ancien Avocat. On y trouve la plus profonde érudition , & un art étonnant pour rapprocher tout ce que l'antiquité reculée peut lui offrir de favorable à la juftification qu'il entreprend.

8 *Février. Preuves démonftratives en fait de Juftice , dans l'affaire des héritiers de la Dame Veron , contre le Comte de* Morangiès *, avec les pieces juftificatives , au nom du Sr.* Liégard Dujonquay *, petit - fils de la Dame* Veron *, Docteur ès Loix , pour fervir de réponfe aux Probabilités de M. de Voltaire.*

Tel eft le titre d'un nouveau Mémoire , qui réveille l'attention du public fur une affaire affoupie & non finie. A la fuite de ce Mémoire eft une confultation du 28 Janvier , fignée *Falconnet* , ce qui défigne le nom de l'auteur de l'ouvrage. On ne peut faire une réfutation plus folide & plus amufante des paralogifmes conti-

nuels du Philosophe de Ferney. Ce jeune orateur l'écrase absolument.

8 *Février* 1773. M. Marmontel, à ses vers sur
l'incendie de l'Hôtel Dieu, a joint quelques pages de prose, dans lesquelles il implore le secours de S. M. & porte le vœu de tous les Citoyens, pour que l'emplacement de cet hôpital
soit changé. Les vers sont médiocres, la prose
est peu saillante ; mais les vues sont bonnes,
c'est-à-dire conformes à celles du Public.

9 *Février.* Les sermons du prétendu
Capucin *A. Pompée de Tragopone*, sont trop
curieux pour n'en pas donner un extrait plus
détaillé.

Le premier roule sur la mort de *Jean Ca-*
las, accusé d'avoir pendu son fils aîné le 13
Octobre 1761, condamné à être rompu vif,
par Arrêt du Parlement de Toulouse, le 9
Mars 1762.

L'Orateur s'appuye d'abord d'un passage du
Deuteronome, qui lui sert de texte. Il le développe, il le commente avec une éloquence vraiment fanatique, & il en tire les deux divisions
de son discours, dont le résultat doit être, que
les Magistrats de Toulouse ont très-bien fait de
faire rouer l'infortuné vieillard, quoiqu'innocent
du crime dont on l'accusoit ; & de persécuter sa
femme & ses enfans.

La Justice de votre jugement : voilà, dit-il,
mon premier point.

La Récompense que vous méritez : voilà mon
second point. Implorons les lumières du Saint-
Esprit.

La justice du jugement du Parlement est fondée sur ce que Calas étoit hérétique, & consé-

quemment digne de mort, fuivant la parole de
Dieu même , fuivant les exemples qu'il en a
donnés , fuivant ce qui s'eft pratiqué dans l'Eglife
depuis l'origine des héréfies, fuivant l'hiftoire ,
qui rapporte les actes héroïques de plufieurs grands
Princes Catholiques en pareil cas ; enfin , fuivant
la Jurifprudence du Parlement même, qui a toujours montré une foif infatiable pour le fang des
novateurs.

Le Révérend Pere établit la récompenfe que
mérite le Parlement de Touloufe , toujours fur
les autorités facrées. Il fait voir que , quoique
tout foit gratuit de la part de Dieu, il a cependant voulu s'engager fpécialement envers les def-
tructeurs des hérétiques. Après les faits tirés de
l'Ecriture Sainte , il cite encore une énumération
de fcenes fanglantes qu'a occafionnées le triomphe de la Foi. Le maffacre de la St. Barthelemi
y tient un rang diftingué , & l'orateur s'étend
fur ce fujet avec une complaifance merveilleufe.
La révocation du fameux Edit de Nantes reçoit auffi de fa part un éloge particulier. Et il
conclut par exhorter le Parlement à ranimer fon
zele qui s'affoiblit , & à reprendre cet efprit
d'intolérance & de perfécution qui l'animoit
eutrefois.

*Beati pauperes fpiritu, quoniam ipforum eft
regnum cœlorum.* Tel eft le texte du fecond
Sermon , dont les deux divifions font : que
les Sciences font un obftacle au falut : Premier Point. Que la Raifon eft pernicieufe à la
piété , & que Dieu en demande le facrifice : fecond point.

L'Auteur du difcours prouve encore fes affertions par les faits. I°. Les Juifs ont toujours

été très - ignorans , fuivant l'inflitution de leur Saint Légiflateur. 2°. Les jours les plus floriffans du Chriftianifme ont été dans les fiecles des ténebres , dans ces tems fortunés où les Rois courboient la tête fous le joug des Papes. Jamais tant de Saints , tant de miracles que dans les tems d'ignorance.

Le fecond point n'eft pas difficile à prouver. On fait que la Raifon eft toujours en contradiction avec la Foi ; que cette derniere ne peut s'accroître qu'aux dépens de l'autre : il faut donc faire le facrifice de la premiere. Ces fages & vigoureufes décifions font également appuyées d'une multitude de faits , qui font un honneur infini à l'érudition & à la logique de l'orateur qui prêche l'ignorance & l'imbécillité. Il finit par un compliment au Parlement de Touloufe , qui paroît convaincu de la même vérité , & s'eft dépouillé fi heureufement de fes lumieres & de fon bon fens dans l'affaire de Jean Calas.

Suivent de courtes Réflexions fur les deux Sermons précédens , confacrées à découvrir mieux leur bonté & leur beauté. C'eft ainfi que ces Sermons, par une des tournures les plus heureufes qu'on puiffe prendre pour égayer une matiere auffi atroce , deviennent propres à jetter un ridicule indélébile fur le fanatifme des prêtres & la crédulité des peuples.

Les Notes , remplies d'anecdotes hiftoriques , piquantes & amufantes , ne contribuent pas peu à jetter plus d'intérêt & d'agrément dans la lecture de cette production très courue.

10 *Février* 1773. *Lettre de M. de Voltaire à*

M. le Maréchal de Richelieu, au sujet de l'éva-
nouissement dont on a parlé.

Ferney, le 21 Décembre 1772.

Quoi , toujours la cruelle Envie
Pourſuit ma réputation !
On dit qu'une Nymphe jolie
Dans ma derniere maladie
M'a donné l'Extrême-Onction :
Et que j'emporte en l'autre vie
Ce peu de ſatisfaction.
Voyez l'horrible calomnie !
Seigneur , il n'appartient qu'à vous ,
A votre jeuneſſe immortelle ,
De faire encor de ſi beaux coups ,
Et d'être entre les deux genoux
D'une coquine fraîche & belle.
Je ſens que je ſuis au tombeau :
Cet état me fait de la peine ;
Mais il ne faut que le roſeau
Vive auſſi longtems que le chêne.

Mon héros exige que je lui conte le fait, parce
qu'il veut être inſtruit de ce que ſes ſujets , jeunes & vieux, font dans ſon empire. Je lui di-
rai donc, comme devant mon Dieu, que Madame Denis faiſant les honneurs d'un grand dîner, je mangeois dans ma chambre un plat de
légumes, comme vous en uſâtes quand vous ho-
norâtes mon taudis de votre préſence , une belle
Demoiſelle de la compagnie, plus grande que

Madame M. ... de deux doigts , plus jeune , plus étoffée , plus rebondie , vint me confoler. Les Genevois font malins , & les Calviniftes font bien aifes de jetter le chat aux jambes des Papiftes. Mais le fait eft que cette augufte Demoifelle me faifoit trembler de tous mes membres , & que fi je m'évanouis , c'étoit de crainte & de refpeft.

Je vous jure que j'aurois plutôt fait la Scene de *Sylla* , de *Pompée* ou de *Céfar* , dont vous me parlez , que je n'aurois fait un couplet avec cette belle perfonne. Depuis que j'ai des Lettres de Capucin , je mets toutes ces impoftures aux pieds de mon crucifix , & je ne dis à perfonne : *ouvrez le loquet* , &c.

(*Signé*) le vieux malade de Ferney , à qui l'on a fait trop d'honneur.

On voit par cette Lettre que M. de Voltaire , en niant le fait , l'avoue , ou du moins n'eft pas fâché qu'on le croie.

11 *Février* 1773. L'Eftampe dont on a parlé , concernant le partage de la Pologne , intitulée : *le Gâteau des Rois* , vient d'être arrêtée chez le Sr. le Mire , & enlevée avant d'être mife en vente , par ordre du Gouvernement ; cependant on fe flatte qu'elle reparoîtra. On préfume que c'eft une tournure pour prévenir les plaintes des Miniftres qu'elle intéreffe , & que fourdement on en relâchera les exemplaires au Graveur. En effet il eft difficile de croire que celui-ci fe foit hafardé à faire les frais d'une entreprife auffi délicate fans être fûr d'une approbation au moins tacite.

11 *Février*. On a dit qu'on avoit remarqué avec indignation que de tous les Membres de l'Académie Françoife , invités à l'enterrement de M.

Piron, aucun ne s'y étoit trouvé. Un plaifant a
fait à cette occafion l'épigramme fuivante :

Des Quarante, priés en vain à ton convoi,
Aucun n'en a voulu groffir le petit nombre !
Ne t'en plains pas, Piron : c'eft qu'ils avoient, ma fói,
  Encore peur, même de ton ombre !

13 *Février* 1773. Le procès concernant l'Encyclopédie fe réveille. Les Libraires affociés à l'impreffion de cet ouvrage, par une aftuce digne de leur
mauvaife foi, ne veulent pas délivrer aux foufcripteurs les derniers volumes de planches qu'ils ne donnent un certificat qui décharge lefdits Libraires
affociés de tous les engagemens qu'ils ont pu prendre avec eux, lefquels ils annullent, ayant été
pleinement remplis, &c. Ils efpèrent par cette
manœuvre dépouiller certainement de leurs titres
les perfonnes qui ne font point inftruites de l'infidélité contre laquelle on réclame. Ils font également une autre furprife aux Libraires de Province,
dont le détail eft inutile & qui tend à confolider de
plus en plus leur iniquité.

En conféquence les Srs. le Guay & conforts,
foufcripteurs, &c. viennent de préfenter une Requête au nouveau tribunal, à ce qu'il lui plaife
ordonner que lefdits Srs. Briaffon & le Breton
foient tenus de délivrer lefdits volumes fur les
certificats de foufcription feulement & aux conditions de formalités convenues, fauf par lefdits
foufcripteurs à dépofer chez tel Notaire qu'il plaîra
nommer à la Cour, les fommes différentes que
lefdits Libraires affociés veulent induement exiger, &c.

14 *Février* 1773. M. le Marquis de Louvois fait aujourd'hui l'entretien des foyers de l'Opéra. Il a pris quelque goût pour la Dlle. Grandi , une Danseuse de ce spectacle, & celle-ci, qui n'est pas cruelle, l'a admis à sa couche. Elle a fait les choses très généreusement, s'en rapportant à la munificence de ce Seigneur & n'imposant aucune condition. Le lendemain son amant lui a demandé ce qui lui feroit plaisir? elle a parlé de châtons qui s'assortiroient à merveille avec un collier qu'elle avoit, & le rendroient beaucoup plus brillant. Le surlendemain il est arrivé une caisse à Mlle. Grandi pleine de petits chats. Cette facétie fait beaucoup rire, & l'on ne doute pas qu'il ne lui succède quelque chose de plus sérieux de la part de M. de Louvois.

15 *Février.* M. Luneau de Boisjermain , qui depuis longtems dirigeoit un projet dont il sentoit toute l'utilité pour le public, vient enfin de le faire connoître au Gouvernement, & d'obtenir la permission de répandre des Prospectus sur ce sujet. Il est question d'un *Abonnement Littéraire* , servant pour la Province, à l'expédition, par la poste, de tous les livres brochés & autres nouveautés littéraires, imprimés avec permission & privilege, lesquels seront remis, port franc & poste restante, dans toutes les villes du Royaume aux personnes qui les demanderont, au prix auquel chaque article sera vendu publiquement chez les différens Libraires de Paris.

Par ce moyen les amateurs seront à même de jouir , très - promptement, dans les extrémités les plus reculées du Royaume, des objets particuliers de leur curiosité. On ne doute pas qu'un tel projet ne prenne beaucoup, qu'il ne s'amé-

liore , & que la fpéculation ne s'en étende jufqu'aux pays étrangers , lorfque par quelques années d'effai, on aura pu prévenir les inconvénien:
& lever les difficultés.

16 *Février* 1773. Il paroît une Requête en forme
au Roi, des Maire, Echevins & habitans de la
ville de Rochefort, pour fupplier S. M. de rendre le port marchand de cette ville , nommé la
cabane quarrée , libre , & le comprendre au nombre
des ports du Royaume qui jouiffent du bénéfice
des Lettres patentes du mois d'Avril 1717. On
y voit relatés tous les avantages détaillés d'un te
projet , & qui font fi lumineufement expofés dans
les divers Mémoires de M. Dulaurens , Maire &
Député de Rochefort. Ce digne citoyen a enfin
furmonté les plus grands obftacles qu'on lui op-
pofoit & eft actuellement très - bien venu des
Miniftres , & il a tout lieu de fe flatter qu'il re
cueillera le fruit de fa conftance. Sa Requête doi
avoir d'autant plus de poids dans le Confeil
qu'elle eft appuyée des Requêtes des cités d'An-
goulême , de Xaintes , de St. Jean d'Angely ,
de Charente , de Jarnac & de Cognac , qui toutes fe joignent à la ville de Rochefort , pour demander une liberté dont elles profiteront , par le
débouché qui en réfultera pour la vente de leurs
denrées. M. Dulaurens n'a plus à combattre que
l'oppofition des Fermiers généraux & celle des
Négocians de la Rochelle. Quant aux premiers,
on leur fera voir aifément qu'ils entendent mal
leurs intérêts , & quant aux feconds, qu'ils les
entendent trop bien ; mais que l'intérêt particulier ne doit jamais prévaloir contre l'intérêt général.

17 *Février* 1773. *Le Barbier de Seville* , co-

médie de M. Caron de Beaumarchais, qu'on avoit annoncée, est différée par une avanture très-singuliere, arrivée à l'auteur.

Il est fort lié avec M. le Duc de Chaulnes, (ci – devant Pequigny.) Celui - ci l'a introduit chez sa maîtresse, nommée *Mesnard*. M. de Beaumarchais est aimable & insinuant auprès des femmes, ensorte qu'il avoit acquis une grande intimité auprès de celle - ci, chez laquelle il alloit beaucoup depuis un an. Depuis quelques jours le Duc de Chaulnes en a conçu une telle jalousie qu'il a voulu le tuer. Il étoit d'abord convenu de se battre avec le Sr. Caron, en présence de M. le Comte de la Tour - du - pin, pris pour juge du combat; mais ce Seigneur n'ayant pu sur le champ se rendre à l'invitation, la tête du Duc de Chaulnes s'est exaltée à un tel point, chez son rival-même, qu'il l'a voulu tuer dans sa propre maison & qu'il a été obligé de se défendre contre lui à coups de pied & de poing, mais à son détriment, son adversaire étant un des plus gros, grands & vigoureux personnages de France. Les domestiques ont été obligés de s'en mêler: la Garde, les Commissaires sont arrivés, & l'on a dressé procès - verbal de cette scene tragi - comique. Il a fallu donner un garde à M. de Beaumarchais pour le garantir des fureurs de son adversaire, dont on cherche à guérir la tête.

17 *Février* 1773. Les comédiens françois ont donné aujourd'hui la piece qu'on a annoncée faite pour célébrer la commémoration du siecle révolu depuis la mort de Moliere, exécutée par un ballet héroïque.

On a ajouté sur l'affiche que le profit de cette représentation seroit consacré à l'érection d'une ſtatue en l'honneur de ce grand homme , ce qui a augmenté la foule des curieux & excité la munificence des grands Seigneurs.

18 *Février* 1773. Les comédiens François ont donné aujourd'hui *La Centénaire* , comédie en un acte & en vers , ſur le même ſujet que celle d'hier. Celle - ci eſt d'un autre auteur. C'eſt M. Artaud , Secrétaire de. M. le Duc de Duras.

22 *Février.* Le Sr. Liegeon s'occupe à force à rédiger tous les plans qui doivent être préſentés au Roi au commencement du carême & arrêtés définitivement. Comme il n'eſt plus queſtion de bâtir la nouvelle ſalle par économie , le jeune Architecte ſe donne de la marge & taille plus en grand. Il cherche auſſi à contenter les comédiens , relativement aux diſtributions intérieures.

C'eſt décidemment le Roi qui ſe charge de faire les frais de la conſtruction. S. M. a dit qu'Elle verroit avec ſon Contrôleur général aux moyens d'y pourvoir. Elle a , en attendant , ordonné à la ville de faire les avances , & , pour mieux accélérer , elle doit faire un emprunt , c'eſt-à - dire , prendre les fonds de la Compagnie qui s'offroit.

On eſpere que ce travail ira vîte. S. M. l'a fort à cœur , ſurtout depuis l'incendie de l'Hôtel - Dieu. Elle a toujours craint que les comédiens ne miſſent le feu à la ſalle des Tuilleries & ne faſſent brûler le château : ſes allarmes ne font que redoubler depuis cette funeſte cataſtrophe.

25 *Février.* Suivant le plan de M. Liegeon pour la conſtruction de la nouvelle ſalle de la comédie Françoiſe , il y aura dans le périſtile de quoi

quoi placer fix ftatues en pied. Celle de Moliere, dont l'érection eft décidée depuis fon apothéofe, & à laquelle on doit appliquer les fonds de la premiere repréfentation de la piece intitulée *l'Af-femblée*, doit être érigée en ce lieu, & l'on ne doute pas que celle de M. de Voltaire ne foit auffi du nombre.

1 *Mars* 1773. M. Caron de Beaumarchais a été mis au Fort – l'Evêque, pour ne s'être pas exactement conformé à l'invitation que lui avoit fait faire M. le Duc de la Vrilliere de ne pas fortir avant la détention de M. le Duc de Chaulnes. On affure en outre que fon Mémoire, extrêmement vif, a déplu à toute la maifon de Luynes; qu'il a répandu des copies manuf-crites, & qu'elle a exigé que cette imprudence fût punie. En général, ce particulier, fort in-folent, qui ne doute de rien, n'eft point ai-mé, & quoique dans cette rixe-ci il ne paroît pas qu'on ait à lui reprocher aucun tort, on le plaint moins qu'un autre, des vexations qu'il éprouve.

6 *Mars*. Madame la Duchesse de Mazarin, (d'Au-mont en fon nom) & fille du Duc, eft une affez belle femme de la cour, fort renommée par fon goût pour le plaifir & pour les galan-teries. Il y a environ quatorze à quinze ans qu'on lui donnoit publiquement pour amant, à la cour & à la ville, M. de Montazet, Arche-vêque de Lyon, dont on prétendit qu'il étoit devenue groffe alors. Depuis, entre fes divers efclaves, on a compté le Sr. Radix de St. Foix, ancien tréforier général de la Marine, financier très-célèbre par fon luxe infolent & par fes bonnes fortunes qu'il achette très-cher. Il eft

encore le tenant, & fait aller les affaires de cette Dame qui ne font pas en bon état. Un plaifant a profité de l'occafion du mariage projetté de Mlle. Mazarin avec le Comte d'Agenois, fils du Duc d'Aiguillon, pour faire imprimer & courir le billet fuivant : ʺ M. l'Archevêque de Lyon & M. Radix de St. Foix ʺ font venus pour vous faire part du mariage ʺ de Mlle. d'Aumont, leur fille, & belle-fille, ʺ avec M. le Duc d'Aiguillon le fils, fi, fi, ʺ fi, fi, &c.ʺ

12 *Mars* 1773. M. de Voltaire a fait une replique au Sr. Falconnet, qui a répondu aux Probabilités avec tant de fuccès. Auffi le Philofophe de Ferney baiffe-t-il beaucoup le ton : il eft très-modefte dans cet écrit; il rend compte des motifs qui l'ont déterminé à défendre M. de Morangiès, & s'en rapporte fur-tout à la fageffe du nouveau Tribunal. On voit qu'il a peur des menaces de la Confultation, & qu'il veut éviter d'être pris à partie.

13 *Mars*. C'eft aujourd'hui que les Comédiens François jouent *Alcidonis*, ou *la Journée Lacédémonienne*, en trois actes & en profe, avec des intermedes. Cette piece, imprimée depuis huit ans, a été préfentée, il y a dix ans, à cet aréopage, qui jufqu'aujourd'hui a fait languir l'auteur. C'eft un homme abfolument inconnu. Il fe nomme *Lonvay de la Sauffaye*, & a 45 ans environ ; il eft mal à l'aife, & pour reffource s'eft mis prote ou correcteur d'imprimerie. Quoiqu'à la lecture ce drame romanefque foit ; froid & ennuyeux, les hiftrions en ont fans doute eu bonne opinion, puifqu'ils ont fait pour deux mille écus de dé-

pense environ, en habits, en décoration, musi-
sique, ballets, &c.

26 *Mars* 1773. M. l'Abbé de Beauvais est un
jeune orateur qui a déja prêché devant le Roi
un sermon de cêne, & S. M. en fut si contente qu'Elle lui fit donner sur le champ une
pension de 800 livres. Il s'est exercé depuis,
s'est encore perfectionné dans son talent, & il
reparoît aujourd'hui à Versailles avec un nouveau succès. Il prêche le carême. Deux de ses
sermons y ont déja fait grand bruit. Dans le
premier, sur la mort, il a osé relever l'adulation mensongere de certains auteurs de papiers
publics (le Sr. Marin, rédacteur de la Gazette
de France), qui par une affectation puérile,
présentoient une longue énumération de centé-
naires, comme si la vie des hommes de ce siecle étoit plus longue qu'à l'ordinaire. Il s'est
élevé avec force contre la fausse & dangereuse
sécurité que pouvoit donner cette idée. Il en
a fait voir toute l'illusion, & il a déclaré que
l'assertion du Prophête Roi, annonçant que la
vie de l'homme, au delà de soixante-dix ans,
n'est que misere & calamité, étoit toute aussi
vraie de nos jours que de son tems.

Dans un second sermon, il a rappellé au
Roi le détail des pertes successives qu'il avoit
faites. M. le Duc de Bourgogne, M. le Dauphin, Madame la Dauphine, la Reine; dans les
objets les plus chers, a-t-il ajouté, péris successivement à la fleur de l'âge (ses maîtresses).
Il s'est étendu sur la retraite de Madame Louise
& a exalté la pénitence de cette Princesse avec
un zele apostolique, mais avec une satyre amere
de la vie de cour.

Les courtifans ont trouvé ces endroits fi forts, qu'ils ont voulu en faire un crime au prédicateur auprès du Roi. Mais S. M. a déclaré qu'il faifoit fon métier. Il a parlé auffi des malheurs de l'Etat & de la dépravation des finances, ainfi que de l'abus de l'autorité.

C'eft cet aveu du Roi qui a favorifé un bruit qui fe répand depuis quelques jours de la difgrace de Madame la Comteffe Dubarri, & de la dévotion dans laquelle le Monarque veut donner. Des gens de cour, bien inftruits, affurent qu'il n'en eft rien.

Du refte, l'Abbé de Beauvais, eft d'une naiffance obfcure, neveu du Garde des archives du Clergé: mais il a percé par fon mérite, & figure aujourd'hui dans le monde religieux & littéraire.

17 *Mars* 1773. Un anonyme, qu'on croit être un Ex-Jéfuite, a fait une critique du *nouveau Catéchifme du Diocefe de Lyon*, donné depuis peu par le Prélat de cette ville, à fes paroiffiens pour leur inftruction. Cette critique, en forme de dialogue, imprimée fans nom d'auteur, & fans aucune défignation du lieu de l'impreffion, a été regardée comme un libelle par le favant Prélat, & il a donné un Mandement portant une condamnation fulminante du livre. On convient cependant que fon affectation à citer différens coryphées du parti Janféiiste, à ne pas être affez précis fur les points fixes de la foi, à en traiter d'autres, équivoques, prêtoient lieu à la cenfure. Auffi cette querelle fait-elle un grand bruit dans un certain monde théologique, & comme le parti de M. de Montazet n'eft pas aujourd'hui le parti domi-

ńant, beaucoup de gens s'élevent contre lui &
le condamnent.

18 *Mars* 1773. On a été furpris de voir élever à
la dignité importante de Secrétaire perpétuel de
l'Académie des Sciences, M. le Marquis de
Condorcet, affocié ordinaire de cette Compagnie, & qui n'a l'honneur d'en être que depuis
1769. Mais une production qu'il a donnée, contenant les Eloges des Académiciens, morts depuis
fon origine, en 1666 jufqu'en 1699, époque où
commencent ceux du célèbre Fontenelle, a été
un motif pour déterminer ce choix, & a fervi
de preuve non équivoque de fon talent en cette
partie.

20 *Mars.* Le Sr. Abbé Sabathier de Caf-
tres a fait inférer dans les papiers publics une
Lettre, où il dément un bruit généralement
répandu, que M. M. *Freron*, *Paliffot*, *La
Beaumelle*, *Clément*, *Rigoley de Juvigny*, &c.
avoient fourni plufieurs articles à fon *Dictionnaire des trois Siecles de notre Littérature*.
Comme il craignoit que certains Journaux, &
fur-tout le *Mercure*, ne fiffent des difficultés
d'inférer fon Epitre, il a profité de fa faveur
auprès de l'Archevêque pour faire donner par
Mr. Le Chancelier un ordre à tous ces Ecrivains périodiques de la recevoir & d'en faire part
au Public. Ce nomenclateur doit donner en outre inceffamment un Supplément, où il répa-
rera fes omiffions, & corrigera les erreurs dont
il convient.

22 *Mars.* M. Pierre Adamoli, citoyen de
Lyon, ancien maître des ports, ponts & paffages de cette ville, y eft mort le 5 Juin
1769. Il cultivoit les fciences & dans fon refte

ment, en date du 23 Octobre 1763, avoit donné des preuves de fon zele pour elles. Il a fondé à perpétuité un prix, dont l'objet eft l'avancement de l'hiftoire naturelle & de l'agriculture. Il confifte en un fonds, du produit duquel il doit réfulter de deux en deux années deux médailles : la premiere, en or, de la valeur de 300 livres ; l'autre en argent, du prix de 25 livres. Elles feront accordées par l'Académie de cette ville, aux auteurs qui, à fon jugement, auront le mieux traité le fujet qu'elle aura propofé fur ces matieres.

L'Académie a été forcée par des confidérations effentielles de différer la publication de ce prix. Elle le fait aujourd'hui, en propofant pour l'année 1774, le fujet fuivant.

Trouver des plantes indigenes qui puiffent remplacer exactement l'Hyppécaquana, le Quinquina & le Séné.

24 *Mars* 1773. La rixe élevée depuis peu entre le Sr. de Sauvigny & le Sr. de la Harpe n'aura pas de fuite. Le premier, comme poëte de Madame Dubarri, a été ménagé ; il a feulement été réprimandé vertement fur fon incartade ; & le fecond a reçu injonction de s'abftenir de parler & d'écrire fur cette aventure ; permis à lui de critiquer les ouvrages de fon adverfaire, mais fans y mêler la moindre perfonnalité.

25 *Mars.* Il y a une grande rumeur dans le Clergé à l'occafion du Mandement de M. l'Archevêque de Lyon, dont on a déja parlé. Non-feulement il l'a répandu avec profufion dans fon diocefe, mais il en a inondé la capitale ; ce qui donne lieu de l'examiner & de le difcuter. M. l'Archevêque de Paris, peu ami de ce

Prélat , qui l'a déja mortifié dans plusieurs oc-
casions , à raison de sa suprématie , ne seroit pas
fâché de trouver à reprendre dans son ouvrage.
Tous les Théologiens l'assurent qu'il est entiché
de Janfénisme : & l'affectation de M. de Montazet de tirer ses citations d'autorités , presque
toutes suspectes , d'Evêques très célèbres dans le
parti , donne lieu à accréditer ces soupçons. En
conséquence, on le harcele de toutes parts , &
l'on paroît disposer de loin les choses , pour le
dénoncer à l'assemblée du Clergé de 1775. Un
Primat des Gaules hérétique ! Quel scandale dans
l'Eglife ! Celui-ci , qui est fort bien en cour ,
malgré son vernis de Janfénisme , se démene &
cherche à parer le coup.

26 *Mars* 1773. Il est arrivé depuis peu d'Angleterre en ce pays-ci , un ouvrage nouveau, en
deux volumes , intitulé : *La Vérité*, ou *les Mys-
teres du Chriftianisme approfondis radicalement,
& reconnus physiquement vrais.* On sent aisément que ce titre est ironique , & qu'il en faut
prendre le contrepied.

29 *Mars.* On avoit voulu imprimer ici *les
Capitulaires de Baluze,* c'est-à-dire un Recueil
des Capitulaires de nos Rois , rassemblés &
commentés par ce Savant ; ouvrage fort essentiel dans ces circonftances, puisqu'il est la base
de la conftitution Françoise , & peut servir
beaucoup à l'éclaircissement des points contes-
tés. M. le Chancelier a jugé qu'il étoit dangereux de laisser connoître un pareil livre, trop
contraire aux principes qu'il vouloit établir. Il
s'est opposé à cette entreprise. Des Editeurs
courageux ont imaginé d'aller à Lausanne , y
travailler ; & l'on s'attend à voir incessamment

N 4

paroître ce Recueil très-précieux & non moins ennuyeux.

31 *Mars* 1773. La nommée Gabrielle Géne- vieve Fargès, femme de Louis-Jacques Bou- din, Peintre - Doreur, accusée d'adultere par fon mari, & qui a été condamnée au Châtelet, a interjetté appel & l'affaire eft aujourd'hui pen- dante à la Tournelle, où elle fe pourfuit avec beaucoup de vivacité. L'époux malheureux vient d'expofer la honte de fa fituation dans un Mé- moire de plus de cent pages *in* 4º. Il entre dans les plus grands détails de fa turpitude, & combat la défenfe de l'accufée, ainfi que le plan qu'elle a établi du local, pour prouver l'impoffibilité phyfique qu'on l'ait vue com- mettre le crime. Cette caufe offre des fitua- tions bien propres à piquer la curiofité des Lec- teurs & fait rechercher les Mémoires, où, pour la décence, on eft obligé de mettre quan- tité de paffages en latin. On dit que Me. Lin- guet va s'égayer, en prenant la défenfe de la femme, qui prête aux farcafmes & à la plai- fanterie.

I *Avril*. Me. Linguet a exercé fa plume dans la caufe d'adultere dont on vient de parler. Il a fait un précis en faveur de la femme, où il s'égaye aux dépens du mari. Il faut avouer cependant qu'il n'a pas tiré de la caufe tout le parti poffible, & qu'il n'eft pas auffi propre à la plaifanterie légere qu'exigeoit un pareil fujet, qu'à verfer l'amertume de fon fiel, à percer de traits fanglans & vigoureux dans les caufes ma- jeures, où il peut donner carriere à toute fa méchanceté.

4 *Avril*. Malgré les divers obftacles qu'a

éprouvés le projet du Sr. Liégeon pour son nouveau plan de Comédie Françoise, il chemine ;
il eft fixé à 1,400,000 livres par an ; ce qui
en détermine la confection en trois ans, les
100,000 livres enarriérées pouvant y refter facilement. Depuis le Confeil tenu extraordinai-
rement où le Roi dit : *» voilà pour la troi-
» fieme fois qu'on m'a propofé ce projet ! J'ai
» déja dit que je voulois qu'il eût lieu, & que
» le Sr. Liégeon en fuivît l'entreprife : qu'on
» ne m'en parle plus, »* le Contrôleur - général s'eft concilié avec l'architecte, & ce dernier a eu plufieurs fois l'honneur de travailler
avec lui.

5 *Avril* 1773. Jamais les tribunaux n'ont ré-
tenti de tant de caufes fingulieres & fcandaleufes. Un certain Avocat, de Thouars en Poi-
tou, nommé *de la Godiniere*, accufe aujour-
d'hui un Pere *Louis Roure*, chanoine régulier,
prêtre, profès de la Congrégation de France,
d'avoir fait un enfant à fa femme. *Abftinui &
tamen concepit*, dit-il dans fa Lettre du 4 Mars
1768, à l'Abbé de Ste. Géneviève, pour lui
demander juftice de ce Religieux. Ce procès,
qui a traîné en longueur depuis lors, eft pendant à la Tournelle & reveille la curiofité du
public, qui prend plaifir à voir des moines in-
culpés de galanterie. A en croire cependant Me.
de Bruys, défenfeur de celui-ci, il eft très-in-
nocent ; mais il ne foutient pas la partie avec
une éloquence bien propre à en impofer ; & les
rieurs qui ont admiré au palais les larges épaules
de ce Génovéfain, trouvent qu'elles font un furieux indice contre lui.

6 *Avril.* M. l'Evêque de Langres eft nom-

mé pour prononcer l'oraison funebre du feu Roi
de Sardaigne, au Catafalque qui, suivant l'usage,
doit être élevé dans l'Eglise de Notre-Dame, en
l'honneur de cette Majesté.

7 *Avril* 1773. Outre le Mémoire pour le Pere
Roure, dans la nouvelle cause d'adultere pen-
dante au palais, il y en a un pour la Dame
Trouin de la Godiniere, accusée par son mari
d'avoir commis ce crime avec ce Religieux. Il
est d'un jeune Avocat, nommé *Marmotant*, qui
annonce déja un talent prématuré. Il a déployé
dans cet écrit une éloquence tendre, douce,
insinuante, bien propre à lui concilier les Juges
& le Public. Après avoir parcouru les nullités de
la procédure tenue jusqu'à présent, il établit ensuite que la plainte en adultere n'est ni admissible
ni fondée. La grande raison est la même que
celle de la femme Fargès : c'est que son mari a couché avec sa femme, depuis le prétendu crime
d'adultere.

8 *Avril.* On est dans l'attente des rentrées
des deux Académies des Sciences & des Belles
Lettres pour juger de l'éloquence des deux nouveaux Secrétaires. C'est M. le Marquis de Condorcet qui doit ouvrir la séance dans la premiere, & M. Dupuy dans la seconde. On connoît le talent du nouvel officier de l'Académie
des Sciences. Quant à celui de l'Académie
des Belles Lettres, c'est un Savant qui n'a
fait encore aucune preuve dans le genre en
question.

13 *Avril.* M. l'Abbé de Beauvais finit à
la cour son carême avec autant de courage
qu'il l'a commencé. Il ne paroît pas au surplus que la grace y ait beaucoup opéré, mal-

gré son éloquence. Il a donné lieu seulement
à plusieurs bons mots, entr'autres à un du Maréchal Duc de Richelieu qui mérite d'être cité.
Un jour que ce prédicateur avoit tonné fortement contre les vieillards vicieux qui confer-
vent encore au milieu des glaces de l'âge les
feux impurs de la concupifcence, le Roi, en
apoftrophant ce Seigneur paillard après le fer-
mon, lui dit : » Eh bien, Richelieu, il me
» femble que le prédicateur a jetté bien des
» pierres dans votre jardin ? — Oui, Sire, a
» répondu ce vieux Renard, fi fortement qu'il
» en eft réjailli jufques dans le parc de Ver-
» failles ».

14 *Avril* 1773. Le Docteur Vernage, médecin
très renommé, & célébré par M. de Voltaire
dans un de fes difcours philofophiques en vers,
vient de mourir. Son enterrement s'eft fait hier
avec une pompe peu commune. Toute la Faculté y a affifté *in fiochi* & le refte du convoi
répondoit à cette magnificence. Il avoit refté longtems garçon & s'étoit retiré. Depuis il étoit devenu amoureux de Mlle. Quillemont, jeune perfonne de condition, fans fortune : il l'avoit épou-
fée, & pour fatisfaire au luxe de cette nouvelle compagne, il avoit repris les fonctions de
fon état, malgré l'extrême jaloufie qu'il en avoit
conçue. C'étoit un grand praticien, qui n'a jamais écrit. Il laiffe 30,000 Livres de rentes à
fa femme, 25,000 Livres de rentes à fon beau-
frere, & une fortune confidérable encore à fes
héritiers.

15 *Avril*. Le Maufolée du Maréchal de
Saxe, dont on a parlé plufieurs fois, eft enfin
au degré de perfection auquel l'artifte vouloit le

N 6

porter. Les amateurs s'empreffent d'aller admirer pour la derniere fois ce fuperbe monument,
qu'on voit partir à regret pour Strasbourg, &
que le public auroit defiré poffeder dans cette
capitale.

16 *Avril* 1773. Par un Edit donné à Verfailles
au mois de Mars, on fupprime l'office de Roi
& Maître de Ménêtriers, joueurs d'inftrumens,
tant hauts que bas dans le Royaume, fur la
démiffion pure & fimple, que le Sr. Guignon,
qui occupoit cette place, a fupplié S. M.
d'agréer.

La fuppreffion eft motivée fur ce que l'exercice des pouvoirs & privileges, généralement
attribués à cette charge, que le fufdit s'eft abftenu
de mettre en ufage, paroît nuire à l'émulation
fi néceffaire au progrès de l'art de la mufique,
que l'intention du Roi eft de protéger de plus
en plus.

18 *Avril*. Il n'eft pas qu'on n'ait entendu
parler d'une hiftoire de la révolution derniere de
la Ruffie, écrite par M. de Rulhieres, témoin de
cette cataftrophe.

Cette hiftoire ne fera imprimée de longtems,
par des raifons politiques & par une promeffe
expreffe qu'en a fait cet Ecrivain à l'Ambaffadeur
de l'Impératrice. Mais il fe prête volontiers à la
lire à fes amis & aux curieux qui veulent l'entendre. Quelqu'un a parlé de cet ouvrage à M.
le Comte de Provence. Ce Prince a voulu le
connoître & l'a fait demander à l'auteur. M. de
Rulhieres s'eft défendu de l'envoyer, par la raifon donnée ci-deffus, mais a répondu qu'il étoit
aux ordres de S. A. R. & auroit l'honneur de
lui en faire lecture quand elle voudroit. Elle a

eu lieu au jour indiqué par le Prince. Comme l'hiftoriographe en fortoit, il a reçu injonction de paffer chez M. le Duc d'Aiguillon. Ce Miniftre lui a fait des reproches fur la démarche qu'il venoit de faire fans lui en faire part, & a fini par lui demander fon manufcrit. L'auteur s'eft défendu fur l'un & l'autre point avec fermeté, & n'a pas même été intimidé de la Baftille, dont l'a menacé le Duc. Il a cru devoir en rendre compte à M. le Comte de Provence, qui l'a reçu, lui a dit qu'il le prenoit fous fa protection, & le faifoit fon Secrétaire ordinaire. Cependant M. le Duc d'Aiguillon a écrit à M. le Lieutenant de Police, & lui a enjoint de mander M. de Rulhieres avec fon manufcrit, & d'en exiger la remife. L'écrivain a fait le même refus, & l'a de plus écrit, en le motivant, comme il l'avoit fait au Miniftre. Il en a envoyé copie au Prince, fon protecteur, qui a mandé M. de Sartines le vendredi faint, & lui a manifefté d'une façon plus authentique la faveur dont il honoroit M. de Rulhieres; ce qui paroît avoir mis fin aux vexations dont on le tourmentoit.

19 *Avril* 1773. M. le Lieutenant général de Police a fait faire l'effai des roffignols merveilleux, dont on parle à l'occafion des vols fréquens arrivés depuis peu dans cette ville, qui s'allongent, fe racourciffent, fe recourbent, fe redreffent, & prennent toutes les formes qu'on veut. Ils ouvrent toutes fortes de ferrures : & celle de fa porte cochere à trois tours & de l'efpece la plus compliquée, n'a pu réfifter à la fubtilité du paffe-par-tout en queftion. Cette découverte jette la confternation dans Paris, &

fait reprendre l'ufage des verroux, qu'on avoi
profcrits comme antiques & préfentant un vilain
coup d'œil. Tous les ferruriers font occupés
à en faire, & c'eft à qui pourvoira le plutôt
à fa fûreté.

21 *Avril* 1773. M. Diderot ne pouvant réfifter aux follicitations de l'Impétatrice des
Ruffies, fe difpofe enfin à fe rendre auprès
de cette Souveraine, mais pour lui préfenter
fes hommages feulement & dans l'efpoir de
revenir bientôt dans fa patrie. Il doit aller
d'abord en Hollande, où l'on efpere qu'il
fera valoir les manufcrits crouftilleux qu'il pourroit conferver dans fon porte-feuille. On eft
fâché qu'il ait brûlé une certaine Lettre fur
l'Athéifme, qu'il avoit écrite à Mlle. Clairon; & dont celle-ci, effrayée d'être qualifiée
difciple d'une pareille doctrine, exigea le facrifice. Il jetta le manufcrit au feu devant elle,
mais on ne doute pas qu'il n'en ait confervé
une copie.

22 *Avril.* Le public a vu avec plaifir,
mercredi dernier, à la rentrée publique de
l'Académie des Sciences, le portrait du Roi
de Suede, dont S. M. qui a honoré cette
Compagnie de fa préfence, lors de fon féjour
ici, lui a fait préfent en témoignage de fon fou-
venir. On n'a pas été moins flatté d'y trouver
le bufte de M. de Maupertuis, que M. de la
Condamine a envoyé auffi à l'Académie Françoife. M. de Condorcet n'eft point encore entré
en poffeffion de fes nouvelles fonctions, & c'eft
toujours M. de Fouchy qui a continué à remplir la place de Secrétaire, le premier étant en
campagne. Il faut obferver que M. de Condor-

cet est encore fort jeune. C'est un éleve de M. d'Alembert qui fait infiniment d'honneur à son Maître.

23 *Avril* 1773. On parle beaucoup d'une tragédie du *Connétable de Bourbon* par M. de Guibert, le sublime auteur du discours préliminaire de *l'Essai sur la Tactique*. Ce jeune Militaire ne peut se refuser aux sollicitations de ses amis, qui lui en demandent la lecture, & dernièrement, dans une maison où il ne devoit se trouver que deux ou trois voisins, il se vit honoré d'un cercle de cent cinquante personnes. Ensorte que tout Paris la connoîtra bientôt successivement. On ne croit pas qu'elle puisse jamais être mise sur la scene. Elle fait un bruit du diable par les hardiesses dont elle est susceptible & que son auteur a fait valoir avec toute la vigueur de son génie.

24 *Avril.* La Majorité du Régiment d'Anhalt vient d'être donnée avec un traitement extraordinaire à M. le Baron de Pirch, originaire d'une famille illustre de la Poméranie Prussienne, que des raisons particulieres ont engagé à venir servir en France. Il est entré d'abord comme Capitaine de Dragons à la suite de la Légion de Corse. Cet Officier a eu l'honneur d'être présenté au Roi la semaine derniere : il l'a été aussi à la famille Royale. On parle très-avantageusement de ce jeune Etranger, qui vient de faire un ouvrage particulier sur la Tactique, & l'a remis à M. de Monteynard.

25 *Avril.* L'Académie Royale des Belles-Lettres est furieuse contre son Secrétaire, qui manquant à la dignité de ce Corps, s'est servi dans l'Eloge de M. Bignon de plusieurs expressions peu convenables. Le mot de *protéger*, en

parlant du respect que ce Prévôt des Marchands devoit avoir pour elle, a surtout révolté. Ce qu'il a dit du fils, *le seul espoir de sa famille, des Lettres & de la Compagnie*, n'a pas moins scandalisé, & plusieurs Membres en ont dit leur avis à M. Dupuy. On observe à cet égard combien il est inconséquent d'exiger qu'aucun Membre particulier ne lise un Mémoire sans l'avoir soumis à l'examen de l'Académie, & que le Secrétaire ait celui de prononcer des Eloges, plus susceptibles d'écarts, de détails dangereux, ou de réflexions à supprimer, sans en avoir donné aucune part. C'est cet abus contre lequel on réclame & qu'on voudroit faire supprimer.

25 Avril 1773. Il est question de faire des changemens dans les Phares ou feux entretenus sur les côtes pour la sûreté des vaisseaux revenant des voyages de long cours. On veut les perfectionner & surtout économiser sur la dépense de ces Fanaux, qui coûtent fort cher. Le Sr. Bourgeois de Château-blanc, qui est chargé de l'illumination de Paris, & qui, après avoir fait une étude suivie & constante des lanternes, y a acquis des connoissances particulieres, en a imaginé une propre aux usages maritimes en question. On en a fait aujourd'hui l'expérience à l'Observatoire, & elle doit durer quinze jours. Elle est composée de huit meches à franges, c'est-à-dire larges de deux pouces. La lanterne est à reverbere. La lumiere est si vive qu'elle se voit de sept lieues. Il est question d'examiner si les diverses températures de l'air ne pourront point y faire tort.

27 Avril. Mlle. de Raucour a joué dans

Didon, avec les applaudissemens soutenus qu'elle a toujours reçus.

On parle de donner incessamment à la Comédie françoise la Tragédie de *Térée & Philomele*, du Sr. Renou, Peintre, Agréé de l'Académie, devenu Poëte par une anecdote assez singuliere. Le Sr. le Mierre differtant sur la tragédie devant lui, prétendoit qu'on ne sauroit mettre trop de tableaux, c'est-à-dire trop de coups de théâtre en tragédie. Le Sr. Renou traitoit alors en peinture le sujet de sa piece actuelle : » Eh » bien, puisque vous allez sur nos brisées, nous » irons sur les vôtres ; & moi, je veux mettre » ce tableau en tragédie. " Ce qu'il a fait. Le public décidera s'il est meilleur poëte que peintre.

28 Avril 1773. M. de Chamousset vient de mourir. C'étoit un Citoyen qui avoit rêvé toute sa vie au bien public. On dit *rêvé*, parce que peu de ses projets s'étoient réalisés. Le seul, de la Petite Poste a réussi & subsiste. Comme tous les faiseurs de spéculation, il avoit mangé à ce métier une partie de son bien. Il laisse encore beaucoup de papiers à mettre en ordre, & peut-être y trouvera-t-on quelques idées plus heureuses.

28 Avril. Une brochure, nouvellement arrivée d'Angleterre, fait grand bruit ici dans le monde politique. Elle a pour titre: *L'insuffisance des prétentions de S. M. Prussienne sur la Grande Pologne, démontrée, avec une Préface de l'Editeur, pour servir d'introduction.* C'est cette Préface qui cause le plus de scandale. Elle est écrite avec une fierté Républicaine: on y prétend dévoiler la politique du Roi de Prusse, qu'on regarde comme le moteur de tout ce qui se passe aujourd'hui. C'est lui, suivant l'Ecrivain, qui sentant ne pouvoir exécuter son projet d'agrandissement sans exciter la jalousie des Puissances voisines, a imaginé le projet de partage, & a divisé le gâteau pour mieux s'assurer sa portion. On y trouve un portrait de l'état actuel de la France, d'une grande vérité; &, en général, cette préface est écrite avec beaucoup de noblesse, de raison & d'henthousiasme.

Les pieces qui composent le Recueil sont *Réflexions d'un Gentilhomme de la grande Pologne. Précis des recherches sur la Poméranie,* & *les Recherches sur la Nouvelle Marche.* Tous écrits, où l'on veut en démontrer l'injustice, & où l'on répond aux divers Ecrits publiés au nom de ce Monarque, & insérés dans les Gazettes étrangeres.

29 Avril 1773. L'expérience des grosses Lanternes à reverbere, qu'on veut substituer aux feux allumés sur les côtes, réussit à merveille. On les apperçoit de huit lieues. Mais comme les nuits sont belles & sereines, on ne peut encore juger si dans les brouillards, dans les nuits obscures & profondes, elles produiront le même effet.

1 *Mai.* Un Avocat, nommé Desessarts, attaché à M. l'Avocat général Vergès, profitant de l'époque du renouvellement de la Magistrature dans tout le Royaume, vient de commencer un *Journal des Causes célebres, amusantes & intéressantes des diverses Cours Souveraines du Royaume.* Le premier volume paroît, & n'est point mal écrit. Cet ouvrage, qui doit avoir environ huit volumes par an, peut être fort instructif pour les jeunes Magistrats, car il doit contenir non - seulement l'historique des faits, mais le résumé des plaidoyers des Avocats géné-

raux , les Arrêts & les motifs qui ont pu les
déterminer. On pourra faire un parallele avec la
Jurifprudence de l'ancienne Magiftrature.

2 Mai 1773. Me. Falconnet vient de faire paroître une *Replique aux Obfervations de Me.
Linguet en faveur du Comte de Morangiès*, où
il articule des faits importans & qui tendroient à
la conviction du coupable, & même à inculper
fon défenfeur dans la fubornation de témoins. Il
y a beaucoup de force & de logique dans cette
premiere partie.

Dans la feconde, le jeune orateur fe permet
plus de farcafmes, tant contre fon confrere, que
contre M. de Voltaire. Il témoigne furtout fon
indignation contre la rage avec laquelle le premier
a dénoncé le Mémoire dudit Falconnet au Miniftere public comme un libelle : fa fureur s'exhale en cette occafion, & il rappelle à fon rival
les diverfes anecdotes fcandaleufes de fa vie, &
principalement celles qui ont empêché fi longtems l'Ordre des Avocats d'infcrire le candidat
fur le Tableau. Il étoit queftion de cent Louis
que M. Dorat accufoit Me. Linguet de lui avoir
efcroqués dans le tems où ils vivoient, demeu-
roient enfemble, & avoient un fecrétaire commun : au moyen de quoi Me. Falconnet ne trouve
pas étonnant que Me. Linguet prenne en main
la caufe d'un autre efcroc. M. Dorat, au furplus,
eut la charité de donner à l'accufé un certificat
dans lequel il nioit le fait. Indépendamment de
ces faits graves & connus de tout le monde, le
jeune Avocat mêle quelquefois de très-bonnes plaifanteries parmi quantité d'autres qui ne valent
rien.

3 Mai. Une nouvelle Actrice doit débuter

après demain aux François dans les rôles de Mlle.
d'Oligny. Elle commencera par celui de *Junie*
dans *Britannicus*. A en juger par son attrait pour
l'art de la déclamation, elle doit réussir : il est
tel, qu'elle a vendu environ pour dix à douze
mille francs de biens-fonds qu'elle avoit en Champagne, pour acheter & se faire faire des habits
de théâtre.

4 *Mai* 1773. Mlle. Dubois, éprise d'un amour
violent pour le Sr. d'Aubervald, qui rallenti de
tems en tems, depuis dix ans, se réveille par
intervalle avec plus de force, aujourd'hui qu'elle
a décidemment quitté la comédie, voudroit mettre une fin à ses débauches & vivre bourgeoise-
ment dans une douce union conjugale avec cet
amant chéri, dont elle prétend avoir un gage
précieux en un enfant qu'elle éleve. Elle a profité des bontés qu'a pour elle Madame la Comtesse Dubarri : elle a épanché son ame dans son
sein ; elle l'a suppliée de vouloir bien interposer
son autorité pour une si bonne action : elle lui
a rendu compte de sa fortune, & lui a fait voir
que ce Danseur ne feroit point une si mauvaise
affaire. La Comtesse a bien voulu se prêter à la
négociation ; elle a envoyé chercher le Sr. d'Au-
berval, qu'elle protege & qui l'amuse ; elle lui
a prescrit ses volontés. Celui-ci s'en est défendu
sur ce qu'il n'avoit jamais eu un goût bien décidé
pour l'Actrice ; sur ce que la passion de celle-ci
avoit été fort équivoque & fort intermittente, &
que ce petit garçon dont elle vouloit bien le
déclarer le pere, pouvoit appartenir à vingt autres, comme à lui. Madame Dubarri a eu égard
aux représentations du Danseur & ne l'a plus
pressé. Mais toujours bien disposée en sa faveur,

& voulant le rendre heureux, elle lui a proposé de lui donner Mlle. de Raucour. Il s'est également refusé à cette invitation. On n'en admire pas moins la bienfaisance de la Comtesse, qui daigne entrer dans de pareils détails.

5 *Mai* 1773. Les Lettres patentes concernant l'érection de la nouvelle salle de comédie françoise, sont enfin expédiées & remises ès mains du Procureur général, pour en requérir l'enrégistrement en la Grand'Chambre. Il faut une constance étrange pour résister à tous les obstacles.

5 *Mai*. M. l'Abbé de Beauvais ayant fini avec succès son carême, on présumoit qu'il seroit amplement récompensé de son zele apostolique; on parloit de lui donner l'Evêché de Quimper : il ne l'a pas eu. On croit même que Messeigneurs feront tous leurs efforts afin de ne l'avoir pas pour confrere. Ils le trouvent entaché d'un péché originel de grande conséquence parmi eux, ils lui reprochent d'être neveu du garde des archives du Clergé; ils verroient avec peine une croix d'or sur la poitrine de ce parvenu.

5 *Mai*. Il nous est arrivé de Genève un gros volume qui atteste la pleine existence de M. de Voltaire. Il est intitulé *les Loix de Minos, Tragédie, avec les Notes de M. de Morza, & plusieurs pièces curieuses détachées.* L'ouvrage est précédé d'une Epitre dédicatoire à M. le Maréchal Duc de Richelieu, Doyen de l'Académie Françoise. On y trouve toutes sortes de choses en l'honneur & à la gloire du Philosophe de Ferney, entr'autres une Lettre du Roi de Prusse, une autre de l'Impératrice des Russies. Il est à présumer que cet auteur pseudonyme est lui-même l'éditeur de

cette collection, ou du moins que le Recueil s'est
imprimé fous fes yeux.

6 *Mai* 1773. Dans la derniere affemblée publique
de l'Académie des Sciences, M. de la Lande
devoit lire un Mémoire beaucoup plus curieux
que ceux qui ont été lus ; ce qu'il n'a pu faire
par défaut de tems. Il rouloit fur les Cometes
qui peuvent, en s'approchant de la terre, y
caufer des révolutions, & furtout fur la plus prochaine, dont on attend le retour & qui doit
reparoître dans dix-huit ans. Mais quoiqu'il ait
dit qu'elle n'eft pas du nombre de celles qui peuvent nuire à la terre, & qu'il ait d'ailleurs obfervé qu'on ne fauroit fixer l'époque de ces événemens, il en a réfulté une inquiétude qui s'eft
répandue de proche en proche & qui, accréditée par l'ignorance, a donné lieu à beaucoup de
fables débitées à ce fujet. Les têtes de nos petites-
maîtreffes fe font exaltées, & l'on a beaucoup de
peine à calmer ces imaginations effrayées. Pour
rendre la tranquillité aux peureux, on doit mettre demain dans la Gazette de France une annonce
modérée du Mémoire en queftion.

7 *Mai. La politique naturelle, ou difcours
fur les vrais principes du Gouvernement, par
un ancien Magiftrat, avec cette Epigraphe :* Vis
confilii expers mole ruit fuâ. 2 *Volumes.* Tel
eft le titre d'un ouvrage arrivé depuis peu d'Angleterre, & qu'on annonce comme de M. *Helvetius.* Le premier projet avoit été de le dédier
au Roi de Pruffe, mais il paroît que ce Prince
n'a pas voulu accepter cette dédicace. On vouloit, à fon refus, y mettre le nom de l'Impératrice des Ruffies. Des raifons de bienféance l'ont
auffi empêché d'accepter cet hommage. Enfin il

ne fe montre que fous les aufpices de fon mérite intrinfeque, & l'on verra par ce qu'il contient, qu'il n'étoit gueres admiffible par aucun Souverain. C'eft un excellent ouvrage qui mérite qu'on y revienne d'une façon plus détaillée.

7 *Mai* 1773. Le Mémoire nouveau de Me. *Falconnet*, qu'on avoit annoncé, a tellement irrité les partifans du Comte de Morangiès, & furtout fa famille, qu'ils ont interpofé l'autorité de la Police pour en arrêter la diftribution. Ce jeune orateur réclame contre la défenfe, & voudroit ameuter l'Ordre des Avocats, dont c'eft violer les privileges dans la perfonne d'un de fes membres.

7 *Mai.* La nouvelle Actrice a débuté avanthier avec fuccès dans le Tragique & dans le Comique. Elle faifoit dans *Britannicus* le rôle de *Junie*, & celui de la *jeune Indienne* dans la comédie de ce nom. Mais comme ce dernier eft trifte & larmoyant, on ne peut dire encore qu'elle poffede les deux genres. Il faut la voir dans une piece qui prête davantage au comique.

8 *Mai.* Ce qui a principalement occafionné la fufpenfion du Mémoire nouveau de Me. Falconnet, c'eft une phrafe, où il rappelle une anecdote injurieufe à la mémoire du pere de M. de Morangiès : » Etes-vous fils, (dit-il à ce dernier) » des Bayards, des Du Guefclin ? Non, vous » êtes le fils *du défenfeur de Minden.* » Or cette défenfe de Minden, dont étoit chargé le Marquis de Morangiès, Lieutenant-général, eft l'opprobre de fa vie, puifque la reddition honteufe de cette place penfa lui faire perdre la tête, s'il eût été mis au confeil de guerre, comme le cas le requeroit. On exige un carton à cet endroit &

à quelques autres encore , pour en permettre la diſtribution ; ce qui en rend fort chers les exemplaires répandus , peut-être au nombre de 40. On en a vendu juſques à un Louis.

9 Mai 1773. Les comédiens Italiens ont donné hier la première repréſentation de *Sara*. C'eſt une comédie en deux actes & en vers , mêlée d'ariettes , à laquelle on a ſubſtitué pour ſecond titre : ou *La Fermiere Ecoſſoiſe*.

Le premier Acte a fort bien réuſſi. Il a paru agréable. La Muſique , ſans être extrêmement forte d'harmonie , a fait plaiſir. On y a trouvé peu de mélodie. On reproche ſurtout au muſicien d'avoir négligé la partie des baſſes , non aſſez travaillée & ſoutenue dans les accompagnemens.

Le ſecond Acte n'a pas produit le même effet ; on l'a trouvé ſi médiocre , que les applaudiſſemens ſe ſont tournés quelquefois en ſiflets. Le dénouement ſurtout , romaneſque & ſans aucune adreſſe , a révolté le Parterre. Enſorte qu'il eſt à craindre que cette piece , aſſez bien écrite d'ailleurs , n'aille pas loin , ſans une grande refonte pour la ſeconde repréſentation.

9 Mai. Le cabinet de M. de la Lande ne déſemplit point de curieux qui vont l'interroger ſur le Mémoire en queſtion , & ſans doute il lui donnera une publicité néceſſaire , afin de raffermir les têtes ébranlées par les fables qu'on a débitées à ce ſujet. La fermentation a été telle , que des dévots , auſſi ignares qu'imbécilles , ſollicitoient M. l'Archevêque de faire des prieres de quarante heures pour détourner l'énorme déluge dont on étoit menacé , & ce Prélat étoit à la veille d'ordonner ces prieres , ſi des Académiciens ne lui euſſent euffent fait fentir le ridicule de fa démarche. Le faux énoncé de la Gazette de France du vendredi 7 Mai a produit un mauvais effet, en ce qu'il a fait préfumer que le Mémoire de l'Aftronome de- voit contenir des vérités terribles, puifqu'on les déguifoit auffi évidemment.

11 *Mai* 1773. Un plaifant a fait une chanfon fur le fquelette de M. de Voltaire, qu'on va voir chez le Sculpteur, & qui révolte tout le monde. Elle eft fur l'air de l'*Alleluia*.

> Voici l'auteur de l'*Ingénu*.
> Monfieur Pigal nous l'offre nu :
> Monfieur Freron le drapera.
> Alleluia, &c.

11 *Mai*. Il paroît que les divers acccidens furvenus derniérement au Roi, lui ont donné quelques inquiétudes fur fa fanté, mais que ne voulant pas en laiffer rien percer aux yeux de fes courtifans, il s'en eft fimplement ouvert au Sr. de La Martiniere, fon premier chirurgien, auquel il a grande confiance. Il l'a fait coucher dans fa chambre, & a fuivi fes confeils. On pré- tend que S. M. en lui témoignant fes craintes fur le délabrement de fes facultés, dit à cet Efculape : » Je vois bien que je ne fuis plus jeune ; qu'il faut » que j'en raye. -- Sire, lui a-t-il répondu, vous » feriez encore mieux de dételer. »

12 *Mai. Maupeou Tyran, fous le regne de Louis le Bien-aimé.* Tel eft le titre d'une brochure nouvelle, datée du 13 Avril 1773, *deuxieme anniverfaire de l'inftallation du monf- trueux Parlement.* Elle commence ainfi :

Tome VI.   O

» Je parle pour mon Roi , contre Maupeo
fon Miniftre , qui eft un Tyran. Je parle pou
une cour ancienne , qui tient à l'effence de l
Monarchie , & que le Tyran a chaffé du fanc
tuaire de la Juftice. Je parle pour ma nation qu'i
écrafe , & j'efpere..... Puiffe le Roi entendr
ma voix ! »

13 *Mai* 1773. M. de la Lande ne pouvant fatisfaire aux queftions fans fin que lui fufcite fon fatal
Mémoire , & voulant d'ailleurs prévenir les malheurs réels qu'il occafionne dans plufieurs têtes foibles & qui en ont tourné , va prendre le parti
de le faire imprimer & de le rendre auffi clair
qu'il fera poffible pour l'intelligence de toutes fortes de Lecteurs. Il paroît qu'en général fes confreres n'en font pas grand cas , ne regardent fes
fpéculations que comme un bavardage ; & le trouvent en contradiction avec ce qu'il a écrit il y a
peu d'années fur la même matiere. M. de la Lande
eft un homme curieux de faire du bruit , & qui
prenant cela pour de la gloire , eft peu délicat fur
les moyens d'y parvenir. Il eft connu pour un
intriguant du premier ordre , pour un homme bas
& vil.

14 *Mai*. Le Mémoire de M. de la Lande
paroît. Il roule purement fur des hypothefes. Suivant lui , des 60 cometes connues huit pourroient ,
en approchant trop près de la terre , par exemple à 13,000 lieues , occafionner une preffion telle
que la mer fortiroit de fon lit & couvriroit une
partie du globe. Mais d'abord la comete dont il
attend le plutôt le retour , ne doit paroître qu'en
1789 ou 90 , ce qui n'annonce pas une certitude
bien précife dans fon calcul. D'ailleurs fa fuppo-
fition eft purement gratuite. Il y a une multitude

de combinaifons contre, & dans le cas même où le choc fe feroit, comme il ne feroit que momentané, refte à favoir s'il occafionneroit le défordre qu'il prévoit.

18 *Mai.* 1773. Extrait d'une Lettre de Nancy, du 8 Mai 1773...... Nous avons ici un jeune Officier qui n'a pas plus de 20 ans, & qui développe déja des graces & des talens dignes de fon nom. C'eft le Marquis *de la Fare*, petit-neveu de celui fi connu par fes poëfies aimables & négligées, que tout le monde lit & goûte. Celui-ci fait de très-jolies chofes pour fon âge, & répand de la philofophie dans les fujets les plus frivoles. Voici un Quatrain qu'il a compofé impromptu en l'honneur de M. de Voltaire, & qui doit flatter infiniment ce Patriarche de la Littérature, s'il lui parvient, car il n'a point été fait à deffein de lui être adreffé ; ce qui lui donne plus de mérite :

Rien ne change fur la terre
Que de forme & de nom :
Les Payens nommoient Apollon
Le Dieu que nous nommons Voltaire.

19 *Mai.* On répand une *Epitre fur les Cometes*, qu'on attribue au Sr. Dorat. Ce poëte, inftruit par l'exemple de M. de Voltaire, combien il eft néceffaire de faifir l'a-propos dans ce pays frivole & de s'affervir à la mode pour y être toujours, emploie avec fuccès la même manœuvre. D'ailleurs fon pinceau léger & fatyrique eft très-propre à ce genre de travail.

22 *Mai.* *Le Bonheur, Poëme en fix Chants,* avec des fragmens de quelques Epitres, Ouvra-

ges posthumes de M. Helvetius : tel est le titre
d'un ouvrage annoncé depuis longtems & qu'on
connoissoit peu. Il devient plus public & n'en acquiert que plus de mérite. La préface, très-longue, est ce qu'il y a de mieux. Elle est écrite
d'un style libre, fier & hardi, qui ne plaît pas
à tout le monde, & qui oblige l'auteur de garder l'anonyme. Elle est certainement d'un ami
du défunt. Il y donne un détail de sa vie tout à
son avantage, &, dérogeant à la qualité d'un
Écrivain impartial, il omet les faits qui pourroient
ne pas lui faire honneur, ou il les adoucit : tels
que la rétractation du Livre *de l'Esprit*, & la façon peu généreuse dont il s'est conduit envers M.
Tercier, le Censeur & son ami, qui a perdu sa
place pour avoir approuvé ce livre aveuglément &
sur la foi de l'auteur ; qui a vécu depuis mal à
l'aise, & dont la famille l'est encore, sans que
M. Helvetius ait répandu sur elle des bienfaits
qu'il prodiguoit mal-à-propos à des gens qui le
méritoient beaucoup moins.

24 *Mai* 1773. Les partisans des Jésuites continuent à répandre sourdement des bruits injurieux
à la mémoire de M. de Montclar, mort depuis
quelque tems. Sa famille, à force de sollicitations,
a obtenu vraisemblablement qu'on tolérât l'impression d'un écrit qui contient le détail historique de ce qui s'est passé à St. Saturnin, à une
lieue d'Apr, à l'occasion de la mort de ce Magistrat. On y lit les moyens qu'on a voulu employer pour donner créance à un fait faux, à
une rétractation supposée par les personnes inté-
ressées à l'accréditer. On a cru ne pas devoir
laisser le moindre doute sur cette affaire, en ma-

nifeftant la vérité par des actes authentiques , qui
dépofent le contraire de ce qui a été débité.

26 *Mai* 1773. Un nouveau mariage que vient
de faire le Sr. Paliffot, fait l'anecdote du jour parmi
les gens de Lettres par la fingularité de l'événement. Ce poëte , allant auprès de St. Roch ,
acheter des bas , chez un bonnetier , eft devenu
fubitement amoureux de la fille du marchand , &
après avoir fur le champ témoigné à la Dlle.
l'envie qu'il auroit de la marier ; fur fa réponfe
que cela regardoit fon pere , il eft allé le trouver
& lui dire la même chofe. Il a donné rendez-vous
à l'un & à l'autre dans fa maifon d'Argenteuil
pour leur faire voir le prétendu , & c'eft alors
qu'il s'eft annoncé pour l'être, en déclarant qu'il
vouloit que le marché fe conclût en huit jours.
Il a prétendu avoir 12,000 Livres de rentes , &
n'a point été effrayé de la réponfe du bonnetier,
qui a fignifié ne pouvoir rien donner à fa fille.
C'eft l'Abbé de la Porte qui a été chargé d'annoncer à la Dlle. Fauconnier , courtifanne très-
renommée , avec laquelle il vivoit, qu'il falloit
fe quitter. Celle-ci a reçu l'annonce très-héroï-
quement , & le Sr. Paliffot a actuellement inftallé
chez lui fa nouvelle moitié.

27 *Mai.* On mande d'Evreux que dans cette
ville & aux environs, la comete dont on craignoit l'approche , avoit opéré des actes de con-
trition & des raccommodemens fans nombre ; que
malgré ce bon effet , pour arrêter les progrès de
la terreur , nuifible à beaucoup de femmes en-
ceintes & autres êtres vaporeux , les curés avoient
été obligés de monter en chaire , afin de raffurer
les efprits, & d'annoncer au prône le répit accordé
jufqu'en 1790 , en s'appuyant de ce qui eft dit

dans la Gazette de France. On fait que dans diverfes autres Provinces il a fallu en faire autant. On raconte des reftitutions arrivées dans cette capitale par le même efprit de crainte. Plufieurs femmes ont avorté. Le Gouvernement, frappé de ces inconvéniens fâcheux, a fait des reproches à M. de la Lande, &, malgré fon Mémoire, a defiré que l'Académie y répondît & le refutât. L'Académie a répondu que le Mémoire de M. de la Lande n'étant qu'hypothétique & fondé fur des poffibilités, mais d'un contre 64,000, elle ne pouvoit défavouer des principes reconnus en Aftronomie; qu'on pouvoit tout au plus établir des poffibilités contraires, mais fans détruire les fiennes; ce qui feroit un plus mauvais effet, en confirmant ce qu'il avançoit.

27 *Mai* 1773. On peut fe rappeller qu'il y a près de trois ans, on avoit adapté à un chariot une machine à feu, au moyen de quoi on pouvoit tranfporter de l'artillerie avec beaucoup de célérité; que les expériences s'en firent à l'arfenal, quelque tems avant l'exil de M. le Duc de Choifeul, fous l'infpection de M. de Gribeauval, Lieutenant général. Des gens intelligens viennent d'adapter cette machine à un bâteau, qui pourra, fans le fecours des chevaux, remonter la riviere à très-peu de frais.

28 *Mai.* Quoique l'*Epitre* de M. Dorat *aux Cometes* ait de la vogue, à caufe de l'à-propos, on trouve cependant qu'il n'en a pas tiré tout le parti qu'il pouvoit pour la critique, à laquelle la matiere lui ouvroit un vafte champ, & qu'il n'a traitée que très-légérement & vaguement. Il eft fort occupé aujourd'hui de fa tragédie de *Regulus* en trois actes, qu'il doit faire jouer inceffamment,

& d'une comédie, auffi en trois actes, qui doit avoir lieu le même jour. S'il réuffit, ce fera pour lui un double triomphe, dont il n'y a pas d'exemple.

28 *Mai* 1773. Bien loin que l'Abbé de Beauvais ait eu un Evêché, comme on le préfumoit, il paroît qu'on a cherché à lui caffer le cou. Des courtifans officieux ont fait entendre à Madame la Comteffe Dubarri qu'il feroit dangereux d'encourager ainfi les orateurs qui le fuivroient en chaire à parler auffi hardiment; ils lui ont rappellé une phrafe d'un de fes fermons, comme très - condamnable par fon impudence extrême & la perfonnalité indirecte qu'elle contient. C'est à l'occafion de Salomon, dont le Prédicateur trouve la vie fcandaleufe : *Enfin*, dit - il, *ce monarque, raffafié de voluptés, las d'avoir épuifé, pour réveiller fes fens flétris, tous les genres de plaifir qui entourent le trône, finit par en chercher d'une efpece nouvelle dans les vils reftes de la licence publique*. On fent combien il étoit aifé de rendre odieux par - là l'orateur à la favorite. Celle-ci eft parvenue à le décrier dans l'efprit du Roi, & lorfqu'il a été préfenté à S. M. pour prendre congé d'elle, fuivant l'ufage, au lieu d'en recevoir le compliment gracieux qu'il en efpéroit, le Monarque ne lui dit autre chofe, finon : *M. l'Abbé, vous avez été bien long hier !*

Un trait bien différent, du dernier Sermon de cet Abbé, & qui feroit plus digne d'un prédicateur pantalon du feizieme fiecle que d'un orateur d'aujourd'hui, c'eft l'endroit où commentant le *Domine falvum fac Regem*, après s'être écrié plufieurs fois : fauvez le Roi, & nous ne craindrons point les ennemis du dehors : fauvez le

Roi, & nous ne craindrons point les révoltes du dedans : fauvez le Roi, & nous ferons tous heureux : fauvez le Roi, & l'Eglife fera triomphante : fauvez le Roi..... il s'arrête en ce moment & s'échappe, fans autre formule de clôture, comme auroit pu faire le Petit Pere André, fi renommé par fes apologues bouffons.

30 *Mai* 1773. On prétend qu'on a enlevé à Strasbourg un Imprimeur, qui imprimoit un livre infâme, fervant de Suite au *Portier des Chartreux*: dans lequel, par la plus coupable licence, l'auteur entroit dans le détail des amours du Roi avec Madame la Comteffe Dubarri, & en repréfentoit même les fcenes prétendues dans des defcriptions, foutenues d'Eftampes très-reffemblantes. Il paroit qu'heureufement on a prévenu à tems cette publicité ; qu'on a faifi jufqu'aux gravures & au manufcrit, & que perfonne ne dit avoir vu cet exécrable libelle.

30 *Mai*. On ne voit pas fans indignation une magnifique infcription, élevée cette année à la mémoire du Sr. Mefnard, dans l'Eglife de St. Euftache, où il a été enterré l'an paffé. Cet honneur, confacré, ce femble, pour les Rois, les Princes, les Grands-Seigneurs & les hommes illuftres, ne devroit pas fe déférer auffi faftueufement à un premier Commis : qualité qu'on a encore eu l'infolence de fupprimer, comme ne rimant pas bien avec toutes les autres qu'on lui confere. Cette infcription eft d'autant plus remarquable, qu'il y en a peu dans cette Paroiffe. C'étoit un des bras droits du Duc de la Vrilliere, un grand fabricateur de Lettres de cachet.

31 *Mai*. Le Sr. Torré a annoncé par des affiches qu'il r'ouvriroit inceffamment fon Waux-

aall des Boulevards , en attendant les fêtes qu'il
prépare pour le Colisée ; ce qui a réjoui les amateurs , par la grande confiance qu'ils ont en cet
Artificier pour ces fortes de fpeétacles.

31 *Mai* 1773. L'auteur du *Maupeou Tyran*,
pour mieux faire paffer les injures qu'il dit au
Chancelier , prodigue au Roi les plus grands
éloges. Il le trouve doué de toutes les qualités
qui font le bonheur des peuples ; il dit que
tous les malheurs de l'Etat lui font étrangers &
affligent fon ame naturellement bienfaifante. Il
appuye tout cela de citations tirées des *Mémoires de Madame de Pompadour*, & il préfume
que cette femme devoit bien le connoître.

Dans le fecond paragraphe , l'Ecrivain développe *Maupeou Tyran & petit génie*. Il détaille
fes étourderies, fes faux points de vue , fes
nepties, fes impoftures, fes forfanteries : comment il a infulté les Princes du Sang, le Confeil , les Loix & les Magiftrats ; expofé le
Royaume aux plus grands dangers ; corrompu
les mœurs ; perdu les finances : fes infolences,
fa vengeance, fes violences , fa cruauté. Il ne
demande pas fa mort, mais qu'il devienne l'exé-
cration de l'Europe entiere.

Dans le troifieme , on reconnoît aifément un
homme de robe, entiché de fon état , au point
de prétendre que le parlement eft préférable aux
Etats de la Nation. Il s'échauffe dans fon har-
nois pour prouver cette étrange affertion , & il
porte le délire jufqu'à vouloir que le Parlement
d'Angleterre n'ait qu'une ombre de liberté, &
il conclut que la demande des Etats eft un
beau rêve.

Dans le quatrieme , enfin, on prouve comment le Tyran écrafe la Nation , dont le Roi ne peut plus entendre les gémiffemens ; s'il ferme la bouche des Magiftrats ; fi la moindre réfif-tance eft punie par des exils ; fi un fimple por-teur d'ordres fait admettre des impôts & leur donne force de loi ; fi un miniftre Tyran fait périr les Membres du feul Corps qui récla-me les intérêts des peuples , la Nobleffe & le Clergé reftant en filence ; fi la flatterie offre au Prince de le délivrer de ces avertiffemens auffi défagréables que néceffaires , qui feuls peu-vent lui apprendre le danger des impôts & la néceffité de l'économie.

C'eft d'après cet expofé même que l'auteur efpère & efpérera jufqu'à ce qu'il voie le Tyran culebuté.

Fin du fixieme Volume.